W0390071

Pas de pissenlits pour le cadavre

Andrea H. Japp

Pas de pissenlits pour le cadavre

Pygmalion

Pour plus d'informations sur nos parutions,
suivez-nous sur Facebook, Instagram et Twitter.
https ://www.editions-pygmalion.fr/

© Pygmalion, département de Flammarion, 2021.
ISBN : 978-2-7564-3259-5

« Par politesse, il y a des gens qu'on reconduit
à la porte pour être sûr qu'ils s'en vont. »

Jean-Louis-Auguste COMMERSON,
Petite Encyclopédie bouffonne[1]
(Malheureusement, c'est plus compliqué
avec les cadavres !)

« Si quelqu'un t'a offensé, ne cherche pas à te venger.
Assieds-toi au bord de la rivière
et bientôt tu verras passer son cadavre. »

LAO-TSEU[2]
(En dépit de l'admiration que l'on éprouve
pour ce grand philosophe, c'est parfois faux !
Certains cadavres passent sans
qu'on ne les ait jamais rencontrés.)

« Décider de ne pas être un salopard
permet de se sentir plutôt bien. »

Certes, cher Ernest (HEMINGWAY[3]).
(Alors, diantre, pourquoi tant de gens
souhaitent-ils se sentir plutôt mal ?)

---

1. Jean-Louis-Auguste Commerson, dit Commerson (1802-1879), écrivain, journaliste et dramaturge français, surtout connu pour ses aphorismes humoristiques.

2. Vers 600-530 av. J.-C., mais les dates fluctuent en fonction des sources. Philosophe chinois dont on sait peu de chose, considéré comme le père fondateur du taoïsme.

3. 1899-1961, écrivain, journaliste, correspondant de guerre américain.

Cet été-là

Gérard Fournier, soixante-trois ans, pharmacien de son état, transpirait à grosses gouttes. Pourtant ce grand échalas, qui se tenait voûté en permanence, avait à peine de quoi maintenir sa chemise sur ses épaules tant il était creux et maigre. Veuf depuis plus de quinze ans, il ne s'était jamais remarié. Le connaissant un peu, aucune femme normalement constituée n'en aurait été surprise, en dépit de sa belle pharmacie du 7e arrondissement. Les yeux de Gérard Fournier, d'une couleur assez indéfinissable, plutôt maronnasse, semblaient incapables de rencontrer un autre regard humain, sauf lorsqu'il jouait les hommes fiables pour mieux gruger son vis-à-vis, une constante.

Gérard Fournier avait eu un fils unique, Arnaud, avec lequel il s'était fâché après le décès de sa femme. Cette absence ne lui pesait pas, au contraire. Ainsi s'évitait-il « L'Art d'être grand-père[1] », une corvée. Corvée

1. Recueil de poèmes de Victor Hugo.

dispendieuse de surcroît, entre les baptêmes, les cadeaux d'anniversaire, les sorties, les vacances. Et puis, de son point de vue, son fils était un échec à pattes.

Un soir, une dizaine d'années auparavant, alors qu'il comptait et recomptait le chiffre d'affaires de la journée – son activité préférée –, Gérard avait eu une idée géniale, de son propre aveu et en toute humilité. Aussitôt pensé, aussitôt réalisé. Il avait commencé à fourguer à ses meilleures clientes des poudres de perlimpinpin. Dès la fermeture de l'officine à 19 heures, il fabriquait des gélules d'amidon de maïs renfermant un miraculeux principe actif de sa découverte, de nature à protéger d'à peu près toutes les infections et à minimiser considérablement les impacts de l'âge. Cependant, si l'effet placebo est indéniable, il a peu d'incidence sur les rides. Aussi, nombre de ces dames étaient-elles venues protester, parfois de très mauvaise humeur, alors que l'officine était bondée. Mauvais pour le commerce, ça ! Les prétendues cures de jouvence ayant fait leur temps, Gérard Fournier était passé à l'échelon supérieur. Après tout, il était bien placé pour se fournir en molécules très efficaces. Aussi avait-il rajeuni une vieille recette : une cure amaigrissante, prescrite par deux médecins tout aussi véreux que lui. Elle lui valait une large clientèle, surtout féminine, venant de toute l'Île-de-France grâce au bouche-à-oreille. Fabuleuse cure puisqu'on devait à peine surveiller son régime et qu'on pétait le feu. Là encore, un principe actif découvert par le sieur Fournier lors d'un de ses voyages initiatiques, ou d'une de ses missions humanitaires, en Guinée, en Thaïlande, en Chine ou à Bali. Ledit principe actif n'était autre qu'un extrait thyroïdien de porc ou de bœuf d'origine incertaine, mélangé à un diurétique et un laxatif léger, et relevé d'une pincée d'amphétamine. Bref, un grand classique, assez risqué à haute dose et selon la provenance des thyroïdes. En fait de missions humanitaires, Gérard Fournier s'était spécialisé dans la tournée des bordels de différents pays où la misère poussait à la prostitution de très jeunes filles, pour ne pas dire des fillettes.

Ses différentes « innovations » ne possédaient qu'un point commun : une grosse marge bénéficiaire. Vendre de la Maïzena saupoudrée de stupéfiants et d'un soupçon de diurétique au prix du caviar est très lucratif, on s'en doute. Gérard Fournier était donc devenu très riche, de façon fort discrète, notamment vis-à-vis de l'administration fiscale. En effet, ses « remèdes » s'échangeaient contre du liquide. Ce liquide qui affluait, remplissait des vielles boîtes à chaussures, un tambour de lave-linge, une Cocotte-Minute, etc. Le volume des liasses avait bien vite posé un problème : comment le faire parvenir sur un compte bancaire occulte, afin qu'il produise à son tour de l'argent ? Épineux problème dont il ne se sortait pas, jusqu'à une rencontre qu'il avait d'abord jugée providentielle. Preuve d'un enthousiasme assez léger. Un grand type baraqué, aux sourcils bruns très broussailleux, avait pénétré un midi et sagement attendu que les clients ressortent. Après s'être présenté sous le nom de Xavier Smith, il n'y était pas allé par quatre chemins, au point que Gérard s'était inquiété. Comment connaissait-il le juteux petit business du pharmacien ? Flic ou pas flic ? Pas flic à l'évidence. Son « étude de marché » avait vite séduit Fournier, d'autant qu'il proposait également de faire sortir les capitaux illicites du pays à la barbe de Tracfin[1]. Coût du transfert : 20 % des sommes. Certes, le cœur de Fournier s'était serré à cette annonce. D'un autre côté, il ne savait plus où ranger l'argent et perdait presque autant chaque année en intérêts. Quant à l'administration des impôts, si elle en avait vent, la douloureuse serait très salée, sans même évoquer une inévitable radiation de l'Ordre des pharmaciens et la taule pour couronner le tout. L'apothicaire avait fait le saut sans plus d'hésitations, passant de l'artisanat criminel au stade semi-industriel. De massivement féminine, sa clientèle s'était encore élargie. De plus en plus d'hommes, souvent jeunes, fréquentaient maintenant son officine.

On est fondé à se poser une question insoluble au sujet des avares pathologiques et des êtres menés exclusivement par le goût du lucre. Qu'en font-ils ? Pour la catégorie de pingres acharnés à laquelle appartenait Gérard Fournier, il n'est pas question de s'offrir une belle maison, une voiture puissante, une maîtresse exigeante. Encore moins des livres rares, des toiles de maîtres, des grands crus ou un tour des Merveilles du monde. Il n'est question que de rapacité, de thésaurisation. Il est question de se procurer un orgasme virtuel à chaque lecture de relevé bancaire (les licites). En plus, c'est gratuit, hormis frais de banque, et on peut les relire vingt fois sans fatigue du/de la partenaire. Bien sûr, on songe alors :

1. Acronyme de « Traitement du renseignement et action contre les circuits financiers clandestins ». Cellule dépendant du ministère de l'Économie et des Finances chargée de la lutte contre le blanchiment d'argent et le financement du terrorisme.

croit-il (elle) qu'il l'emmènera de l'autre côté ? Non, c'est encore plus incompréhensible : il ou elle n'y pense même pas. Il ou elle n'a pas de vie, ni de mort. Ne reste que l'argent, unique obsession, ultime destination.

Imperméable à toute émotion envers ses congénères et encore plus blindé à l'égard des animaux ou de la planète dont il se contrefichait, Gérard Fournier était devenu végétarien par ladrerie. Les patates, c'est moins cher que la côte de bœuf. Il avait essayé la pâtée pour chat en salade. Pas mauvais du tout, surtout rehaussé d'une pincée de sel et de poivre et accompagné de quelques cornichons. Problème : comment justifier ses achats alors même qu'il ne possédait aucun animal ? Une bien meilleure idée lui était alors venue : les récupérateurs qui luttaient pour diverses raisons contre le gaspillage. Ils collectaient des aliments à un ou deux jours de leur date de péremption ou tout juste périmés, jetés par les supermarchés. Le personnel desdits supermarchés fermait en général les yeux, conscient que toute cette nourriture serait perdue, tandis qu'elle soulageait certains budgets très serrés. Les récupérateurs ramassaient pour eux ou leur famille. Certains offraient leur récolte aux démunis.

Gérard Fournier n'en avait que faire. Chacun ses soucis ! Forcément, si on partage ceux des autres, on alourdit les siens. Mathématique. Aussi, vêtu d'un jean fatigué, d'un pull troué, une casquette de base-ball enfoncée bas sur le front, avait-il pris l'habitude de faire la tournée de supérettes un peu distantes de sa pharmacie. Il trouvait les vrais fauchés qui s'agitaient autour des bennes après la fermeture assez minables, mais ses dépenses alimentaires avaient baissé de moitié. Une ronde opération.

Revenons à ce début de soirée estivale. Alors qu'il s'apprêtait à fermer son officine, deux hommes de forte carrure et à la mine peu engageante, vêtus de longs imperméables, pénétrèrent. Gérard Fournier reconnut aussitôt l'un d'eux : Sourcils Broussailleux, M. Smith. Il ne l'avait revu que trois fois depuis leur première rencontre : lorsque celui-ci venait chercher un gros sac de sport bourré de coupures de 100 et de 200 €. M. Smith ordonna d'un ton plat :

— Vas-y, ferme. On sera plus tranquille pour causer.

L'autre, châtain clair, cheveux mi-longs, des Ray-Ban de soleil sur le nez, attrapa un sachet de pastilles pour la gorge sur un présentoir. Il suçota une des confiseries et déclara d'une voix douce :

— Ah, ces bonbons au miel... Ma mamie m'en offrait toujours lorsque j'avais une angine ou un rhume. Toute mon enfance.

Gérard Fournier, soixante-trois ans, transpirait donc à grosses gouttes.

Sourcils Broussailleux hocha la tête, l'air attristé.

— Moi, j'ai pas connu ma mamie, ni mon papy. Je le regrette beaucoup.

Puis, se tournant vers Fournier, il embraya d'un ton qui avait de quoi figer le plus téméraire des pharmaciens. Pas du tout le profil de Gérard, grand pétochard en plus du reste.

— On nous a rapporté quelques erreurs de composition. De fidèles clients ont manifesté leur mécontentement. Il s'agit de nos habitués en ligne. Toutefois, ça nous ennuie aussi beaucoup pour tes acheteurs… qui sont aussi nos clients. Nul n'est infaillible, bien sûr.

Ray-Ban de soleil approuva et ajouta d'un ton pénétré :

— Mais nous sommes tous perfectibles.

Paniqué jusqu'aux doigts de pieds qu'il sentait frisoter de trouille, Gérard haleta :

— Écoutez, je suis vraiment désolé… je m'en suis expliqué avec Monsieur et… une erreur de pesée, à l'évidence… une grande fatigue, j'ai eu une rhinite allergique…

Sourcils Broussailleux, dit M. Smith, l'interrompit et rectifia d'une voix lente qui évoquait le cimetière à plein nez :

— Monsieur n'a pas été complètement convaincu.

— Ne… ne… enfin, vous ne pensez tout de même pas que je… que j'aurais coupé pour… augmenter mes gains… je vous…

— Loin de nous une telle hypothèse. Mais, vois-tu, à l'analyse chimique, on a trouvé de l'amidon de maïs dans les gélules et comprimés. Beaucoup. Trop. Moi, j'utilise volontiers la Maïzena pour lier les sauces.

Ray-Ban de soleil renchérit en déposant une autre pastille au miel sur sa langue :

— Un choix judicieux. Je la trouve même plus légère que la farine de blé. Et c'est dépourvu de gluten.

Sourcils Broussailleux opina du chef.

— C'est bien vrai. Sauf que c'est pas pour épaissir une soupe que nos clients paient 15 à 20 $ la gélule. Et puis, on tient à notre réputation de marchands honnêtes. Rien de plus efficace pour fidéliser.

Gérard Fournier sentit la sueur lui dévaler dans le dos. Pantelant, il s'adossa au comptoir tant il redoutait de se trouver mal.

Ray-Ban de soleil souligna :

— Dans le commerce, y a que la correction qui compte.

Sourcils Broussailleux ajouta :

— Les bonnes habitudes, y a que ça de vrai. Les vieilles méthodes aussi. Inusable.

À cette allusion, Ray-Ban de soleil tira une cisaille à tôle de la poche de son long imperméable et précisa :

— Ça dépend des jours. Des fois, on fait plutôt les dents, mais bon, il vaut mieux allonger le sujet. D'autres fois, c'est les doigts. On commence par l'auriculaire gauche, pour moins gêner. Enfin, sauf chez les gauchers. On vérifie toujours avant, bien sûr. On est consciencieux dans le travail. Vous êtes droitier ou pas ?

Claquant des dents, Gérard parvint à articuler :

— Oui... oui. Mais... mais... Je vous jure qu'il n'y aura plus... d'anicroches. J'y veillerai... en personne...

Il réfléchit à toute vitesse. La proposition qu'il s'apprêtait à faire lui brisait le cœur. D'un autre côté, si les deux hommes de main le zigouillaient, il ne pourrait plus passer ses soirées à apprendre ses relevés bancaires par cœur afin de se les réciter alors qu'il s'endormait.

— Preuve de ma bonne foi : je vous restitue mes deux derniers bénéfices.

— C'est bien, commenta Sourcils Broussailleux. Il ne faudra pas oublier ces engagements, n'est-ce pas ? Mon ami et moi, on n'aime pas trop se déplacer… pour rien. C'est compliqué de se garer dans le quartier. Eh bien, une bonne soirée à toi.

Charmant, bien élevé par sa vieille mamie, Ray-Ban de soleil s'enquit :

— Vous m'offrez les pastilles au miel ? Le sachet est ouvert, maintenant… Oh, c'est gentil de votre part.

Le fameux calme avant la tempête
est une indigne supercherie !

On ne le remarque jamais. En revanche,
on se prend la tempête en pleine figure
au moment le plus inattendu.

Cet automne-là

Chloé Thierry, bientôt trente et un ans, chevelure brune frisée, yeux bleus, menue, était célibataire. Si elle regrettait cet état sans en souffrir, force était d'admettre que son caractère, on va dire « affirmé », n'incitait pas le prétendant à s'incruster au-delà de quelques nuits. Pourtant Chloé, sous des dehors parfois rugueux, appartenait à la catégorie « fleur bleue, norme ISO [1] ». La moindre jolie histoire d'amour la faisait sangloter en cachette. À ses patients surpris par ses paupières gonflées le lendemain, elle expliquait avoir souffert d'une allergie due à un produit cosmétique. Heureusement, ses lunettes loupe binoculaires qui lui donnaient des faux airs d'escargot

1. Organisation internationale de normalisation.

dissimulaient un peu l'étendue des dégâts. En effet, Chloé Thierry exerçait une profession ô combien utile, mais que nombre d'entre nous évitent de côtoyer, sauf à titre amical et surtout vertical. Elle était chirurgienne-dentiste.

Elle vivait dans un immense appartement de la rue de Tocqueville avec son grand-père, Victor, quatre-vingt-deux ans, ancien prof de fac en chimie organique, encore très fringant. En réalité, il avait été son père. Le biologique avait décampé à la vitesse de l'éclair lorsque sa mère lui avait annoncé l'heureux événement : il allait bientôt devenir papa. Que nenni !

Victor s'était découvert une passion pour l'informatique et passait des heures devant son écran, quand il ne leur mijotait pas de bons petits plats. Sa nouvelle lubie se nommait : la cuisine fusion. Le vieux monsieur faisait partie de cette catégorie d'êtres bienveillants, curieux de nature, amoureux des meilleurs moments de la vie et très faciles à vivre. Ne nous méprenons pas sur ce dernier point : mieux valait ne pas lui souffler dans les bronches. Sa réaction pouvait être vive, en dépit de son âge. Néanmoins, il était arrivé à cette étape de l'existence où l'on a vu tant de choses, perdu tant d'êtres aimés – dont sa femme puis sa fille, la mère de Chloé –, où l'on a tant souffert pour se rafistoler ensuite du mieux possible, que les petits agacements quotidiens glissent sur soi. Ne lui restait qu'une chose très précieuse : son unique petite-fille. Victor était conscient que seule la présence de Chloé lui conservait le goût de vivre. Leur cohabitation était donc harmonieuse, chacun ayant le respect de l'espace de l'autre.

La journée – un mercredi – avait jusque-là été cauchemardesque. Chloé avait eu envie de baffer une bonne demi-douzaine de patients. Un petit garçon de dix ans lui avait démoli le moral, pleurant en silence alors qu'elle ajustait ses appareils dentaires. Elle lui avait expliqué qu'il aurait ensuite de belles dents bien alignées et, qu'en plus, ses problèmes de mastication et d'élocution s'arrangeraient. Très sage, il avait hoché la tête, puis de grosses larmes avaient dégringolé de ses paupières alors qu'il murmurait : « Mais ça fait mal. Et y en a qui se moquent de moi à l'école. »

Chloé avait résisté avec vaillance à la crise de sanglots qu'elle sentait monter. Prétextant le thermodésinfecteur à vérifier, elle avait filé vers l'arrière du cabinet. Après une seconde d'hésitation, elle avait avalé un autre quart de Lexomil, le troisième depuis le matin.

Son dernier patient s'avérait fort différent du bouleversant gamin. Pourtant, il allait achever de lui pourrir la journée. La grosse loche malodorante, de sexe masculin, échouée sur son fauteuil, bouche ouverte sur son haleine pestilentielle, lâcha entre deux vrombissements de roulette :

— Quelque part, j'm'interroge. Enfin, ça fait des années que j'viens et j'ai toujours des problèmes. C'est p't-êt' vous qu'êtes pas à la hauteur, non ?

Une onde glaciale dévala dans le cerveau de Chloé et elle fournit un effort colossal pour ne pas lui enfoncer la pompe à salive dans la narine. Au lieu de cela, aidée par le Lexomil, elle déclara d'un ton presque distant :

— Non. Il existe une invention chinoise du XVe siècle qui se nomme : brosse à dents. Elle fut vite importée en Europe, quoique considérée comme un ustensile de luxe. Quelle chance qu'elle soit maintenant à la portée de n'importe quelle bourse, hein ? Si donc vous condescendiez à l'utiliser parfois, vos visites s'espaceraient.

Il haussa les épaules et marmonna un truc qui ressemblait beaucoup, énormément, à « Pauv' gourde ».

On peut posséder un caractère marqué et quand même s'étonner d'une flambée de pulsion meurtrière. Ce fut le cas de Chloé lorsqu'elle songea, de façon assez détachée, qu'un malencontreux coup de fraise diamantée dans la joue d'un odieux cancrelat devait faire très mal.

Cette féroce pensée l'inquiéta. Elle posa son instrument sur le plateau et se retourna pour avaler deux quarts de Lexomil (soit une moitié). Elle avait d'ores et déjà dépassé la dose maximum prescrite par son médecin traitant, tant pis !

Outre une hygiène dentaire (et générale) déplorable et en plus d'être un malotru de compétition, le gars allongé manquait singulièrement de sens de la psychologie. Ou alors, il voulait marquer un point et l'humilier. Mauvaise idée. Il s'obstina :

— Hein ? Vous en pensez quoi, qu'je devrais peut-être changer de dentiste ? En trouver un qui soye compétent, comme qui dirait.

Elle ôta ses gants et lâcha :

— Quelle judicieuse décision de votre part ! Le soin s'arrête là.

Il la fixa, stupéfait, et bafouilla :

— Beuh… Euh… et le trou… la carie… il est pas rebouché…

— En effet. Aussi, voici un conseil pro : trouvez vite un autre dentiste, ultracompétent, parce que ça va très vite s'infecter et que ça fait un mal de chien. À votre avis, pourquoi les pires tortionnaires aiment-ils tant les dents de leur victime ? Hein ? poursuivit-elle, vipérine.

— Je vais vous dénoncer, salope, connasse ! éructa-t-il en se redressant.

— À qui, et surtout avec quelles preuves ? Vous n'avez toujours pas réglé les trois derniers soins. Je suis sympa : je vous en fais cadeau. Tintin, les preuves !

Il s'avança vers elle, menaçant, les poings serrés. Chloé attrapa son instrument. La fraise diamantée tournoya à toute vitesse.

— Continue sur ta lancée, mon poussin, et je te pulvérise le pif !

Sans doute comprit-il à son regard qui avait viré au bleu marine sous l'effet de la rage qu'elle n'était plus complètement en possession de sa maîtrise.

Il se dégonfla.

— Non, attendez, c'était pour se marrer, là. D'accord, c'était pt'êt pas trop rigolo. Allez, soyez sympa, rebouchez-moi le trou.

La fraise s'emballa. Chloé feula :

— Non, dégage ! Et je vais mettre en garde mes confrères au sujet du gros malotru, doublé d'un mauvais payeur, qu'ils risquent de récupérer. Même ceux que je n'aime pas ! Tu mettras six mois, un an, avant d'avoir rendez-vous.

Elle avança d'un pas et leva son instrument d'un geste menaçant.

Livide, il fila vers la sortie, le bavoir toujours autour du cou.

Chloé boucla la porte du cabinet derrière lui. L'adrénaline reflua d'un coup. Elle tremblait telle une feuille.

Elle inspira et expira dans l'espoir de se calmer. Une odeur détestable flottait. Beurk, que ce type puait ! Elle vaporisa du désodorisant pour se défaire des remugles tenaces.

Elle avala un autre quart de Lexomil, tout en songeant qu'elle n'était déjà plus dans un état normal. Du tout. Soudain, elle éclata de rire. Pliée d'hilarité, se cramponnant au dossier du fauteuil, elle dut en convenir : elle fonçait vers la crise de nerfs XXL.

Haletante, entre deux pouffements, elle se précipita dans la réserve et se servit un scotch tassé. Elle tremblotait tant que le bord du verre heurta ses dents. Une série de détails incongrus, pour ne pas dire préoccupants, s'additionnèrent. 1) Elle n'aimait pas le whisky. Aussi, pourquoi en boire ? 2) Pis, pourquoi en avoir planqué deux bouteilles dans son cabinet ? 3) Elle avalait maintenant les quarts de barrettes de Lexomil comme d'autres suçotent des Tic Tac. N'y avait-il pas là matière à interrogation, voire à alarme ? Depuis quelque temps, des cauchemars la réveillaient en nage. Elle se faisait happer l'index par un dentier mal réglé qui resserrait son emprise dès qu'elle se débattait. Elle perdait ses dents en pluie, sans en comprendre la raison. Un tueur psychopathe la saucissonnait sur son siège et approchait de sa bouche une énorme pince adaptée aux sections des tuyaux de plomberie. Fallait-il s'interroger longuement avant de conclure que son occupation professionnelle commençait à lui taper sur le ciboulot ? Chloé se faisait maintenant réveiller par téléphone – une sonnerie choisie pour ses décibels, un giga-tanker en détresse dans le brouillard. Ça secoue. En effet, elle avait développé une fâcheuse habitude : ne plus entendre le réveil… sauf lorsqu'elle n'exerçait pas. Or le dimanche, un cui-cui de moineau (rare à Paris) la tirait du sommeil, un sourire aux lèvres. Quelque part, certaines conclusions ne s'imposaient-elles pas quant à sa relation à son travail ? Hein, juste à vue de nez, histoire de lancer la discussion ?

Elle se servit une autre généreuse rasade de whisky et se laissa tomber comme un sac sur son fauteuil de bureau. Sur l'écran de son ordinateur portable s'étalait la radio panoramique des dents pourries du cafard. Un renvoi pénible fit remonter l'alcool dans la gorge de la dentiste. Elle enfonça la touche Échap.

Tant de choses se mirent soudain en place dans l'esprit de Chloé Thierry, sans qu'elle le souhaite vraiment. Un aspect, en particulier, émergea, clignotant avec la virulence d'une alerte atomique : elle ne supportait pas la dentisterie. Au demeurant, son grand-père avait tenté de la dissuader lorsqu'elle avait opté pour cette carrière. Chloé ne tolérait pas de faire mal. Les « ouîîînk » « aaahhhh », « nôôôn », « on peut arrêter là ? », les gens qui essuyaient leurs mains moites sur leur jupe ou leur pantalon, dont les pieds tressautaient, la rendaient malade. Pire encore : les enfants sages et résignés. Certains ont un courage que pourraient leur envier nombre d'adultes. Mais ce qu'on lit dans leurs yeux vous transforme les jambes en tagliatelles. Chloé avait alors l'impression d'être aspirée du dedans, au point qu'elle avait commencé à tâter des anxiolytiques et du whisky pour continuer d'exercer. Sans l'avouer à Victor, bien sûr. Encore belle carcasse d'homme, l'œil pétillant de vitalité, il aurait rugi :

— Bon, on arrête les stupidités ! Tu vends ce foutu cabinet. Tu avais le niveau pour faire médecine.

— Je ne supporte pas les enfants malades. Forcément, quand tu es médecin… tu reçois des malades, dont des patients miniatures.

— Je compatis. Mais alors, pourquoi n'es-tu pas devenue vétérinaire ? C'était ta vraie passion.

À quoi elle aurait répondu, larmoyante :

— Je n'aurais pas pu euthanasier les animaux, sauf souffrances et maladie terminale ou chien ultra-agressif. On aurait fini avec une vraie ménagerie dans l'appartement.

Chloé était une ancienne timide, modèle pathologique. La jeune fille, puis la jeune femme se sentait incapable de rentrer dans un magasin et d'articuler, avec un peu de clarté, ce qu'elle cherchait. En fac, elle se passait le plus souvent de déjeuner parce qu'elle ne parvenait pas à demander à Madame la boulangère : « Un croissant au fromage » ou « Une quiche lorraine, s'il vous plaît. »

Quant au restau U, les vociférations de ses pairs la terrorisaient.

Au fond, les distributeurs, c'est bien. Même si les denrées proposées manquent souvent d'imagination, ça permet de ne pas parler. En effet, la machine n'attend aucun commentaire de votre part, juste des sous.

Et puis, un jour, le J-jour, la très fameuse goutte d'eau avait fait déborder le non moins célèbre vase déjà rempli à ras bord. Un beau mardi d'octobre. Alors qu'elle progressait sur un étroit trottoir parisien, un énorme Range Rover noir s'était garé sur le trottoir, au mépris d'une interdiction de stationnement bien visible et du code de la route. Un homme d'une quarantaine d'années en était descendu. Gros beauf, mais beau spécimen aux cheveux mi-longs poivre et sel. Un espace d'à peine dix centimètres persistait entre le mur de l'immeuble et le gros 4×4 de luxe, moins en comptant le rétroviseur. La gorge sèche, le cœur battant la chamade, Chloé avait quand même réussi à flûter :

— Euh... vous bloquez le passage, monsieur.

Il l'avait dévisagée, l'air goguenard, et avait rétorqué, sarcastique :

— Ouais ? Et, je t'emmerde, cocotte. Fais le tour par la rue. Moi, j'ai un Range Rover. Toi, tu prends le métro.

Il avait tourné les talons, s'engouffrant dans le Monoprix situé juste en face. Estomaquée, Chloé était restée godiche, plantée là. Et puis, le miracle de l'adrénaline (à sécréter avec modération, c'est traître !) avait déferlé. Elle avait ressenti la même fureur que le taureau devant lequel on agite une guenille rouge. Au début, le taureau, bonne pâte, songe que si le mec avec ses bas et son chapeau ridicule se calmait, les choses s'arrangeraient de façon civile. Le type en question ne veut rien savoir, et le taureau charge. Chloé n'avait pas de cornes. Dommage. En revanche, elle possédait un trousseau de clefs. C'est bien, les clefs. Ça ouvre les portes et, en plus, ça raye. Or, une peinture de Range Rover, ça doit coûter bonbon. Après vérification de l'absence de témoin potentiel, un grand sourire aux lèvres, elle avait zébré avec application le flanc du véhicule flambant neuf. Ah, ce crissement, quel bonheur, quelle exaltation ! Ces balafres argentées sur la belle carrosserie noire, quel réconfort ! Ensuite, elle avait déguerpi à toute vitesse.

Tant d'images, d'humiliations avaient défilé dans son esprit au cours de sa fuite de quelques minutes. Elle s'était arrêtée, stupéfaite. Son vandalisme ne lui procurait aucun remords. Au contraire, pour la première fois de sa vie, elle était fière d'elle parce qu'elle s'était défendue. Certes, de façon sournoise. Toutefois, le goujat était beaucoup plus grand et costaud qu'elle. On fait avec les moyens du bord, n'est-ce-pas ?

Elle en avait assez de s'excuser, de baisser la tête, de trouver des circonstances atténuantes à tou(te)s les gros(ses) malotru(e)s qui profitaient de son tempérament pour la dépasser dans une queue, la bousculer sur un trottoir, la piétiner (au figuré). Ce jour-là, elle avait écrasé son disque dur dysfonctionnel grâce à un Range Rover. De très belles bagnoles. Utiles, bien sûr : ça roule, c'est robuste, fiable, etc. Pas seulement. C'est aussi capable de défroisser les ego malmenés. Chez son propriétaire, heureux d'en posséder une, à cela près que ce n'est pas nécessairement lui qui fait preuve de talent, mais sa voiture. Mais également pour une étudiante assez fauchée. La preuve : combien de séances de psychothérapie venait-elle d'économiser grâce au 4×4 qu'elle avait pris pour cible de sa colère ? Chloé aurait juré que le constructeur n'avait pas évalué cet aspect. Un tort, selon elle. La marque aurait pu en tirer une pub percutante. Peut-être pas complètement légale, néanmoins. Délicat, la mise en scène d'une mignonne jeune femme, respectueuse de la propriété privée, en train de vandaliser une carrosserie parce que les connards ne peuvent pas toujours gagner, quelle que soit leur voiture.

L'apprentissage de l'agressivité réactive[1] peut être soudain. En réalité, il s'agit alors plus d'une révélation que d'une acquisition sur le tas, l'indémodable : trop, c'est vraiment trop !

Elle devait ensuite vérifier une des grandes lois régissant les rapports humains. À son avantage. On peut, en effet, classer les humains en deux sous-catégories. Les gens bien et les autres. Les premiers : facile ! On discute des points de divergence. Comme on est entre gens de bonne foi, on parvient à un accord. Plié. Les autres tenteront toujours de vous rouler dans la farine ou de vous manger la soupe sur la tête. Sauf si on montre les crocs avant ou, du moins, que l'on fait comprendre qu'on a des crocs en pleine santé. Quoi de plus normal pour une dentiste ?

Ce mercredi soir-là, après sa victoire éclatante contre le cancrelat, une folle envie de partager son exaltation la saisit. Envie renforcée par la surdose d'anxiolytiques et l'arrivée dans son estomac d'un volume déraisonnable de whisky, soulignons-le. Elle sélectionna le numéro de sa meilleure amie, Louise Longin. Les deux femmes se connaissaient depuis la maternelle. Elles avaient partagé tous leurs secrets, leurs premiers émois, leurs chagrins, leurs inévitables plans « Je perds deux kilos dans la demi-heure » et leurs Choco BN. Ça crée des liens durables. Louise, trente et un ans, le regard d'un clair noisette, assez grande, était aussi brune que Chloé. Ses longs cheveux épais et raides contribuaient à son indiscutable charme aux yeux masculins. Elle venait de divorcer de

1. Qui s'exprime en réponse à une attaque.

Raphaël, médecin légiste. Pourtant, Louise n'avait aimé qu'un homme : son ex-mari. Lorsque, forte d'une implacable logique, Chloé avait rétorqué :

— Comment peux-tu le savoir ? Tu n'en as essayé aucun autre.

Louise s'était défendue :

— J'ai eu d'autres flirts avant lui, quand même. En plus, je ne vais pas coucher avec la terre entière pour vérifier que Raphaël est le bon, enfin du moins pour moi !

Revenant à la question de fond, Chloé s'était enquise :

— En ce cas, pourquoi divorces-tu ?

— Parce que… parce que… ben, en vrai… je m'ennuie avec lui. Je l'aime, le sexe est très chouette, mais… il est… enfin, je le trouve… barbant. Très. Je sais que ça paraît un peu incohérent.

— Non, non, pas du tout, mais alors pas une seconde ! avait ironisé son amie.

À part cela, elle partageait le jugement de Louise. Raphaël avait tout pour plaire, hormis un détail crucial aux yeux de la plupart des femmes. Il ne possédait pas une once d'humour. Même en cherchant bien. Il était si dépourvu de second degré qu'il peinait à comprendre la moindre blague. Quant aux traits d'esprit, il les envisageait niveau pâquerettes, voire en dessous. Certes, son métier de légiste ne l'engageait pas à narrer sa journée de travail sur un mode enjoué, une fois de retour à la maison. Aussi les soirées du couple Longin-Heurtault étaient-elles longues. Louise aurait pu regarder un film ou une série sur son écran pendant que Raphaël rédigeait ses rapports d'autopsie sur un autre ordinateur. Elle n'y tenait pas, y voyant la preuve éclatante qu'ils n'avaient pas trois phrases à échanger, hormis vagues commentaires au sujet du dîner.

Si le couple avait eu des enfants, nul doute que l'ennui croissant des jours aurait moins rongé Louise. Toutefois, elle ne travaillait pas, ne s'étant jamais découvert de passion pour quelque activité que ce soit. Elle aimait les fleurs et la lecture. Aussi, sa vie tournait-elle majoritairement autour de Raphaël. Très majoritairement. Il s'agit du genre de situations qui met en valeur les défauts de l'autre, défauts qui, peu à peu, deviennent insupportables. Si Louise avait été plus objective, elle aurait admis qu'elle ne dépendait que de son mari pour sa distraction quotidienne. Lourd pour le même homme. Chloé lui semblait beaucoup plus rigolote puisqu'elles ne se voyaient qu'une à deux fois par semaine. De plus, la dentiste amassait une collection décoiffante d'anecdotes professionnelles. Autant des histoires de prémolaires ou de dentier peuvent prêter à la plaisanterie (sauf pour le propriétaire de la bouche), autant les blagues au sujet de défunts relèvent vite du mauvais goût.

Quoi qu'il en fût, Raphaël avait très mal vécu la séparation. Il avait fourni des efforts désespérés pour arriver à comprendre Louise, prêt à remédier aux défauts qu'elle aurait pu lui trouver. Il adorait sa femme et cette séparation l'assommait. Néanmoins, comment avouer à un homme profondément bienveillant, très intelligent, beau mec de surcroît : « Tu es d'un ennui, mais d'un ennui ! On dirait que c'est génétique, chez vous. Tes parents sont gentils tout plein mais sinistres. Je n'en peux plus des déjeuners familiaux. En plus, ça n'a pas l'air de vous poser problème. Vous passez votre temps à vous sourire, sans en décrocher une. »

Bien sûr, des soupçons étaient venus à Raphaël : un autre homme. Son incompréhension devait atteindre un paroxysme lorsque le détective privé engagé l'avait détrompé. Louise n'avait pas d'amant, au passé ou au présent. Hormis son amie Chloé et son frère Hubert – qui s'efforçaient de la sortir pour lui changer les idées –, elle ne fréquentait personne sur une base régulière et encore moins horizontale. À l'habitude homme d'honneur, Raphaël avait exclu les arbitrages de marchand de tapis. Louise avait eu le choix : conserver l'appartement parisien du 15e arrondissement ou la fermette normande, alors même qu'elle n'avait que peu participé à leur achat. Elle avait, bien sûr, opté pour le premier, bourrelée de remords, coupable à ne plus oser se regarder dans une glace. Comment pouvait-elle faire un truc pareil à un type aussi génial que Raphaël, un vrai gentleman ? Elle en était arrivée à la conclusion qu'elle possédait une grosse case de vide, en plus d'être sans cœur. Moche, ça ! Louise n'avait oublié qu'un aspect de Raphaël : sa finesse. Peut-être était-il dépourvu d'humour. Cependant, il se montrait obstiné lorsque l'enjeu devenait crucial. Ainsi, il était fermement décidé à récupérer sa femme. Le meilleur moyen consistait donc à attiser ses remords et à conserver des liens financiers avec elle.

Chloé Thierry tomba sur la boîte vocale de son amie.

« On n'est jamais si bien servi que par soi-même. »

Croyez-vous, Charles-Guillaume[1] ?
Mouifff... tout est relatif!

Cet automne-là, au même moment...

Louise avait fini par admettre qu'elle ne maîtrisait pas Le Minou, bientôt deux ans, un cadeau d'anniversaire de Raphaël. Le Minou : terre-neuve noir de soixante-huit kilos, soit sept de plus qu'elle (cette précision se révélera importante). De son nom officiel Galaad de la Gaunière de Saint-André, Le Minou ne faisait pas mentir sa race. Grosse brute tendre et affectueuse mais dévastatrice dans un salon, son estomac semblait sans fond. Il était prêt aux acrobaties les plus improbables pour piquer le contenu des assiettes abandonnées sur une table basse, même en sautant sur les genoux des convives. Or, c'est encombrant sur une serviette, un terre-neuve. Hormis ses manières préhistoriques, il n'aurait pas fait de mal à une

1. Charles-Guillaume Étienne, auteur dramatique, journaliste, pair de France, etc. (1778-1845).

mouche, sauf par inadvertance. On le comprendra plus tard, pour un chien, les canards et lapins se rangent dans une catégorie différente des « mouches ».

Louise se sentait très seule dans le grand appartement du 15e, quoique se réjouissant de n'être plus condamnée à l'ennui conjugal. Étrange, puisqu'elle n'avait jamais autant commandé de livres et DVD et s'était mise au streaming. Mieux valait l'admettre : elle se barbait ferme depuis sa rupture avec Raphaël. Elle ne l'aurait jamais avoué, pas même à elle-même. Surtout pas ! Aussi l'idée d'éduquer un tantinet son veau de chien la séduisit-elle. Quelle excellente distraction ! Après tout, ça ne devait pas être sorcier. Forte de sa certitude de posséder une vaste connaissance des animaux – alors même qu'elle n'avait jamais côtoyé que Fifi, son hamster d'enfance –, elle se lança. Armée d'un sachet de carrés de gruyère, une valeur sûre de l'avis d'un chien, Louise s'attela à la tâche… qui vira vite à la corvée, puis au cauchemar. De fait, si Le Minou montrait une extraordinaire bonne volonté lorsqu'il s'agissait de gober une récompense, « Assis » ou « Au pied » semblaient lui passer très au-dessus de la tête.

Ce soir-là, elle rentra dépitée par l'absence de progrès de Le Minou, un début de migraine frissonnant dans ses tempes. Elle avala deux comprimés d'aspirine. Louise était migraineuse depuis l'enfance. Elle consulta ensuite son portable et trouva le message hilare de Chloé. Le débit pas complètement sobre de son amie l'inquiéta et elle la rappela aussitôt. Chloé lui raconta de façon embrouillée sa mésaventure avec le cafard adipeux.

Louise la connaissait comme si elle l'avait tricotée. Elle se décida :

— Ah, oui… tu as été top ! Bien fait pour le cancrelat. Non, mais, ras le bol des malpolis et des abrutis. Euh… tu es à jeun, là ?

— …

— Chloé, ça va ?

Un silence, puis une sorte de lointain crissement désespéré. Enfin, une voix trempée de larmes :

— Non, je craque ! J'en peux plus, Louise. Ça va mal se terminer. Ou j'en tue un, ou je finis en dépression nerveuse sévère, ou encore à l'HP.

Chloé n'était pas du genre à faire une crise de nerfs histoire de passer le temps. Louise ne l'ignorait pas.

— On se calme. Tu m'expliques.

— Je ne supporte plus la dentisterie ! Tu comprends, médecin ou vétérinaire, j'aurais pu sauver des vies, humaines, animales, ou, plus modestement, contribuer à ce qu'elles aillent mieux. Enfin, même soigner un canari, c'est plus gratifiant que de se faire traiter de pauvre nulle par un type qui n'a jamais acheté une brosse à dents, non ?

— Tout à fait. Continue, l'encouragea Louise, certaine que le meilleur moyen de résorber une crise nerveuse avant qu'elle n'explose consistait à écouter.

— Là, à part soigner des abcès, faudrait vraiment que je sois bourrée pour me voir en héroïne ou en bienfaitrice de l'humanité…

Sincère, Louise contra :

— Faux. Très faux ! Ça fait très mal une dent malade et, en ce cas, le dentiste est l'unique personne au monde qui compte à vos yeux. Quand on arrive à le joindre. De surcroît, n'oublions pas que socialement, les dents sont cruciales. Donc, je crois que tu minimises de façon outrancière ton rôle. Sans doute parce que le cancrelat a usé ta résistance et que tu noircis le tableau. Enfin, soigner l'herpès ou la dermatite chronique d'un canari peut difficilement se comparer à un sauvetage de l'humanité, non ? Alors que refaire de belles dents humaines, ça peut changer une vie.

— Mouifff... Mais, je m'emmerde, grave. Mes journées sont interminables, on dirait que les minutes sont collées à la Super Glue. Et puis, je n'ai pas de contacts humains, quoi. Enfin, un médecin, un boucher ou une coiffeuse, ça peut discuter, demander des nouvelles, poser des questions. Moi, je parle à des gens qui ont la bouche ouverte avec trois instruments dedans et une pompe à salive qui produit des chuintements en permanence. Comment veux-tu qu'ils me répondent, à part des « grrruuuummmm », « raggghhh » ? Forcément, ça limite le relationnel !

— Embêtant, approuva Louise. Tu veux arrêter, vendre le cabinet ? Ce ne serait pas un aveu d'échec, tu sais.

— D'échec, non. Mais d'obstination crétine de ma part, sans aucun doute.

— Le problème vient en partie du fait qu'on s'oriente tôt, sans connaître tous les inconvénients ou avantages d'un métier. D'un autre côté, le cheminement d'Hubert, sa remise en question est un encouragement. Tu ne trouves pas ? Enfin, j'y vois une source d'inspiration...

Le moral déjà un peu moins dans les socquettes grâce aux arguments de son amie, Chloé interrogea d'un ton sceptique :

— Ah bon ?

La dentiste adorait Hubert, le frère de Louise, centralien de formation. Plus jeune que les deux amies, très brillant, il avait été la prunelle des yeux des parents de Louise. Celle-ci ne s'était jamais offusquée de la préférence manifestée vis-à-vis de son cadet. D'abord parce qu'elle l'aimait beaucoup, ensuite parce qu'Hubert appartenait, en effet, à une catégorie bénie des dieux. Difficile de lui trouver des défauts ou des manques, fussent-ils intellectuels, moraux ou même physiques. Certes, son côté fantasque pouvait passer pour un vice de personnalité auprès de certains, mais pas de son aînée. Sur ce dernier point, Chloé n'était pas certaine de partager son optimisme béat.

— Tu n'es pas d'accord ? s'étonna Louise.

— Eh bien… pour quelqu'un doté de ce bagage… le genre de diplômés sur lesquels les patrons des plus grosses boîtes fondent tels des éperviers…

— Chloé, tu sais bien que ça ne l'intéressait pas. Il avait envisagé les énergies nouvelles et le développement durable.

— En effet, donc, se retrouver leader de l'élevage et de la vente de NAC[1], je me pose des questions.

— Il donne aussi des formations pour les maîtres de nouveaux animaux de compagnie… euh, peu conventionnels, souligna Louise.

— Je sais. Bon, ce qui importe en ce moment, au-delà d'un de mes patients indélicats, c'est toi, ton avenir sans Raphaël, pas Hubert, trancha la dentiste.

1. Nouveaux animaux de compagnie.

De fait, Hubert constituait un inépuisable sujet et, de toute façon, sa grande sœur le défendrait bec et ongles. Aussi, inutile de s'appesantir sur son changement radical de carrière. Elle entendit la longue inspiration de son amie qui lâcha :

— Ça y est. Je sais ce que je veux vraiment faire, ma vocation, quoi.

— Vas-y !

— Tu vas te moquer de moi, se défila Louise.

— Pourquoi ? Aucun métier ne prête à moquerie, même pas éleveur de NAC. S'il existe un métier, c'est qu'en face il y a un besoin.

Le gros de la crise de Chloé étant dépassé, elle réfléchit. Le pilier actuel de l'existence de son amie se limitait à son chien. Aussi imagina-t-elle :

— Éducatrice canine ? Toiletteuse ? Avec Le Minou, tu peux te faire la main. Si tu parviens à le shampouiner, rien ne t'est impossible.

— Non, fleuriste. (Sous l'effet de sa passion florale, son débit s'accéléra :) Attention, pas le genre : « Je te colle sept roses et trois branches de gypsophile dans un papier de soie et on dira que ça fait un bouquet. » Non, je me vois en exploratrice de la flore et de ses présentations. Chercher de nouvelles essences, inventer des moyens de les mettre en valeur.

Chloé s'étonna :

— Je savais que tu aimais les jardins, les fleurs… pas à ce point, toutefois.

— Je n'avais pas vraiment creusé. En fait, j'espérais surtout tomber enceinte et m'occuper de nos enfants. Mais bon… Raté.

— Ça te manque beaucoup ?

— Oui, mais pas autant qu'à d'autres femmes pour qui cela représente une catastrophe et une terrible injustice. Et puis, ce diagnostic d'infertilité idiopathique, pour Raphaël et moi, m'a troublée. Je me suis dit que si on ne parvenait pas à expliquer notre stérilité, c'est que… peut-être… quelque part, lui ou moi ne voulait pas d'enfants avec l'autre.

— Oh là, ne fais pas dans la psy de bazar, chérie. Idiopathique ne signifie pas nécessairement psychologique. C'est juste un mot compliqué pour dire qu'on n'en sait que dalle et qu'on ne peut pas pointer vers une cause précise.

— Hum… Quoi qu'il en soit, enfin une occupation me passionne. Les fleurs !

— Géant, vas-y ! s'exclama Chloé, ravie que Louise ait envie de s'immerger dans autre chose que son mariage, puis son divorce.

— Je n'ai pas assez de fonds. Je vise un très joli magasin, bien placé. Il faudrait que je prenne une hypothèque très importante sur l'appartement. Je refuse, Raphaël l'a payé. Pourtant, je suis certaine qu'il s'en ficherait.

Le sort fait parfois (rarement, très rarement) bien les choses. Il s'amuse à semer des synchronicités propices. Par ailleurs, le sort étant assez avare d'événements réjouissants, autant se précipiter dessus. Avant même d'avoir soupesé sa décision, Chloé s'entendit proposer :

— Bon, j'apporte la moitié des fonds. L'héritage de ma mère.

— Tu ferais ça ? Tu es sûre ? Réfléchis un peu, non ? couina Louise, enthousiaste et soulagée.

Chloé souligna :

— C'est un peu intéressé. En fait, nos envies et besoins se rejoignent. Je sais à peine distinguer une marguerite d'un crocus, mais ça doit s'apprendre. Je te propose mon aide à mi-temps. Travailler au milieu des pétunias et des têtes d'hortensia réduira d'autant ma fréquentation des molaires, des bridges, des couronnes et de leurs propriétaires. Je vire ceux qui m'exaspèrent de mon répertoire clients, dont la grosse outre et ses semblables des deux sexes.

Elles raccrochèrent quelques minutes plus tard, aux anges.

Les trois mois qui suivirent se résumèrent à un tourbillon d'activité, une frénésie. Les déceptions suivirent les espoirs, les exaltations, les incertitudes. Enfin, elles tombèrent d'accord sur une très jolie boutique du 7e arrondissement, au rez-de-chaussée d'un bel immeuble. Un soir, alors qu'elle garait sa voiture non loin de chez elle, Chloé se rendit compte qu'elle n'avait pas gobé d'anxiolytiques depuis plusieurs jours. Elle balança les boîtes qui lui restaient. Certes, sa nouvelle activité – que son grand-père avait applaudie des deux mains – n'éliminait pas complètement les « ouîîînk », « on peut arrêter, là ? » En revanche, elle n'avait en effet conservé que les patients qui lui plaisaient ou du moins qui ne lui déplaisaient pas. Une liste noire avait été communiquée à la plateforme téléphonique qui gérait son emploi du temps. L'odieux cancrelat et ses congénères s'entendaient répondre par une voix suave : « Désolée, le Dr Thierry a réduit ses horaires. Je n'ai pas de rendez-vous avant dix mois. »

Lorsqu'on souffre d'une bonne rage de dents, c'est long et on cherche ailleurs ! Bon débarras.

Elle parvint même à alléger encore son exercice à mi-temps. Le thérapeute qu'elle consulta en douce, durant quelques mois, lui offrit un enseignement crucial : la méditation en pleine conscience pour réduire le stress. Bien sûr, la technique de son thérapeute était assez différente : s'asseoir devant une bougie et en fixer la flamme en suivant ses inspirations et expirations. Une vision classique de la chose, selon Chloé. Au fond, il n'existe pas de différence fondamentale entre une canine et une flamme de bougie, si ce n'est que la seconde brûle mais qu'elle ne permet pas de sectionner un morceau de steak. Les dents étaient donc devenues ses petites bougies de méditation. Elle ne voyait plus que la dent, rien autour. Elle inspirait, expirait sous son masque. Certes, elle évitait de se vider complètement l'esprit, malgré les recommandations de son thérapeute. Lorsqu'on a une fraise diamantée, une seringue à boucle ou une lime endodontique à la main, on fait quand même gaffe où on les fourre et on évite de déraper. Néanmoins, les « ouîîînk », « nôôôn » devinrent une sorte de bruit de fond très supportable. Elle n'était plus Hannibal Lecter à ses propres yeux. Plus étonnant, elle constata que certains patients nerveux se calmaient au son de sa respiration, au point qu'elle devait parfois intimer :

— S'il vous plaît, la bouche ? Ouvrez la bouche. On ne s'endort pas.

« L'innocence et la beauté n'ont d'ennemi que le temps. »

Vraiment, cher William (Butler Yeats[1]),
on aimerait y croire. Toutefois, l'innocence
a tant d'ennemis qu'on ne les dénombre plus.

L'été suivant, le Perche

Louise et Chloé s'étaient réparti les tâches en fonction de leurs profils psychologiques. À Louise, les stratégies charme et fermeté, les aspects requérant de la patience, de la finesse et un don artistique. À Chloé, la tactique « je fonce dans le tas, on verra ce que ça donne », les aspects techniques et les finances de leur affaire. En général, Chloé rejoignait son amie au magasin vers 14-15 heures, après s'être changée. Sa garde-robe (ou plutôt garde-jeans) s'était limitée à sa plus squelettique expression durant des années. Quelques pulls, chemises, surchemises, tee-shirts et jeans, et deux paires de boots identiques. Après tout, elle portait une blouse au cabinet. Néanmoins, prenant très au sérieux son rôle d'associée de fleuriste branchouille, elle avait investi dans quelques

1. Poète et dramaturge irlandais (1865-1939).

beaux pantalons, vestes designer et des chaussures un peu plus élégantes. Chloé préférait expédier sa demi-journée de chirurgienne-dentiste le matin. Une tactique qu'elle avait baptisée « œufs sur le plat ». Elle mangeait d'abord le blanc, en convoitant le jaune, son préféré, qu'elle n'attaquait qu'à la fin. Un peu ballot : le jaune est alors froid !

Tout fonctionnait au mieux côté professionnel. La réputation du magasin s'était répandue comme une traînée de poudre dans la capitale. L'élégance des arrangements stylisés de Louise démontrait de façon éblouissante qu'on peut faire très beau sans devenir inabordable. Les deux amies croulaient sous les commandes. Elles avaient vite dû engager Sébastien, un ancien chauffeur poids lourd d'une trentaine d'années, d'impressionnante carrure, un blond qui se dégarnissait déjà. À l'entendre, les fleurettes le fascinaient depuis l'enfance. Elles ne le regrettaient pas une seconde. Sébastien Mercier accomplissait toute tâche avec une identique bonne humeur, efficacité et jovialité. Chloé avait trouvé un exutoire pour déverser son adrénaline excédentaire en pourfendant ceux qui leur soufflaient dans les narines. Louise était maintenant incapable d'épeler le mot « ennui » tant ses journées filaient.

Cependant, comme rien n'est jamais parfait en ce bas monde, Louise était contrainte d'admettre que, depuis son divorce, son palmarès sentimental aurait pu déprimer la femme la plus combative de la planète. Un palmarès qui se résumait en un mot, un seul : néant ! Il ne lui serait jamais venu à l'esprit qu'elle sortait droit du moule estampillé « monogames pur jus », celles qui tant qu'elles aiment – même en le niant – ne peuvent pas réserver de place pour un autre.

Moins préoccupant mais quand même ennuyeux, elle avait abandonné ses velléités d'éducation canine. Pourtant, Louise en expérimentait au quotidien les fâcheuses conséquences lorsque le chien entortillait sa laisse autour de ses jambes ou qu'il faisait la fête à un client qui n'en demandait pas tant, et surtout pas que Le Minou le renverse ou piétine son bouquet.

Louise avait fini par admettre que là, comme ailleurs, rien ne valait un pro. Les semaines de fermeture annuelle du magasin approchant, elle pourrait ménager un créneau. Chloé applaudit sa décision avec une remarque qui peina son amie :

— Ah, chouette ! On a peut-être une chance qu'il obéisse avant de devenir sénile !

Certes ! Néanmoins, à qui déléguer cet épineux dossier ? Un tour sur les forums paniqua Louise. Quelques maîtres évoquaient des mauvais traitements, des traumatismes post-dressage, des animaux devenus méfiants, voire peureux. Ah non, pas Le Minou ! Enfin se dégagèrent des noms d'éducateurs canins chaudement recommandés. Pourquoi ne pas joindre l'utile à l'agréable et réserver un gîte rural dans un joli coin de France, pas trop éloigné de la capitale ? Elle passerait ensuite sa dernière semaine de vacances avec Chloé et Victor, dans le Sud, avec un Le Minou enfin dégrossi (au figuré).

Elle contacta donc Jean-Marie[1], éducateur canin de renom installé dans le Perche. Le gîte qu'elle avait trouvé

---

1. Merci, cher Jean-Marie. Grâce à vous, mes chiens reviennent lorsque je les appelle alors que l'illusion d'une taupe les fascine !

– une petite merveille, meublée avec goût – était flanqué d'un charmant jardinet avec terrasse.

La façon de procéder de Jean-Marie lui convenait : le renforcement positif, ni engueulade ni brimade pour l'animal. De l'obstination, des mots gentils et un chow-chow noir avec des manières qu'aurait goûtées Mme de La Fayette. Il montrait l'exemple et semblait s'amuser de son rôle de mentor pour quatre pattes. Jean-Marie était tenant de la méthode qui associe le maître aux progrès de son animal. Logique et efficace, quoiqu'un brin physique pour une citadine peu portée sur l'exercice (et même pas du tout, du tout). Durant dix jours, Louise escorta donc Le Minou. Elle enjamba cerceaux et planches, slaloma autour de cônes en plastique, sautilla entre des pneus.

Quoi qu'il en fût, son gros Le Minou se transforma sous ses yeux. Il marchait au pied, s'asseyait sur son respectable popotin en attendant qu'on lui offre un bout de quelque chose. Il ne défonçait plus les portes, jugeant qu'elles ne s'ouvraient pas assez vite. Il ne lui démontait plus l'épaule en tirant sur sa laisse.

Une pluie drue s'était déversée sur la région durant la nuit. Jean-Marie l'appela pour décommander la séance. On prévoyait de l'orage pour l'après-midi. Louise en profita pour prendre un long bain, se manucurer, se pédicurer, se faire un brushing, parce que la queue-de-cheval – *must* lors des parcours d'agilité –, ça lasse.

Vers 17 heures, le ciel se dégagea. Le Minou tournait en rond. Louise décida de se montrer autonome. Après tout, il ne restait plus que deux séances avant le départ vers le Sud afin de rejoindre Chloé et Victor, et le chien obéissait au petit poil. Aussi partit-elle par les chemins, grisée par la conduite civile de son terre-neuve. La nature environnante l'enivrait aussi. Les oiseaux s'interpellaient d'arbre en arbre… ou sur l'eau, l'eau d'un étang assez large. Arghh, l'eau !!! L'aimant irrésistible pour un terre-neuve, surtout avec quelques canards dessus ! Pauvres volatiles qui ne se doutaient pas que soixante-huit kilos d'estomac allaient fondre sur eux, un peu moins si on soustrait le poids de l'épaisse fourrure… mais beaucoup plus si on ajoute celui de la bipède affolée à l'autre bout de la laisse.

Ce qui ne devait pas arriver se produisit alors, dans un ciel d'un bleu parfait. Un énorme coup de tonnerre fit sursauter Louise. Le Minou crut-il qu'il s'agissait d'un Hue-Ah d'encouragement ? Il réagit alors en parfait cheval de trait et s'élança… vers l'étang. Elle tenta de tirer sur la laisse mais se sentit soudain légère, aérienne même. Après ce décollage contraint, elle retomba sur la terre boueuse. Cette position allongée, sur le ventre, convenait bien mieux à Le Minou. La race a aussi été utilisée pour tirer des troncs d'arbres. La traction se fit plus forte, jusqu'à un clapotis de très mauvais augure. Louise plongea tête la première dans une eau verdâtre et beurk-beurk. Enfin, un éclair de génie lui fit lâcher la laisse. Elle rampa comme elle le pouvait, ses genoux s'enfonçant dans une vase épaisse, les vêtements gorgés d'eau répugnante. Son mocassin lui quitta le pied. Un bruit d'ébats, dans le genre vigoureuse controverse, lui fit tourner la tête. Le Minou nageait à la vitesse d'un grand requin vers le groupe de canards. Si la plupart eurent la judicieuse idée de s'envoler, l'un semblait avoir la comprenette laborieuse. Louise hurla. Enfin, le palmipède mou du bulbe sentit que cette grosse chose noire, dont les robustes crocs luisaient, ne lui voulait pas nécessairement du bien. Il sortit de son apathie suicidaire et s'envola au moment où les mâchoires de Le Minou se refermaient sur sa queue. Perplexe et déçu, le terre-neuve revint vers la berge, une longue plume entre les dents. Louise, assise sur l'herbe, trempée de bouillasse malodorante, hésitait entre une grosse engueulade, une mini-crise de nerfs et le soulagement. Le Minou trancha pour elle : généreux, il déposa la plume sur ses genoux.

D'une voix peu assurée, elle déclara :

— Oh, merci le chien. Ça me fait rudement plaisir. Ton premier trophée de chasse. C'est tout mignon de me l'offrir.

Sentant que, peut-être, sa prestation avait dépassé les bornes, Le Minou fut assez galant pour avancer à petits pas à côté de sa maîtresse. Louise claudiquait, gémissait parfois lorsqu'un caillou du chemin lui blessait la plante du pied. Enfin, elle rejoignit la départementale. Allez, plus qu'un bon kilomètre ! Un homme, grand et massif, était garé sur le bas-côté et téléphonait. Appuyé contre la carrosserie de sa berline de luxe, il la détailla, un air étrange sur le visage. Ça, elle devait avoir l'air pathétique. S'efforçant de conserver une allure dégagée, sur le mode : « Vraiment, tout va pour le mieux. Comment cela ? Moi, couverte de vase malodorante et nu-pied (un seul) ? » Lorsqu'elle parvint à sa hauteur, il s'enquit d'une voix aimable :

— Un problème, madame ?

— J'ai plongé tête la première dans l'étang, le renseigna-t-elle, lugubre. J'ai perdu un mocassin.

Il la considéra avec compassion. Il semblait plutôt gentil avec ses gros sourcils broussailleux de brun. Si gentil qu'elle sentit les larmes lui monter aux yeux. En fut-il touché ?

— Je peux vous déposer quelque part ?

— On – le chien et moi – va cochonner votre voiture.

— C'est l'avantage du cuir. Un coup d'éponge, tout rentre dans l'ordre.

À part sa masse impressionnante, il ne paraissait pas menaçant. De plus, Le Minou était sans doute une crème, toutefois pas si on agressait sa maîtresse. Elle ne résista pas à la proposition.

S'en suivirent quelques minutes de conversation courtoise et convenue sur le mode : « Je m'appelle Louise », « Oh, quel joli prénom, ça revient à la mode. On ne peut que s'en féliciter. Moi, c'est Xavier », « Ah, j'adore les prénoms classiques », « Vous êtes du coin ? », « Non, parisienne. Et vous ? », « Parisien d'adoption. À l'origine, du Lubéron. » Un gros mensonge puisqu'il aurait été infichu de citer une seule ville de ce beau massif.

Le Minou lâchait par intermittences un grondement si bas qu'on aurait pu l'attribuer à des végétations. Louise finit pourtant par l'entendre alors que son « sauveur » la baratinait avec une aisance de pro. Sans doute le chien ne recevait-il pas assez d'attention depuis un moment ? songea-t-elle. Pourtant, en dépit de cette explication benoîte, un instinct la fit aussitôt passer en vigilance orange. Elle n'avait plus qu'une hâte : que l'homme la dépose à l'entrée du village. Feignant l'innocence, elle vérifia qu'il n'avait pas bouclé les portières. Enfin, elle aperçut les premières maisons.

— Indiquez-moi le chemin. Je vous raccompagne jusqu'à votre gîte.

Oh que non, bonhomme !

— C'est très aimable. Je dois aller acheter un peu de pain. Déposez-moi dès que vous le pourrez.

— Avec une seule chaussure ?

— Euh... non, je compte ôter la seconde. C'est très tendance, le *barefoot running*. Une sorte de retour à notre animalité, à la sensation de nature, pontifia-t-elle, n'en sachant rien.

Il lui jeta un étrange regard, intense, et concourut d'un ton plat :

— Hum... ça fait du bien de se sentir animal. De temps en temps. Ceci dit, une des premières priorités de l'homme préhistorique fut d'inventer la chaussure. Ça fait mal, parfois, l'animalité.

Un frisson d'appréhension électrisa Louise. N'eût été Le Minou, elle aurait sauté de la voiture. Elle ne pouvait pas abandonner son chien à l'arrière.

La berline ralentit dès l'entrée de la bourgade. Xavier lui adressa un sourire qu'elle jugea un brin carnassier et déclara :

— Ravi de vous avoir rencontrée, Louise. Peut-être nous croiserons-nous dans la capitale. Bon *barefoot running* !

Elle sortit telle une flèche et récupéra Le Minou. L'imagina-t-elle ou le terre-neuve adressa-t-il un regard vachard à leur chauffeur ?

Elle lança :

— Encore merci, vraiment sympa de votre part, Xavier.

Adoptant une feinte indécision, elle attendit que la voiture disparaisse pour obliquer à droite et rejoindre le gîte.

Une fois rentrée, la plante d'un pied irrité, elle avala deux cachets d'aspirine et se doucha. Si Le Minou avait été d'un calibre moins imposant, elle l'aurait collé de façon autoritaire dans la baignoire pour le débarrasser de sa bouillasse. Là, elle hésitait. En effet, à moins de parvenir à le convaincre d'être assez aimable pour grimper dans la baignoire et d'y rester jusqu'après le shampoing et le rinçage, elle ne voyait pas comment s'y prendre.

Il n'y a pas que les emmerdes
qui « volent toujours en escadrille[1] *! »*

En effet, les catastrophes
les suivent ou les précèdent de peu.

Aujourd'hui, novembre

Un mois de novembre assez doux mais pluvieux s'était installé sur la capitale. Ce matin-là, Chloé accueillit son deuxième patient, un nouveau qu'elle avait hésité à recevoir. Un involontaire sourire étira les lèvres de la dentiste lorsqu'il s'allongea sur le fauteuil en ôtant ses Ray-Ban de soleil, dévoilant un intense regard gris-bleu, assez peu fréquent, surtout chez des sujets châtain clair. Beau spécimen de mâle, du moins selon les critères de Chloé. Grand, large d'épaules, musclé mais sans excès, trente-quatre ans d'après sa fiche de renseignements. Elle examina sa denture parfaite, s'étonnant :

— Monsieur Lemarchand…

— Éric, suggéra-t-il d'une voix à la fois chaude, grave et douce.

---

1. Jacques Chirac.

— Euhhh, enfin…

Quand même un peu précoce pour la familiarité, jugea la dentiste.

— Vous m'aviez parlé d'une urgence, c'est d'ailleurs pour cela que je vous ai accepté. Je ne prends plus de nouveaux patients.

— C'est une urgence, sourit-il.

— Je ne remarque aucun problème, pas d'abcès, ni d'inflammation…

— Justement. Il est donc très important que je trouve un praticien compétent pour que cet état persiste. Je viens de m'installer dans la capitale. Je suis hypervigilant en matière de santé dentaire.

— Et vous avez raison !

Bref, à part triturer à droite et à gauche, en haut et en bas, pour enlever deux infimes tachouilles dues au café ou au thé, elle ne fit pas grand-chose. Reposant.

Dès la station verticale retrouvée, Éric Lemarchand lui demanda un autre rendez-vous.

— Par moments, j'éprouve une sorte de léger élancement, sous une molaire du bas, à droite. Il faudra vérifier. Je redoute plus que tout une maladie parodontale.

— Avec plai… bien sûr.

Son sourire et sa poignée de main ferme – mais pas trop – lorsqu'il partit, la troublèrent assez. Il est des gens à qui on souhaite des problèmes dentaires alors même qu'on ne leur veut aucun mal.

Chloé se sentait bien dans ses poulaines grâce au charme viril – et un brin appuyé – d'Éric Lemarchand. Aussi, lorsqu'un mail de son secrétariat externalisé la prévint d'une annulation de rendez-vous de dernière minute, prit-elle la chose du bon côté. Allez, elle allait mettre à profit ce contretemps. Elle se décida en faveur d'un petit plaisir. L'éternel féminin (allons-y avec les poncifs !) se décline de bien des manières. L'une d'elles est presque invariable : plaire procure toujours une grosse satisfaction ! Rajouter une petite couche de bien-être en s'offrant une babiole du genre très inutile, également. Cela prouve que, à l'inverse de ce que serinent certains esprits chagrins, les femmes manifestent une parfaite cohérence ! CQFD. Gros problème : de quoi avait-elle besoin ? Non, non, la question était mal formulée puisque, même en cherchant bien, elle n'avait besoin de rien, vraiment de rien. De quoi avait-elle envie qu'elle ne regrette pas (donc, si possible, non calorique) et qui ne fasse pas souffler Victor sur le mode : « Est-ce bien raisonnable, ma chérie ? Un peu de dé-consommation ne nuirait pas. » Une interminable liste d'objets et de fanfreluches défila dans son esprit. Un premier tamisage – repérer une chose dont elle pourrait certifier à son grand-père « Je ne pouvais plus faire sans, ça devenait intenable. Je t'assure. » – lui permit de la rétrécir de deux bons tiers. Elle récupéra dans la corbeille à papier le catalogue des soldes des Cinq Forts Bleus, la célèbre enseigne de vente par correspondance. Durant la demi-heure qui suivit, elle feuilleta, rêvassa, s'interrogea. Enfin, elle tomba en arrêt devant un lampadaire, sobre et chic, qu'elle commanderait à 50 % de sa valeur grâce à sa carte BizouBizou. Énorme cerise sur le gâteau, ledit lampadaire tolérait des ampoules 100 watts, laissant espérer qu'un seul serait nécessaire pour éclairer une petite salle d'attente aveugle. Elle récupéra son Smartphone pour passer commande en ligne et hésita.

Victor et elle avaient décidé des années auparavant de limiter au strict minimum les prélèvements bancaires et les achats en ligne de sorte à préserver, à leur infime mesure, des emplois non qualifiés et cruciaux pour nombre de gens. Une micro-rébellion qui s'apparentait à un vain combat mais les satisfaisait. Ils déchiraient avec une joie gamine les relances de fournisseurs divers et variés tentant de les culpabiliser sur le mode « Faites un geste pour la planète, passez au paiement en ligne et recevez vos factures par Internet » alors que cela se résumait à une affaire de baisse des coûts, bref de gros sous puisque aucun des fournisseurs en question ne proposait de replanter un arbre en échange.

Elle composa donc le numéro des Cinq Forts Bleus. Une ziziquette hystérique, ponctuée de gloussements extatiques et d'éclats de rires féminins, censés figurer le bonheur insoutenable des clientes, l'assomma durant trois bonnes minutes. Elle composa ensuite son numéro BizouBizou. Une voix numérique cruche l'encouragea à presser 1 lorsque la catégorie de son envie serait annoncée. Tout, ou presque, y passa. Enfin, « luminaires » surnagea.

— Bonjour et bienvenue. Comment puis-je vous aider, chère Chloé Thierry, annonça une hôtesse de vente en chair et en os.

— Bonjour. J'aimerais commander le lampadaire, référence : WWET/991896789–9113305/6 –1346–00–23/77–39–59–HTPZ/47–34–19–CLGQ//KHB89/0830–MQZHL–9184/PQGT–6777–00000868927/BBFTY339159/LLBNDQ–342987, 100 watts, blanc, avec réduction de 50 %, s'il vous plaît.

Elle entendit le tapotis des touches, puis la voix suave revint vers elle :

— Désolée, chère Chloé Thierry, nous ne l'avons plus en stock.

— Mais, j'ai reçu le catalogue hier !

— Un article remarquable, parti très vite. Toutefois, vous avez de la chance, je puis vous proposer la référence WXEY/281896779–9113305/2–2886–40–24/77–99–26–HTPZ/47–34–19–FJFL//KHB89/2579–WWTZA –1240/PQGT697002600868927/BVFTY–339152/ VAQMNT–522981 avec 75 % de réduction.

— Ça correspond à quoi ?

— Un plat à tagine, électrique, une de nos meilleures ventes. Un *must-have* dans la cuisine. Saveurs d'ailleurs, savoureuses découvertes et voyages immobiles.

Le mignon nuage sur lequel était installée Chloé se fissura, dangereusement. Une indiscutable aigreur le remplaça. Elle rétorqua, sèche :

— Tout ça ? Raison qui explique un rabais de 75 %, sans doute ? Je ne peux pas éclairer ma salle d'attente avec un plat à tagine, aussi performant soit-il, madame.

La voix toujours marshmallowesque reprit :

— Ah, ah… Vous cherchez donc une source d'éclairage ?

— Tout juste ! Raison pour laquelle j'ai pressé la touche 1 lorsque la gourdasse numérique a, enfin, prononcé le terme « luminaires ».

— Quelle joie, chère Chloé Thierry. J.O.I.E, dis-je ! Apparaît sur mon écran un set absolument sublime de couteaux à steaks, manches en résine violette et orange. Une merveille de nature à enchanter vos convives ! La pire viande, de la carne, n'y résistera pas et se découpera comme du beurre ! Un succès garanti !

Chloé se raisonna, alors même que ses doigts de pied frissonnaient d'exaspération. Cette femme était payée des clopinettes pour fourguer des articles fléchés par la boîte. Pas sa faute, on paie ses factures comme on peut. Au prix d'un effort, la dentiste articula d'un ton à peu près neutre :

— Encore une fois, je cherche à éclairer ma salle d'attente.

Dans la demi-heure qui suivit, l'hôtesse lui proposa une crêpière capable de plier les crêpes en éventail ou de les rouler, selon le programme ; une déchiqueteuse à papiers, musicale, s'il vous plaît ; un porte-documents qui couinait puis hululait lorsqu'on s'en écartait de deux puis de cinq mètres – merveilleuse invention pour ne pas l'oublier, n'est-ce pas ? – ; des pantoufles sur coussin d'eau avec prise pour les tiédir ; un bouledogue français en résine noire et blanche qui faisait pipi de bonheur lorsqu'on pénétrait dans la pièce ; douze paires de mitaines de pieds, en coton moutarde, qui permettaient de laisser respirer les orteils, un énorme plus contre la macération, donc les mycoses ; etc. Elle pouvait, bien sûr, régler ses achats à crédit, sur 32 mois, avec un TEG qui aurait fait saliver de convoitise le plus cupide des usuriers.

La patience – déjà minime – de Chloé s'effilochait d'alarmante manière. Elle avait songé vingt fois à raccrocher. Pourtant, elle se cramponnait, certaine que la femme à l'autre bout de la ligne avait pour consigne de lire ce qui s'affichait sur son écran.

Elle répéta pour la cinquante-septième fois :

— Madame, j'ai besoin d'une source de lumière ! J'essaie de ne pas m'énerver. Néanmoins, ça devient de plus en plus acrobatique. (Perdant le contrôle, elle hurla :) Bordel, vous vendez des lampadaires ou pas ! Vous savez, un machin au bout d'une tige. On appuie sur l'interrupteur et ça éclaire !

Un silence, puis la voix tremblante de l'hôtesse de vente :

— Nos clients se réjouissent d'avoir opté pour la référence OOXET/991896789–9113305/6–26146–00–23/77–39–79–JSWXXZ/47–34–19–LPQV//KWB24/0830–MQZHL–9184/PQGT–9446–62000868927/BBFTY–339159/MXZEDQ–572937.

Glaciale, Chloé s'enquit :

— Et c'est ?

— Euhhh… un lampadaire, avec ravissants pendentifs en forme de glaçons, de multiples couleurs.

— Puissance ?

— 30 watts, comme le reste.

— Parfaitement adapté à une veillée mortuaire ou à un plan romantique, donc.

— Attendez… nous avons également de splendides bougies votives, parfumées aux huiles essentielles, qui renforceront l'éclairage en ajoutant une note décorative festive, sans oublier un subtil parfum d'ambiance, garanties sans pesticides…

— Je suis dentiste, pas cartomancienne ! Vous voulez qu'un de mes patients s'allume en feu de Bengale dans une salle d'attente grande comme un pipi-room, semée de bougies, votives ou pas ?

Elle s'en voulut aussitôt lorsqu'un reniflement discret lui parvint. Lasse d'heures, de journées, de semaines de répétitions et de se faire rembarrer par des clientes qui n'avaient pas complètement tort, l'hôtesse craqua et débita d'une voix lourde de larmes :

— Je suis... désolée... je récite juste les textes du marketing... Je ne sais même pas à quoi ça ressemble, leurs trucs... J'en ai marre des « îlots de zénitude », des « voyages immobiles », des « notes festives », des « luxes secrets et envoûtants », « des réveils des sens » pour vanter une foutue tagine qui, en plus, ne cuirait pas un œuf au plat, une paire de chaussons hideux qui font floc-floc à chaque pas ou un abruti de cabot en résine, Art déco *made in China*, qui pisse dans le salon... faut remplir son réservoir de flotte et essuyer derrière ! J'en ai MARRE, j'vous dis, MARRE... éructa-t-elle.

Elle raccrocha avant que Chloé n'ait pu terminer son :

— Au revoir, madame...

Finalement, une boîte de chocolats, c'est chouette, d'un beau et confortable classicisme. Elle passa commande en trois touches chez son artisan préféré.

Au même moment...

La grisaille, les jours courts n'amélioraient pas l'humeur un peu maussade de Louise Longin, qui rentrait de sa tournée éreintante des meilleurs grossistes horticoles de Rungis. Elle était maintenant connue là-bas comme la louve blanche. Selon le profil (et surtout le sexe) de son interlocuteur, elle alternait de la moue sexy

Marilyn Monroe, aux battements de paupières *girly* d'une Britney Spears (sans les couettes), aux revendications de femme d'affaires. Cette palette de réactions lui permettait de rafler les plus belles fleurs au meilleur prix.

Louise fit descendre le chien de la voiture. Elle eut à peine le temps de verrouiller les portières. Il bondit vers la boutique à la devanture ornée des plus belles créations florales de sa maîtresse. En dépit du harnais avec système de démultiplication, elle eut le sentiment qu'elle allait décoller de ses escarpins.

Une moue chagrinée crispa ses lèvres. Mince, Le Minou était ressorti de son stage avec Jean-Marie métamorphosé en chien civilisé. Néanmoins, de retour à Paris, en trois mois, il avait perdu une bonne part de ce guide de bonne conduite canine et retrouvé ses habitudes… rustiques. La compétence de l'éducateur ne pouvant être un instant mise en doute – elle l'avait vérifiée *de visu* –, une autre explication s'était imposée. Louise avait fini par conclure que les chiens n'ont de mémoire que pour ce qui les intéresse. Il ne lui serait jamais venu à l'idée que son extrême complaisance vis-à-vis de son cabot (dans les deux sens du terme) avait gommé les enseignements reçus. De l'avis d'un chien, pourquoi se casser les pieds à obéir pour obtenir quelque chose lorsqu'on peut l'avoir en n'en faisant qu'à sa tête ? Hein, soyons logiques ! Ils comprennent donc très vite s'ils ont affaire à une poire, facile à manipuler pour obtenir câlins et gâteries. Louise s'ignorait poire. Dommage, car Le Minou aurait pu l'éclairer alors sur certaines de ses relations avec d'autres cabots, ceux-là bipèdes. Des relations qui risquaient de lui tomber dessus en forme de gros, gros emmerdements.

Miracle, elle parvint debout, devant l'entrée de sa boutique, sans s'être foulé une cheville. La truffe collée à la paroi d'épais verre, la queue battant d'impatience, pressé par on ne savait quoi, le chien attendait qu'elle pousse le battant et plus vite que ça. Battant fermé, à son étonnement (celui de Louise). À plus de 11 heures, Sébastien, son vendeur, aurait déjà dû se trouver sur place, hormis pépin de transport. Elle appréciait Sébastien. Le Minou également, puisque celui-ci n'était pas avare de bouts de croissant ou de gâteaux, et encore moins de gratouillis derrière les oreilles. Quoiqu'un peu taiseux, Sébastien émouvait Louise lorsqu'il saisissait, avec une délicatesse stupéfiante, une branche d'orchidées lourde de fleurs entre ses grosses paluches. Or, la tige d'orchidées, ça casse ! Sébastien n'était pas marié, bien que beau spécimen de mâle, dans le genre armoire normande. Louise ignorait s'il fréquentait une amie ou avait une compagne. À certains silences ou à ses dérobades malhabiles lorsqu'elle tentait d'en apprendre un peu plus, elle le soupçonnait de tenir secrète une belle histoire d'amour malheureuse. Louise n'échappait pas à la règle de nombre de représentantes de la douce gent. Dès qu'un homme qui aurait pu leur plaire surgissait, sa vie sentimentale devenait objet de spéculations et d'interrogations.

Cramponnant la laisse du chien d'une main, elle écarta les jambes pour maintenir son équilibre, et fouilla de l'autre main son gigantesque sac. En vain, bien sûr. L'auteur n'en surprendra aucune en précisant que, par définition, on ne retrouve jamais rien dans un sac digne de ce nom, sauf à retourner son contenu. Qu'entendons-nous par « sac à main digne de ce nom » ? Eh bien, pour faire court, il s'agit de la mini-malle[1] qui permet à sa femme d'affronter toutes les situations, même très improbables (voire délirantes), de l'éruption volcanique à une crue majeure de la Seine, en passant par une rencontre avec le vrai de vrai prince charmant.

Luttant contre l'agacement, Louise s'efforça à la logique et tâtonna à la recherche d'objets métalliques. Le Minou, dressé sur ses postérieurs, tentait de forcer la paroi de verre récalcitrante, en la maculant de la crasse boueuse de ses pattes avant. Sa frénésie semblait un peu inhabituelle, même pour une grosse brute telle que lui. Louise frôla un vaporisateur, puis son étui blindé pour cartes bancaires, et enfin les deux clefs attachées à un anneau (contrairement au trousseau de son appartement ou à la clef unique de sa voiture). Elle s'efforça de raisonner le chien, se pencha, tanguant sous ses tractions. Elle introduisit la clef dans le verrou situé en bas de la vitrine puis se cambra pour taper le code sur la serrure numérique. Un bip bip annonça le déverrouillage.

Enfin, ils pénétrèrent. Le système d'alarme se déclencha, avec un son strident qui portait sur les nerfs. Louise put lâcher la laisse et poser son sac au sol. Deux gros plus. Elle composa un autre code pour désactiver l'alarme. Où donc était Sébastien ? La lumière était allumée dans la pièce climatisée réservée aux fleurs les plus délicates.

---

1. Afin de coller à la réalité, l'auteur est allée peser son sac. Verdict : quatre kilos et deux cents grammes. Avantage : ça muscle deltoïde et trapèze de l'épaule, mais il convient d'en changer périodiquement (d'épaule) pour harmoniser la masse musculaire des deux côtés.

Pourtant, les battants vitrés étaient fermés. Elle entra à nouveau un code dans le pavé scellé au mur et poussa les parois. Sans doute Sébastien avait-il oublié d'éteindre en partant hier soir.

Louise Longin fila vers le vestiaire où étaient installés une machine à expresso, une petite table et deux poufs. L'odeur du café kenyan la revigora. Elle patienta et avala une première gorgée très chaude avec deux cachets d'aspirine. Des « yafyaf » joyeux mais tonitruants lui tirèrent un sourire. Sébastien venait d'arriver. Le Minou lui faisait fête et tentait d'obtenir un morceau de la viennoiserie que celui-ci achetait chaque matin au coin de la rue. Louise y voyait une autre preuve de la remarquable intelligence de son terre-neuve : il savait même compter, du moins jusqu'à « un ». En effet, le chien avait compris qu'il n'y aurait qu'un bout de croissant ou de brioche. Inutile donc de se fatiguer à faire des grâces une fois ledit bout avalé avec voracité. Pas folle la guêpe ! Les « yafyaf » cessaient alors. Ce matin-là, ils persistèrent, devenant même plus insistants, au point que Louise s'en étonna. Intriguée, elle pénétra dans la salle climatisée et se figea d'horreur. Le Minou, assis sur son gros derrière, la dévisageait, des arums saccagés sous les pattes, un autre dans la gueule. Sa queue battait rythmiquement, balayant de droite à gauche les tiges de camélia du Japon, d'hellébore Red Lady ou de pivoine presque blanche ou violette, éparses au sol. Avait-il tout renversé ? Un affreux vertige la déséquilibra. Elle ferma les yeux, atterrée. Aucun son ne sortait de sa gorge sèche. Le terre-neuve était même parvenu à faire une sorte de monticule au milieu de la pièce, débauche de bergénias, de dahlias de toutes formes et couleurs, de têtes d'hortensia bleu, de lys et de roses. Elle crut se trouver mal… avant que la colère ne prenne le dessus. Menaçante, elle avança vers le chien, un index vengeur tendu, et feula :

— J'espère que tu as une excellente explication, parce que là, ça va péter !

Le Minou leva un regard innocent. Ne jamais ajouter foi au grand regard angélique d'un chien surpris en pleine bêtise. Le : « Moi ? Jamais de la vie ! » Il vous mène en bateau. En revanche, se méfier à l'égal des regards coupables. Le maître est furax, le chien se demande pourquoi, même s'il est innocent tel l'agneau qui vient de naître.

Louise s'en voulut aussitôt de cette sortie acrimonieuse et s'efforça à la pédagogie. Elle articula avec effort :

— Pourrais-tu m'expliquer ce qui vient de se passer ? (Désignant d'un geste le saccage, elle précisa :) C'est quoi, ça ? Tu sais combien d'argent ça représente ? Veux-tu que je te fasse le calcul… à retenir sur tes croquettes de luxe et tes coussins ? Et lâche cet arum, c'est toxique !

Le terre-neuve cracha l'arum, d'autant qu'il le trouvait très amer. À l'habitude, sa maîtresse chérie faisait preuve d'une lenteur inquiétante en matière de comprenette. Ah, les humains ! Ils sont pour certains adorables, mais bon… un peu limités quand même ! Enfin, ne sentait-elle pas ce qui se passait ? Avec son nez ! Lui l'avait flairé dès leur arrivée. Mais non, il avait fallu qu'elle joue encore à plonger la main dans le gros truc qu'elle portait à l'épaule. Gros truc sans intérêt puisqu'en général, il n'y avait rien à manger dedans, hormis un encas protéiné au citron. Beurk ! Il est vrai qu'avec le quart de litre de

Chanel dont elle s'aspergeait chaque matin, ses récepteurs olfactifs devaient être saturés. Le Minou n'aimait pas les parfums, hormis les remugles de pipi, de poubelles faisandées. Ça signifie quelque chose. Où se trouve le rival de territoire, où est la bouffe. Bref, des questions qui méritent qu'on s'y attarde. Cependant, il adorait Louise, en dépit de ses faiblesses. Aussi souhaitait-il aider son humaine. Il s'avança vers le monticule qu'il entreprit de gratter. Une jambe apparut, puis un bras.

Il s'écarta ensuite, se réinstalla sur son postérieur rebondi. Bon, il avait fait le plus gros du job. Qu'elle prenne la relève.

Louise, l'œil rond, fixait la jambe terminée d'une cheville maigre et d'un mocassin. Grande taille. Il lui semblait que son cerveau venait de se transformer en vaste plaine battue par les vents. Un désert de glace : plus rien ne bouge.

— Ah, mince ! chuinta-t-elle.

Comme dans un rêve, elle s'avança vers le monticule, vers la jambe et le bras, et s'accroupit. Elle récupéra une branche d'amandier d'un tendre rose et entreprit de repousser la couverture végétale. Un corps indiscutablement humain, de sexe masculin, vêtu d'un pantalon et d'un tee-shirt jadis blanc, maintenant trempé de sang, apparut. Mort, très mort. La gorge tranchée, d'une oreille à l'autre. Une nappe du plus vilain rouge brun, visqueuse, presque sèche, s'étalait sous son torse. Les yeux grands ouverts. Marron, les yeux. La lame d'un rasoir de barbier, jeté non loin, étincelait sous la lumière bleutée des plafonniers. Du moins par endroits, ceux qui n'étaient pas couverts de sang sec.

Affolée, elle se tourna vers son terre-neuve et questionna :

— C'est pas toi, n'est-ce pas ? Sans cela, je trouve un moyen pour t'exfiltrer vers la Creuse ou la Lozère. Peut-être même les Hautes-Alpes, avec ta fourrure. Parce que là, on est vraiment mal. Toi, c'est l'euthanasie, moi la taule.

Le Minou s'approcha et la gratifia d'un énorme coup de langue.

— Pas le moment ! Tu vas dans le vestiaire et tu me laisses réfléchir !

Elle traîna le chien et le boucla.

Réfléchir. Si dans un moment de panique, elle avait d'abord redouté que le terre-neuve soit à l'origine de ce carnage, il ne pouvait pas avoir égorgé un être humain à l'aide d'un rasoir. Quant aux fleurs massacrées, elle n'aurait pas juré de son innocence. Toutefois, l'hypothèse d'un Le Minou désireux de recouvrir un cadavre d'un linceul floral tenait assez peu la route. Réfléchir, donc. Oui, mais à quoi ? Poser les problèmes avec calme et méthode. Certes, certes. L'injonction amena une image : Chloé, qu'elle créditait d'un nombre de neurones très supérieur à la moyenne. Autre immense qualité de Chloé à ses yeux : une mauvaise foi en béton armé. De fait, la mauvaise foi peut devenir une précieuse qualité lorsqu'on la met au service d'une amie-associée qui retrouve un cadavre dans une pièce climatisée.

Avachie derrière le bureau de son cabinet, Chloé profitait d'un moment de tranquillité pour expédier un peu de paperasserie. Elle reconnut le numéro de Louise.

— Je n'ai pas beaucoup de temps à te consacrer… Mon avant-dernier patient ne devrait pas tarder. On se voit tout à l'heure.

— …

— Louise ?

— Euuuh…

L'onomatopée tremblotante ressemblait si peu au débit habituel de son amie qu'elle vérifia d'un ton sec :

— Qui êtes-vous ?

Une déglutition puis la voix familière, du moins au passé, une voix aiguë d'ado de sexe féminin qu'elle n'avait plus entendue depuis des lustres, se déversa :

— Eh bien… comme ça, je dirais que… vois-tu, chère Chloé, les dahlias, camélias du Japon, les branches d'amandier, les pivoines, les lys… enfin, bref, tout est saccagé et sous ce massacre… il y a un macchabée. Voilà, ma chère Chloé, ce que je souhaitais te communiquer.

— Pardon ?

— Oui, en d'autres termes, une personne de sexe masculin, morte, est ensevelie sous la plupart des fleurs de notre magasin du 7e arrondissement. Puisque cette personne a la gorge tranchée de part en part, je pense que nous pouvons exclure l'accident ou l'infarctus du myocarde, voire la noyade ou l'asphyxie, ou même une démonstration d'amitié de Le Minou qui se serait soldée par une chute et une fracture du crâne.

La petite voix presque primesautière adoptée par Louise, teintée d'un accent très pensionnat suisse de jeunes filles, ne disait rien qui vaille à Chloé. Elle s'enquit :

— Tu fais une crise de nerfs, là ?

— Du tout, du tout… mais ça ne devrait pas tarder.

— Le… décédé, c'est le vendeur ?

— Non, ce monsieur n'est pas Sébastien et nous n'avons jamais été présentés. Du moins à première vue.

— Et Sébastien, où il est ?

— Je l'ignore, ce qui n'arrange pas mon état de nerfs. Chloé, ma chère Chloé, si tu pouvais penser à quelque chose, faire quelque chose... assez vite... j'en serais ton obligée. Parce que là, vois-tu... eh bien, disons que je suis un peu en train de perdre les pédales. Ainsi, je me sens toute molle des jambes et je n'arrive plus à abandonner la voix cruche de mon adolescence.

En revanche, la voix grave de Chloé tonitrua dans l'appareil :

— Bon, on se calme ! Tu sors, tu t'oxygènes et tu ne touches à rien. Quant à ton veau de chien, tu le neutralises.

— Il est enfermé dans le vestiaire.

— Eh bien, qu'il n'en sorte pas pour le moment. J'arrive.

— Chloé, je...

Se méprenant, la dentiste la coupa :

— Je sais : mais pourquoi ce type est-il mort dans notre réserve ?

— Non, je voulais dire, ce n'est pas moi... Enfin, je ne l'ai pas tué.

L'idée n'avait même pas effleuré Chloé. Aussi lâcha-t-elle :

— Pardon ? Et pourquoi tu tuerais quelqu'un ? Écoute, Louise, vraiment, il faut se recentrer et se concentrer.

— Oui, oui : recentrons et concentrons, il devrait en rester quelque chose. Ta voiture est toujours à la révision, hein ? Ce serait plus rapide si tu prenais un taxi.

— Oui, le garagiste est débordé. C'est ce que l'on appelle la loi de l'emmerdement maximum ! Pour le taxi, je ne suis pas certaine d'avoir assez de liquide, pas le temps de filer jusqu'au distributeur. Là, le gars est mort. Son état ne peut pas s'aggraver, argumenta Chloé.

— Le mien, si ! Je le réglerai.

— OK.

Un quart d'heure plus tard, Chloé descendait en trombe du taxi. Louise l'attendait dans la rue, blême, bras croisés. Elle régla le chauffeur et Chloé beugla :

— Pas de pourboire ! Il m'a gavée tout le trajet avec sa musique exaspérante et l'odeur de muguet du parfum de cabinet dont il a aspergé sa bagnole.

Peu désireuse d'ajouter un conflit de transport à un meurtre, Louise glissa quand même la pièce au chauffeur excédé. En douce.

Le Minou, bouclé dans le vestiaire, hululait lorsqu'elles pénétrèrent dans la boutique. Le remords et la honte se peignirent sur le visage de Louise, qui fit un pas dans cette direction, aussitôt retenue par la poigne peu amène de la dentiste.

— C'est du flan ! Ton chien te baratine et ça marche.

— Il n'a pas l'habitude d'être seul. Le hululement, c'est quand même un signal d'angoisse, tenta de négocier son amie.

— Tu veux qu'il patouille partout autour du corps, effaçant les indices qui pourraient t'inn… nous innocenter ?

L'argument porta… du moins un quart de minute. Puis, Louise avoua la véritable raison de son inquiétude :

— En fait… les paquets de gâteaux et les plaques de chocolat sont sur une étagère, en hauteur… *a priori* en sécurité. Néanmoins, avec Le Minou et son estomac…

Enfin, et s'il bouffait tout, avec les emballages en plastique… et qu'il meure comme une baleine…

— « Baleine » lui va assez bien, rétorqua Chloé.

— Et le chocolat est toxique pour les chiens, surtout le noir.

Sentant que son amie serait incapable de se concentrer tant qu'elle n'aurait pas vérifié que son chouchou à poils se portait tel un charme, Chloé temporisa :

— Va inspecter mais ne le fais sortir sous aucun prétexte ! Sécurise la bouffe dans le coffre-fort, ou que sais-je.

Chloé perçut les échos d'un chambardement en provenance de la réserve. Alors qu'elle se décidait à intervenir après trois minutes de remue-ménage, Louise émergea, le corsage sortant de la ceinture de sa jupe, un escarpin à la main et son impeccable brushing en désordre. Elle serrait contre elle les plaquettes de chocolat. Cependant, elle rayonnait :

— Quelle fête il m'a faite ! Bon, il a quand même fallu que je lui arrache le paquet de pailles à la framboise de la gueule. Tu sais, il est d'une intelligence folle ! Il a gobé les gâteaux, je ne sais même pas comment il s'est débrouillé pour les atteindre… mais, pas leur emballage en cellophane. En plus, il n'a pas touché au chocolat, que du noir, parce qu'il sait que c'est mauvais pour les chiens.

— Un chien toxicologue, quoi ? ironisa Chloé.

— Non, un instinct très puissant, contra son amie en déposant les plaquettes de chocolat sur la table de préparation.

En fait d'instinct, Chloé se retint de rétorquer que l'inénarrable Le Minou n'avait sans doute pas eu le temps d'attaquer le chocolat avant l'intervention de sa maîtresse.

— Bon, on y va, décida-t-elle. Dans la salle climatisée, donc ?

Un hochement de tête le lui confirma, puis un chuintement l'informa :

— Le... le rasoir gît au sol. Oh, je trouve ça affreux comme... instrument pour, euh...

— Mouif... toutefois plus silencieux qu'une arme à feu et moins volumineux qu'une arbalète. Enfin, je veux dire pour le transport et la discrétion, quoi. Certes, c'est un peu dégueu.

Louise la suivit sans enthousiasme jusqu'au monticule fleuri. Chloé s'accroupit à côté du mort et observa :

— Perso, je n'ai jamais vu ce gars. Tu es certaine de ne pas le connaître ?

Du haut de son unique escarpin, l'autre toujours entre les mains, Louise hésita :

— Ben, j'ai la troublante impression de l'avoir déjà rencontré... sans plus. Physiquement, il est quand même très quelconque. Pas le genre que tu remarques. Sauf qu'il semble grand et maigre. Peut-être était-il moins banal en... en vie ?

— Tu peux peut-être te baisser pour t'en assurer ? vitupéra Chloé.

— Ben, c'est que... y a quand même pas mal de sang. Remarque, c'est assez normal post-égorgement. Du moins, je suppose.

— Vérifie si oui ou non tu le connais. Ça risque de changer la donne.

— En quoi ?

— Genre en : nous devenons des suspectes premium ou de qualité inférieure.

— Pour une fois, j'accepterais l'insignifiance et même la médiocrité.

— Pas sûre qu'on te laisse le choix. Ah là, là, ou comment pourrir la journée des autres ! vitupéra Chloé.

— Je trouve… enfin ce n'est pas méchant… mais bon, tu manques un peu de charité… enfin, il est très mort.

— Aucune hésitation à ce sujet. Toutefois, j'aurais éprouvé plus de sympathie pour lui s'il était mort ailleurs. Revenons-en à nos moutons, décida-t-elle en pointant l'index vers le nez du trépassé. Tu le connais ou pas ?

Louise Longin s'accroupit avec un évident déplaisir. Elle étudia le visage livide, les yeux marron, et déclara :

— J'ai le sentiment de l'avoir croisé… peut-être un client occasionnel ou quelqu'un du quartier ?

— Mmm. Et Sébastien ?

— Je lui ai laissé trois messages sur son portable en t'attendant. Pas de réponse.

Au cul-de-poule que formait soudain la bouche de Chloé, Louise devina qu'elle allait proférer une monstruosité.

— Hum… cool !

— Comment cela, « cool » ?

— Eh bien, Sébastien – qui possède clefs et codes du magasin – sèche le boulot et tu retrouves un type très mort au milieu des coquelicots ? Ça fait un joli suspect, non ?

Ulcérée, Louise balança :

— D'abord, les coquelicots, ça fane en une heure après coupe, tu devrais le savoir ! Ensuite, Sébastien est adorable, certes assez secret, mais vraiment un passionné de fleurs.

— On peut être fada des poinsettias et assassin, non ?

— Pourquoi aurait-il égorgé cet homme dans notre magasin ?

— Pas la moindre idée. Cependant, je pourrais te retourner la question : pourquoi pas ? Il faut bien sélectionner un endroit, le plus discret possible, quand on a décidé de buter son semblable.

— Écoute, Chloé, il est exclu que tu lâches ce genre de supputations devant la police. Sébastien a eu de petits problèmes avec la loi dans sa jeunesse. Inutile de leur désigner sa piste.

— Petits comment ? Petits comme « deux mois avec sursis » ou « cinq ans ferme » ?

— Je ne sais pas au juste. Il est resté très vague et je ne voulais pas me montrer insistante.

— Et tu ne m'as jamais rien dit, à moi, ta meilleure amie et associée ! Tu recrutes une montagne de muscles sans savoir s'il n'est pas un violeur multirécidiviste et tu te boucles avec lui des heures durant dans une réserve pour tresser des ajoncs ?

— Des roseaux, très décoratifs dans nos arrangements. Selon moi, lorsque quelqu'un avoue avoir eu des ennuis avec la justice alors que tu ne lui as rien demandé… C'est plutôt un comportement appréciable. Ça prouve un bon fond, non ? Une capacité au repentir.

— Et certaines s'étonnent ensuite de se retrouver à la morgue ! pesta la dentiste.

— Et puis, c'était quand même un peu un signe, non ?

— Quel signe, de quoi ? s'énerva Chloé en se relevant.

— Souviens-toi… on avait tout juste décidé d'engager un vendeur et, un matin, Sébastien a poussé la porte pour offrir une composition à sa mère. Pour son anniversaire. Il s'est extasié devant notre choix et on a papoté une heure. C'était d'autant plus intrigant qu'avec ses gros biceps… Je n'insinue pas qu'un homme musclé n'apprécie pas les fleurs, toutefois… Sébastien connait les végétaux d'ornementation sur le bout des doigts et a toujours rêvé de devenir fleuriste. J'ai songé que…

— « C'était un signe du destin », grommela la dentiste.

— Tu trouves que j'ai fait preuve de candeur ?

Le regard bleu la détailla et Chloé observa :

— On va le formuler ainsi. C'est plus gentil que le mot qui me venait spontanément à l'esprit.

— Écoute, depuis qu'il travaille chez nous, Sébastien n'a jamais eu un geste déplacé envers moi, s'obstina Louise. Enfin, je ne le vois pas en violeur multirécidiviste.

— C'est ce qu'ont affirmé les femmes venues témoigner en faveur de Ted Bundy[1].

— Pourquoi tu dramatises toujours ? bafouilla Louise.

— Parce qu'un inconnu qui se fait égorger dans notre réserve climatisée, ça ne prête pas à la dramatisation ? Tu veux la jouer « nuage-blanc-détente » ? J'ai pas les nerfs !

— Qu'est-ce qu'on fait ? grelotta la fleuriste.

— Eh bien… d'abord, je me bois un café serré, avec un sablé breton si, du moins, ton ventre à pattes n'a pas

1. Il aurait violé et tué au moins 30 femmes entre 1974 et 1978, sans doute beaucoup plus.

tout boulotté. Ensuite, je réfléchis. Ferme le magasin. Pas le moment de discuter du langage des fleurs avec un client.

Louise, l'esprit en pleine capilotade, chaussa son deuxième escarpin et s'exécuta. Elle rejoignit Chloé dans le vestiaire. À la tête de Le Minou, couché au sol, l'air contrit, elle comprit que le chien venait de prendre un savon. Concis, mais efficace. Comment expliquer que quelques mots de Chloé suffisaient à inciter le chien à obéir, alors qu'un long discours, même véhément, de sa part illustrait à merveille l'expression « Cause toujours, tu m'intéresses » ?

Chloé dégusta son café serré et intima :

— Appelle Sébastien, s'il te plaît. Passe-moi l'appareil.

Louise lui tendit son Smartphone.

Le numéro que vous demandez n'est pas attribué, veuillez consulter le service des renseignements… Le numéro que vous demandez n'est pas attribué, veuillez consulter le service des renseignements… Le numéro que vous demandez n'est pas attri…

Sur un soupir, la dentiste conclut :

— Tu t'es trompée de numéro.

— Comment ça ? Il est enregistré. Je lui ai laissé trois messages ce matin. Aucun problème.

Elle enfonça la touche et colla son oreille au portable.

Le numéro que vous demandez n'est pas attribué, veuillez consulter le service des renseignements… Le numéro que vous demand…

Louise raccrocha et observa d'un ton pénétré :

— Au fond, je retire mon commentaire indigné. Il n'est plus du tout exclu que tu lâches tes supputations au sujet de Sébastien devant la police. Il a désactivé son numéro.

— Désactivé ? (Chloé jeta un regard sur sa montre et argua :) Ça ne se fait pas en deux heures. De mémoire, je dirais que pour changer d'opérateur et de numéro, il faut environ dix jours. Qu'il possède un autre portable, d'accord. En revanche, son numéro connu devrait sonner dans le vide ou l'appel être balancé vers une boîte vocale. Comme ceux que tu lui as passés ce matin.

Sentant que la suite allait décoiffer dans le genre brutal et désagréable, Louise papillota des cils d'appréhension et balbutia :

— Et ? Qu'est-ce que ça te suggère ?

L'air mauvais, Chloé balança d'un ton hargneux :

— Au pif ? Un meurtre prémédité, et ce, depuis une bonne dizaine de jours !

— Ooohhh nooon !

— Oh si ! Retrouve ses adresses physique et mail.

— Euh, bien sûr… il vit chez sa mère.

Louise se leva et fonça vers l'ordinateur portable du magasin en argumentant :

— Il est peut-être temps d'appeler la police, non ?

— Le cadavre ne va pas se sauver… on peut le déplorer. On accumule les infos avant.

— Voilà. Son adresse de messagerie : sebmercier19-@yahoo.fr.

— Envoie-lui un mail.

— Euh… euh… et qu'est-ce que je lui écris ?

— « Tu me prends pour une autre, mon pote ? » ou mieux encore : « Et trente ans de taule, ça te branche ? »

Un brin affolée, Louise tapa : « Sébastien, m'appeler au plus vite, SVP », avant d'ajouter :

— Adresse de sa mère : Mme Mercier Jeanine, rue Legendre, 17ᵉ.

— Rue Legendre ? Mais c'est juste à côté de chez moi. Belle adresse ! Vérifie dans les pages blanches.

Louise s'exécuta.

— Rien… ils peuvent être sur liste rouge.

— Hum hum… ou alors, il s'agit d'une adresse bidon. Sa paie, tu la virais sur son compte bancaire, n'est-ce pas ?

— Pas le mois dernier. Il me l'a demandée en liquide. Il était interdit de chéquier. Une erreur de sa banque.

— Ben voyons ! Et je n'ai rien vu puisque je suis en retard sur la compta, fulmina Chloé.

— Tu lui aurais refusé ? s'indigna Louise. Enfin, on peut tous connaître des difficultés passagères, non ?

— Ça dépend. Pas si elles se transforment en macchabée dans notre magasin. Ça émousse ma générosité et ma compréhension ! Beaucoup.

Un petit ding les interrompit. Louise consulta sa messagerie.

— *Mailer daemon*, lut-elle, soudain livide. Le mail vient de revenir. Destinataire inconnu. Sébastien a… supprimé son adresse mail.

— Là aussi, une erreur de son fournisseur d'accès, je suppose ? siffla Chloé, glaciale.

— Dans mon cas, deux bons cachets d'aspirine sont souhaitables, à ce stade, gazouilla Louise, d'un ton qui n'avait rien de naturel.

Joignant le geste à la parole, elle plongea vers son énorme sac à main, bourré de trucs et de machins. Après deux bonnes minutes de fouilles archéologiques, qui n'améliorèrent pas sa migraine, elle brandit une plaquette d'un geste victorieux.

On a les victoires qu'on peut. Cependant, vient un moment dans la vie d'une femme où la plus microscopique – pour ne pas dire ectoplasmique – réussite ne se boude pas. Elle fila vers l'évier en inox scellé au fond du magasin et avala les deux comprimés. Soudain, un cri :

— Ah, ben ça !

— Quoi, quoi ? s'affola Chloé.

— Le type… mort… c'est le pharmacien du bas de la rue ! Je n'y vais presque jamais… sauf quand je suis à court d'aspirine…

— Tu es sûre ?

— Oh oui… Un grand échalas maigre, déplumé, qui se frotte… frottait sans cesse les mains. Une voix très suave, très douce.

Chloé fonça vers l'ordinateur, section pages jaunes cette fois, et lut :

— Pharmacie Gérard-Fournier.

— C'est ça.

— Tu appelles les flics ou je m'y colle ?

— On ne se battra pas pour ce privilège, ma chérie, rétorqua Louise.

Une étrange intuition s'empara de Chloé lorsqu'elle composa le 17.

« Ayez le courage de suivre votre cœur
et vos intuitions. Le reste est secondaire. »

Vite dit, cher Steve (Jobs). C'est ce qu'on pense lorsque
l'intuition s'est soldée par un succès.
Dans le cas contraire (fréquent), on maudit
son impulsivité et on se raccroche aux branches !

Quelques instants plus tard

Louise suivait l'échange de plus en plus houleux de son amie avec la personne qui avait pris l'appel au numéro d'urgence.

D'une voix mordante, Chloé asséna :

— Pour la quatrième fois : je ne sais pas et je ne sais pas et je ne sais pas. Je récapitule : ce monsieur est mort dans la réserve climatisée de notre magasin de fleurs. À l'évidence, il a été assassiné – à moins d'admettre un suicide assez déroutant par égorgement, vraisemblablement à l'aide du rasoir jeté non loin de lui. Déroutant et culotté ! Parce qu'il faut être un gros mal élevé pour mettre fin à ses jours chez les autres et de façon aussi dégoûtante et salissante ! Sans certitude, il s'agirait du pharmacien de la rue. Dans l'ordre 1) Je ne sais pas pourquoi on a jugé bon de trucider ce monsieur ; 2) Encore moins pourquoi on a cru souhaitable de le faire dans notre magasin ; 3) Qui peut avoir eu cette idée fâcheuse !

Louise n'entendit rien de la réponse qui sembla fort déplaire à son amie, laquelle hurla :

— Oui, madame, je suis à jeun ! Je n'ai pas l'habitude de me poivrer le pif à 11 h 30 du matin, heure où mon associée m'a prévenue ! Je manie la turbine, moi, madame !

— …

— Mais, je ne m'énerve pas du tout ! D'ailleurs, je suis une des rares personnes à ne jamais me taper sur les nerfs. Ce sont toujours les autres qui m'agacent, dont vous !

— …

D'une voix redevenue posée, de mauvais augure, elle poursuivit :

— Écoutez, si vous ne voulez pas de l'occis, j'appelle les Encombrants. On ne va pas conserver un cadavre au-delà du raisonnable. Notre unique lien avec lui se résume à l'achat d'une boîte d'aspirine.

— …

— Bien sûr que nous les attendrons. Où voulez-vous que nous allions ? Qu'ils prévoient l'enlèvement. Nous devons ranger. Inutile de préciser que nous sommes fermées.

— …

— Un homme est mort, dites-vous ? Mais c'est ce que je m'épuise à vous répéter. Vous voudriez que je sanglote alors qu'il nous a mises dans la panade jusqu'au cou, qu'il n'a pas eu la correction de trépasser chez lui ou dans son officine ?

— …

— Ah non, épargnez-nous les leçons de morale ! Ce type a été égorgé, je répète égorgé dans notre boutique. *A priori*, et sans vouloir usurper le métier de policier, c'est qu'il avait dû casser les pieds à des gens peu fréquentables, non ? Vous avez idée de ce qu'un cadavre peut pourrir une journée ?

Elle était encore très loin de la vérité, notamment en termes de durée. Elle interrompit la communication et souffla :

— Il paraît qu'ils sont débordés et que les appels ont considérablement augmenté en quelques années. Bon, je comprends. Mais qu'elle ne commence pas par insinuer que je suis folle, bourrée, affligée d'un humour pervers ou les trois à la fois !

Toujours raisonnable (du moins lorsque sa vie sentimentale n'était pas concernée), Louise argumenta :

— Ils doivent en voir passer des vertes et des encore moins mûres. Et puis, comme ça, avoue… c'est un brin incroyable, non ?

— Pas plus que le type – bien sous tous rapports – qui bute sa femme, ses enfants et son chien, puis qui se volatilise.

« L'impatience est le point faible des Espagnols. »

Du moins est-ce que vous écrivîtes, cher Baltasar Gracián[1].
Pourtant, Chloé ne se connaissait pas
sang commun avec ce noble peuple.

Un peu plus tard… et ça leur parut très long

Elles patientèrent, ou plutôt s'impatientèrent durant cinq bonnes minutes. Louise papouillait d'un geste machinal Le Minou, de plus en plus intrigué par l'attitude des humaines. Des coups assénés contre la porte vitrée les firent bondir et elles sortirent en trombe du vestiaire.

Une femme d'un certain âge, l'air inquiet, tambourinait et leva les bras au ciel de soulagement en les voyant apparaître.

— Ah non, pas elle ! marmonna Chloé.

— Elle est super sympa, contra Louise dans un murmure.

— Sympa ? Je ne parierais pas un marshmallow là-dessus. Super ? J'ai aussi des doutes. C'est surtout une fouineuse de première.

1. Écrivain jésuite (1601-1658).

— Elle s'ennuie.

— Je ne suis pas payée pour la distraire, bougonna la dentiste.

La voix de Séverine Acelin, soixante-sept ans, étouffée par l'épaisse paroi de verre, leur parvint. Cette ancienne fleuriste sur les marchés possédait un petit deux pièces dans l'immeuble situé au-dessus de leur magasin. Chloé n'avait jamais compris l'affection de Louise pour la sexagénaire. Un truc de groupies du bouquet et de la gerbe, sans doute. De fait, quoique avenante, Séverine avait un petit côté toupie médisante et se montrait curieuse comme un chat dès que s'annonçait le moindre cancan. Chloé n'en démordait pas : lorsque quelqu'un tape avec enthousiasme sur les absents, il fera de même avec vous, dès que vous aurez tourné les talons. Aussi se méfiait-elle de Séverine. Par chance, l'ancienne fleuriste déboulait le plus souvent le matin dans le magasin. Peut-être parce qu'elle avait senti les réticences de la dentiste à son égard. Louise lui offrait les fleurs un peu fatiguées et inacceptables pour ses arrangements. De fait, Séverine partageait, elle aussi, la passion du végétal.

Avant que Chloé n'ait pu intervenir, Louise déverrouilla la porte et annonça :

— Séverine, je ne peux pas papoter… nous avons un petit souci.

— Quel souci, quel souci ? piaffa aussitôt l'autre avec une gourmandise que Chloé jugea déplacée.

— Eh bien… euh… une sorte de contretemps, dirons-nous, s'embourba Louise sous l'œil rond de la dentiste.

Ah bon, un macchabée se nommait ainsi ? Chloé aurait plutôt opté pour « un emmerdement majeur » ou « un véritable clou à la fesse[1] », ou « les dix plaies d'Égypte, tout-en-un ». Elle jeta un regard à sa montre. Sept minutes depuis son appel. Mais enfin quoi ? Les policiers du commissariat le plus proche devaient-ils gravir l'Everest avant d'arriver ?

— Un contretemps ? interrogea Séverine qui frétillait à l'idée d'une bonne grosse tuile dont elle pourrait répandre la nouvelle dans le quartier : explosion de la chaudière, air conditionné en rade, fourgonnette de livraison emboutie…

Ne nous y trompons pas. Séverine n'était pas malveillante, juste cancanière et affreusement curieuse. La morosité de ses journées de petite retraitée l'expliquait sans doute. Sans gros moyens, n'ayant pas vu passer la révolution informatique (pas trop besoin des ordinateurs sur les marchés), elle n'avait guère que la télé ou la radio pour la distraire. Sans oublier les secrets et indiscrétions des voisins. Il y a deux façons de traiter la confidence que l'on vous fait. Soit on la boucle en jouant la très vieille carpe, puisqu'il s'agit, *a priori*, d'un secret. Soit, à l'instar de Séverine, on considère qu'à partir du moment où on nous l'a confié… ben, ce n'est plus un secret et on peut donc le répéter, quitte à l'enjoliver. De plus, aux yeux de l'ancienne fleuriste, devenir le réceptacle de bribes d'informations prouvait sa petite importance. Cela signifiait que l'on se livrait à elle, qu'on lui

1. Contrairement à ce que l'on croit souvent, il s'agit d'une très vieille expression française, « clou » signifiant « furoncle » dans ce cas.

faisait (à tort) confiance, que même on recherchait ses conseils.

— Oui, une complication inattendue, en quelque sorte, pataugea Louise en repoussant gentiment Séverine, bien décidée à pénétrer dans le magasin pour juger sur pièces.

Soudain, un voile de tristesse s'abattit sur le visage rondouillet de l'ancienne fleuriste. Inquiète, elle s'enquit :

— C'est pas Le Minou, quand même ? Je ne le vois pas. Là, ce serait pas marrant.

— Non, rassurez-vous. Il est dans… le vestiaire.

— Vous l'avez enfermé ? Un aussi gros chien dans cette petite pièce ? Pourquoi ? insista Séverine d'un ton de reproche.

La patience n'était pas la principale vertu de Chloé, même en faisant preuve d'une grosse complaisance à son égard.

— Ça vous captive ? lâcha-t-elle. Pour une fois, vous allez nous rendre service et vous en aurez pour votre argent ! Suivez-moi. Louise, surveille l'arrivée des flics.

Séverine se redressa de toute sa petite taille sous l'affront et serra les lèvres d'indignation. Cependant, le mot magique avait été prononcé : « flics ». Qui dit flics dit gros ennuis, les préférés de l'ancienne fleuriste. Elle hésita entre une retraite outrée mais digne et le démon de la curiosité qui, bien sûr, l'emporta.

Chloé la traîna presque vers la salle climatisée et désigna d'un geste théâtral le monticule floral d'où émergeait le corps.

Secouée, Séverine bafouilla :

— Et… Et c'est ?

— Le contretemps. Bref, un cadavre !

Déchirée entre affolement et fascination, la sexagénaire vérifia :

— Vous l'avez tué ?

— Non et le mystère s'épaissit. Pourquoi est-il venu se faire buter ici, alors que la porte était verrouillée et l'alarme activée ?

Flattée de ce qu'elle prit pour une consultation, Séverine se reprit et déclara d'une voix ferme :

— Alors ça, mon petit, pas la moindre idée. C'est qui ?

— Nous avons une hypothèse au sujet de son identité. Auquel cas, vous devez le connaître.

Séverine, aussi ronde que haute, fonça vers le corps et leva les bras. Elle débita :

— Pas de panique, je ne touche à rien. J'ai vu *Les Experts*, moi ! Oooohhh, cette peau de tétine de Fournier. Dr Gérard Fournier, le pharmacien.

— Peau de tétine ? Je suppose que c'est une vacherie ? s'enquit Chloé.

— Vacherie ? Oh non, je suis très en dessous de la vérité. Paraît que sa femme – Laure, très gentille – a pas sucé du miel, comme on dit chez moi. Elle est morte d'une crise cardiaque. Fournier s'est fâché avec son fils unique, qui s'est tiré dès après la mort de sa mère. Tous les riverains pas trop empotés préfèrent se taper deux cents mètres de plus et fréquentent la pharmacie de Mme Masson. Celle-là, il faut la pincer pour la faire rire. En revanche, elle est compétente et sérieuse. Remarquez, ajouta-t-elle onctueuse, c'est pas ça qui a réduit la clientèle de Fournier, au contraire. Lui, je parie qu'il a découvert un bon filon.

— Un bon filon ?

— Un qui rapporte beaucoup de sous. Je connais tout le monde dans le coin… mais pas beaucoup des clients qui sortent de chez lui. Étrange, non ? Bon, eh bien, je ne vous ennuie pas davantage. Allez, je file.

— La police sera sans doute intéressée par ce que vous me révélez, tenta de la retenir Chloé.

— Les forces de l'ordre, ce n'est pas trop mon truc. Faut toujours qu'ils soupçonnent tout le monde et sa grand-mère. Mais… j'aime bien Louise. Vous, moins. Beaucoup moins. Peut-être pourriez-vous conseiller aux policiers de s'intéresser à la banque située presque en face de l'immeuble ? Rapport à leurs caméras de surveillance.

Piquée par la remarque peu amène à son sujet, Chloé ironisa :

— Selon moi, ce genre de conseils arrive en premier paragraphe de leur manuel « du parfait petit policier ».

Séverine la détailla de la tête aux pieds. Un sourire de gros matou repu étira ses lèvres.

— Oh, pas que pour la nuit d'hier ! C'est dingue ce qu'un magasin de fleurs attire… après la fermeture. (Peste, elle remporta la partie d'un :) Je suis peut-être une fouine. Toutefois, ça vaut mieux qu'une buse avec de la purée de pois plein les yeux !

Sur ce, elle sortit, assez satisfaite d'avoir cloué le bec de la dentiste.

Il ne s'écoula pas une minute avant qu'une citadine grise ne monte sur le trottoir, juste devant le magasin. La police. Ça doit être chouette de pouvoir se garer n'importe comment et surtout au mépris du code de la route, songea fugacement Louise qui n'avait jamais pu effectuer un créneau par l'avant. Or cette technique relève de l'instinct de survie dans le cas d'un(e) Parisien (ne). En effet, le créneau par l'arrière, en s'avançant pour reculer dans la place, est suicidaire. Dans 80 % des cas, il y a toujours une autre bagnole qui vous colle au pare-chocs. Son conducteur(trice) se contre-moque de votre clignotant et klaxonne pour vous faire dégager. Pas question qu'il (elle) perde dix de ses précieuses secondes.

Deux hommes descendirent du véhicule, l'un, grand Noir encore jeune et l'autre, Blanc plus âgé au visage fermé. Ils brandirent leurs cartes sous le nez de Louise et de Chloé scotchées derrière la porte vitrée.

Le plus âgé annonça d'un ton irrité :

— Capitaine Hervé Ledru, lieutenant Thomas Verdier. P.J.

Louise ouvrit la porte. Elle gravitait en orbite autour de la planète Terre depuis un moment et s'enquit :

— Je suis peu au fait des grades militaires. Avant, on se repérait facilement, inspecteur, commissaire. Là, lequel est le grade le plus haut, enfin, si ce n'est pas indiscret ?

— Capitaine, lâcha le plus âgé des flics. Et au-dessus, c'est commandant.

— Et lequel est lequel ? s'enquit Chloé en adoptant une attitude dégagée, censée communiquer qu'elle prenait les choses avec désinvolture.

Une lueur d'amusement alluma furtivement le regard du policier noir qui se présenta :

— Hervé Ledru. Et vous êtes ?

Chloé jeta un nouveau regard à sa montre. Ah non, leur journée était foutue ! Elle espérait juste que son secrétariat externalisé ait décommandé les deux derniers patients de la matinée.

Résignée, elle récita d'une voix lente leurs noms, prénoms, qualités, liens amicaux et professionnels. Toujours en détachant les mots, elle attaqua pour la cinquième fois la narration de la découverte macabre, son arrivée sur les chapeaux de roues et précisa l'identité très probable de la victime. Un hurlement à la mort s'éleva de la petite réserve.

— C'est quoi ? interrogea Thomas Verdier.

— Mon chien qui s'ennuie, le renseigna Louise.

Elle s'apprêtait à foncer afin d'apaiser Le Minou.

— Vous restez là ! s'emporta le lieutenant.

— Ça commence, les brutalités policières ? s'insurgea la fleuriste. Non !

— C'est un ordre !

— M'en fous ! Quand un ordre est débile, désobéir est un devoir. Si vous me cassez les pieds, j'appelle la SPA et je porte plainte.

Elle claqua la porte de la minuscule pièce de repos. Un brouhaha leur parvint, parfois entrecoupé des exclamations de Louise :

— Mon bébé, mon Le Minou ! Là, c'est bientôt fini… on fera une grande partie de balle, promis, juré, craché.

Verdier fit un pas dans cette direction, retenu par Chloé qui songea que la réduction en charpie d'un lieutenant de la police française devait coûter bonbon.

— Je ne vous le conseille pas. Soixante-dix kilos de terre-neuve qui croit que vous agressez sa maîtresse, le tout dans une pièce de cinq mètres carrés, perso, je ne ramasse pas les bouts derrière.

Le capitaine Hervé Ledru intervint :

— Je ne suis pas certain d'avoir tout saisi. Vous pourriez recommencer, s'il vous plaît ?

L'intuition ressentie plus tôt se confirma. Trouver un cadavre chez soi ou dans une extension de son domicile n'est pas un jardin de roses. Elle imagina une très belle canine, énorme, à l'émail d'un blanc bleuté – sa bougie personnelle – et s'efforça de respirer avec calme. Elle put ainsi déclarer d'un ton presque serein :

— Ça ne fera jamais que la sixième fois, en comptant l'opératrice qui a répondu à mon appel d'urgence. Histoire de varier les plaisirs, vous le préférez en Morse ou en langage des signes, cette fois-ci ? Je parle également l'anglais et l'espagnol, de façon moins fluide, toutefois.

— Je ne suis pas sûr de goûter votre impertinence, lâcha Ledru, sec.

La canine se fissura. L'adrénaline dévala et Chloé balança :

— Eh bien moi… nous… sommes convaincues d'en avoir ras la frange, voyez !

Louise venait de les rejoindre. Elle remarqua :

— C'est une ruse classique, ma chérie. On te fait répéter vingt fois la même chose. Si ta version change, c'est que tu mens. Du coup, tu deviens la suspecte numéro 1.

— Vous regardez trop de séries télévisées, madame Longin, se défendit Ledru.

— Du tout. Je préfère les comédies musicales. Mon mari… mon ex-mari est médecin légiste. Raphaël Heurtault.

— Je connais. Excellent spécialiste. Quant aux répétitions, c'est... aussi pour vérifier que le témoin n'a pas oublié un détail important. Bien, nous allons examiner la scène de crime. Madame Thierry, vous nous accompagnez ?

— Oh, je ne manquerais cela pour rien au monde. Pensez, quel pied ! lâcha-t-elle, sarcastique.

Sa repartie acerbe lui valut un large sourire. Ah oui, belles dents, bien implantées, soignées, léger diastème entre les incisives centrales supérieures – les fameuses dents de la chance – à surveiller en vieillissant. En professionnelle, Chloé ne pouvait s'empêcher de vérifier les dentures de ses interlocuteurs.

Les deux policiers s'accroupirent à côté du corps. Verdier intervint :

— Il s'agirait donc du pharmacien, Gérard Fournier ?

— Ça fait peu de doute. Louise était presque certaine de l'avoir reconnu et une voisine qui s'est longtemps servie dans son officine l'a identifié. Je ne veux pas mettre mon grain de sel...

— Pourtant, je sens qu'on n'y échappera pas, observa Ledru, ce qui lui valut un regard torve de la dentiste.

— Le plus efficace consiste peut-être à vérifier s'il n'a pas de papiers d'identité sur lui ?

— On ne touche pas avant que l'Identité judiciaire ait fini son boulot, la rembarra Thomas Verdier.

— Non, non, attendez, là... Et ils débarquent quand, nos CSI ?

— Dès qu'ils le peuvent.

— Et ça va durer combien de temps ? Quoi, on va passer la journée avec un cadavre, et un énorme chien hystérique dans une pièce minuscule et sans climatisation ?

— Nous n'avons pas besoin du chien. Son témoignage est superflu à ce stade de l'enquête. Vous pouvez demander à quelqu'un de venir le chercher, se moqua Hervé Ledru.

On ne le répétera jamais assez : certains hommes manquent de sens commun, même lorsqu'ils sont intelligents. Ils ne comprennent pas que la dame en face d'eux serre les dents pour retenir la bordée d'injures qui lui monte dans la gorge. Cependant, Chloé était futée. Injurier le boucher, un prothésiste, un fleuriste rival, ça, elle n'hésitait (plus) jamais. En revanche, les noms d'oiseaux adressés à un policier en service, elle le sentait beaucoup moins. Et pourtant, elle aurait pu le surprendre par son inventivité en la matière.

— Que voilà une excellente idée, ronronna-t-elle. J'appelle Victor.

Les deux femmes s'étaient installées derrière le comptoir monté de briques patine ancienne et papotaient à voix basse. Les deux flics arpentaient la boutique, l'oreille vissée à leur téléphone.

Le vieil utilitaire de Victor se gara juste derrière la citadine banalisée, empiétant aussi sur le trottoir. Chloé se précipita vers la porte. Verdier la retint d'un autoritaire :

— Ne bougez pas. J'ouvre.

— Vous me descendez si j'accueille mon grand-père qui vient chercher Le Minou ? Les vitamines du groupe B ? C'est souverain pour l'humeur ! N'hésitez pas à doubler l'apport nutritionnel conseillé.

Victor pénétra et serra les deux jeunes femmes contre lui.

— C'est quoi cette histoire de dingue que tu m'as racontée ?

— Une histoire de dingue, confirma sa petite-fille.

— Tu veux que je reste avec vous ?

— Non, je préfère que tu embarques le chien, intervint Louise. Il mérite une bonne promenade. Attention, il tire sur la laisse.

Victor sourit et ne rectifia pas. Le Minou comprendrait qu'il ne remorquait pas Louise-la-poire. Le Minou avait, de fait, été très bien éduqué. Il avait simplement vite jugé superflu de se décarcasser pour satisfaire sa maîtresse.

— Monsieur… ? s'enquit Hervé Ledru.

— Victor Thierry, le grand-père de Chloé. Et vous, monsieur ?

— Capitaine Hervé Ledru. Vous êtes mal garé.

— Vous aussi.

— Je suis policier.

— Et moi ancien professeur de chimie à Paris VII. Vous aviez une urgence ? Nous faisons donc la paire.

Hervé Ledru, titulaire d'un master en mathématiques appliquées à l'économie, avait oublié d'être un imbécile. Il aurait pu faire une belle carrière dans la finance. Cependant, une petite voix intérieure lui avait seriné qu'il s'y ennuierait tel un rat mort. Il avait choisi l'action et la défense de la veuve et de l'orphelin pour se rendre vite à l'évidence : ils ne sont pas toujours innocents. Quoi qu'il en fût, cette famille Thierry, après l'avoir un peu dérouté, commençait à l'amuser. Difficile de les impressionner et en plus, ils faisaient bloc. Sur le fond, et bien que se réservant toujours la possibilité d'une exécrable surprise, il ne croyait pas à la culpabilité de Chloé ou de Louise. Néanmoins, elles ne devaient pas le comprendre tout de suite, sans quoi, il aurait toutes les peines du monde à leur tirer les vers du nez. Or, le policier était certain qu'elles lui dissimulaient un monde d'informations.

Le Minou sortit de la petite pièce avec la force d'un ouragan. Verdier se fit la réflexion qu'il avait eu raison d'écouter l'injonction de la dentiste. Prendre un chien de ce tonnage sur la figure devait laisser des séquelles. Le Minou n'avait toujours pas compris s'il avait commis une terrible bêtise de nature à justifier son incarcération. Et puis, les humains sont si incohérents qu'un petit truc bénin, un vol de saucisson par exemple, leur semble une faute énorme. Aussi, désireux de plaire et de se faire éventuellement pardonner, fit-il la fête à tous, manquant d'envoyer valdinguer Chloé et Verdier dans un accès de tendresse.

Victor parvint à accrocher la laisse à son collier et déclara :

— Allez, viens le chien. On va se balader. Chloé, tu m'appelles pour me tenir informé, s'il te plaît.

Bien que connaissant le vieux monsieur, le terre-neuve leva un museau interrogatif vers Louise, qui l'encouragea d'une voix d'outre-tombe :

— Vas-y, mon chouchou. Oh, une grande promenade, tu vas te détendre les pattes. Youpi, le chien !

Victor sortit sur un long regard peu amène destiné à Ledru et Verdier. Les deux policiers décryptèrent le message : vous touchez à un cheveu de ma petite-fille ou de son amie et vous terminez en barquettes sous cellophane !

Un silence pesant tomba après son départ. Le lieutenant Verdier attaqua d'un ton réfrigérant :

— Bien, si on passait aux choses sérieuses ? Ma patience s'amenuise.

Ledru temporisa, presque paternel :

— N'effrayons pas ces deux dames, Thomas.

Montée sur ressorts, Chloé lança à Louise :

— Attention ! Ils nous la jouent *good cop-bad cop*, comme dans les séries. Même qu'il paraît qu'ils tirent leur rôle de la journée à pile ou face. L'un est odieux, du coup, tu te confies à l'autre qui te semble plus sympa !

Thomas Verdier la considéra, un brin surpris, et rectifia :

— En réalité, le côté « sympa » dans l'exercice de mes fonctions, je ne connais pas trop. À ma décharge, j'ai peu l'occasion d'en avoir envie. Hervé est plus compréhensif. Les universitaires, quoi. Ils ont parfois une appréciation gentillette de la fange humaine. J'avoue que ça repose. C'est pour ça que j'aime bien bosser avec lui.

Hervé Ledru se tourna vers la dentiste.

— Thomas a raison : pourquoi avons-nous le sentiment que vous retenez des détails ? Madame Thierry, et cela s'adresse aussi à vous, madame Longin, les dissimulations peuvent faire basculer des policiers de « plutôt enclins à croire les témoins » à « leur attitude sent le pas clair ».

Les deux amies se consultèrent du regard. Louise hocha la tête en signe d'assentiment.

Chloé narra donc le reste de l'histoire. La disparition de Sébastien Mercier, sans oublier les moyens de le joindre, les ennuis de l'ancien routier avec la justice et les insinuations de Séverine, notamment sa remarque sur des visites nocturnes du magasin et les vidéos de surveillance de la banque d'en face.

Ledru commença :

— Intéressant. Nous vérifierons avec cette dame. Si des gens s'introduisent à la nuit dans votre boutique, sans déclencher l'alarme, c'est qu'ils détiennent les clefs et les codes. Qui ?

Louise le renseigna :

— Hormis nous deux ? Sébastien.

— Hum… Et donc, Sébastien Mercier a résilié son adresse mail et son numéro de portable. Et…

Aussitôt interrompu par la dentiste qui explosa :

— C'est un tic, ou peut-être un TOC, chez les policiers ? Oui, oui, et oui ! Je ne vais pas encore répéter, ou alors vous êtes sacrément bouchés ! Si j'avais omis un détail, mon amie aurait rectifié. On perd un temps, mais un temps ! D'ailleurs, quand déboulent-ils, vos *Experts made in France* ? Parce qu'un cadavre, monsieur, ça s'abîme, et vite. Ensuite, ça sent très, très nauséabond.

— La pièce est réfrigérée, repartit Verdier.

Poings sur les hanches, Louise intervint, assez fière de se souvenir d'une des ex-conversations conjugales :

— Mon mar… mon ex-mari vous clouerait le bec. Quand un meurtrier veut flouter l'heure du décès, un bon moyen consiste à baisser ou augmenter la température ambiante. De surcroît, les battants de verre sont ouverts depuis mon arrivée, sans qu'on puisse suivre les fluctuations de température dans la salle. Ça ne va pas être de la tarte ! Plus vous tergiversez, moins le légiste sera précis. En plus, si c'est mon... ex, il va très mal vivre qu'on traite son métier par-dessus la jambe. Il a son caractère. Moi, ce que j'en dis, c'est histoire de causer...

— Juste, admit le policier en collant son téléphone à l'oreille.

Chloé salua la tirade de Louise d'un pouce levé. Avec un peu de bol, feu le pharmacien aurait débarrassé les lieux avant le soir.

Le capitaine mit fin à sa conversation avec l'IJ et se tourna vers Louise. Désignant l'ordinateur portable posé sur le comptoir, il s'enquit :

— Madame Longin, puis-je l'examiner ?

Les deux amies se consultèrent à nouveau du regard. Louise tenta de temporiser :

— C'est-à-dire qu'il renferme des choses personnelles. Notamment sur la messagerie, des discussions, négociations avec des fournisseurs, ce genre de choses.

— Il ne s'agit pas d'espionnage commercial, madame. Je n'ai pas l'intention de me lancer dans la belle carrière de fleuriste, répondit Ledru, pince-sans-rire. Cet ordinateur étant devenu une pièce à conviction, je peux l'embarquer. Il me semble moins handicapant pour vous que je le consulte sur place.

— Vu de cette manière... obtempéra la jeune femme.

Ledru frappa quelques touches et s'étonna :

— Votre messagerie n'est pas protégée par un mot de passe ?

— Vous savez, à part les rabais que j'arrache à certains grossistes, des recettes de cuisine en marque-page, je n'ai pas grand-chose à cacher.

— M. Sébastien Mercier vous a-t-il envoyé des mails ?

— Parfois, en réponse aux miens.

Ledru pianota et s'étonna :

— Pourquoi les avoir tous effacés ?

— Pardon ? Pas du tout ! Je garde la plupart de mes mails parce que j'ai la manie de répondre dans le dernier, ce qui m'évite d'aller chercher une adresse. Si vous consultez mon carnet de contacts, vous constaterez le fouillis qui y règne. Un coup, c'est référencé par l'initiale du prénom, un coup par celle du patronyme.

— Et vous avez procédé de cette façon ce matin, lorsque vous lui avez expédié un message, revenu bredouille ?

— Non. Pas dans le cas de Sébastien. Il suffit que je tape les premières lettres dans la case « destinataire », en l'occurrence « Seb… », pour que l'adresse s'affiche.

— Hum… J'ai tendance à vous croire… auquel cas, ça se corse.

— C'est vrai que ça manquait un peu de piment, cette histoire, bougonna Chloé.

Ledru, absorbé par sa consultation, ne parut pas l'entendre. Il déclara pour lui-même :

— Il n'existe plus aucun message envoyé par ou destiné à Sébastien Mercier, à l'exclusion du dernier, celui qui vous a été retourné. Il va falloir qu'on embarque la bécane, désolé.

Ce fut au tour de Louise de s'énerver :

— Attendez, là ! Nous sommes bonnes filles, citoyennes respectueuses des lois. Ne chargez pas trop la barque ! Ceci est un outil de travail, avec une adresse de messagerie et un carnet d'adresses différent ! S'il faut que je transfère tout sur mon Smartphone, on n'est pas sortis de l'auberge, et je risque une fausse manip.

Chloé, le regard vachard, opinait du bonnet.

Ledru soupira et lança à Thomas Verdier :

— Tu peux demander à Mikaël de passer ? Aujourd'hui. (Il précisa au profit des deux amies :) Un de nos experts en informatique. Ajoute que ce Sébastien Mercier a effacé tous ses mails, sans doute pour qu'on ne remonte pas jusqu'à l'adresse IP de l'ordinateur expéditeur. Ce qui sous-entend qu'il s'agissait bien du sien. Selon moi, l'effacement a été béton. Seul Mikaël s'en sortira, si jamais il demeurait quand même des traces.

Le lieutenant sortit pour passer l'appel.

— Merci, c'est sympa, sourit Louise.

— Ouais, concéda Chloé à contrecœur.

— Mais la police française se montre chevaleresque avec les pauvres damoiselles en détresse, chère madame, plaisanta Ledru.

Les policiers décidèrent ensuite d'aller interroger Séverine Acelin en attendant l'Identité judiciaire. Avant de partir, Thomas Verdier eut la fâcheuse idée d'ordonner :

— Vous ne touchez pas au cadavre !

Certains hommes manquent parfois de sens commun et de doigté, on vous le répète.

— Et pour quoi faire ? rugit Chloé. Sa toilette mortuaire ?

« La nature nous a créés avec la faculté de tout désirer et l'impuissance de tout obtenir. »

Cher Nicolas (Machiavel[1]), vous êtes décidément indémodable !

Encore un peu plus tard !

C'est donc plutôt de meilleure humeur que les deux femmes patientèrent. Louise y alla quand même d'un :

— Nous approchons de Noël. En quinze jours, nous engrangeons trois mois de chiffre d'affaires. Je dois penser à un arrangement festif, à base de pin, de ruban, de plume et autres. Il faut trouver une solution de petite taille, qui ne perde pas ses aiguilles et ne cochonne pas la moquette ou le plancher mais qui dise « N.O.Ë.L, youhouh, c'est les fêtes ! » dès qu'on la voit. Là, ma créativité est bloquée avec ce… cet imprévu regrettable.

Chloé résuma la situation d'un guilleret :

— C'est sûr. Bon, les techniciens de scène de crime déboulent. Ils font leur petit bizness, relevés d'empreintes,

1. 1469-1527.

prélèvements d'ADN, photos, bref, comme à la télé. Ils embarquent le corps. Ensuite, ils nettoient le… enfin les vestiges du crime. Tu te démènes pour faire livrer des fleurs au plus vite. Et demain, on peut ouvrir, peinardes.

Pas tant que ça, ainsi qu'elles devaient vite le découvrir. Si les premières étapes du résumé de la dentiste se déroulèrent telles qu'elle les avait prévues, le reste s'achemina vers le cauchemar.

Le ballet silencieux et précis des deux hommes en combinaison blanche, protège-chaussures, masques et gants dura une bonne heure. Ils avaient presque achevé leur tâche lorsque Ledru et Verdier les rejoignirent.

Tassées dans la petite réserve-vestiaire, Louise et Chloé ne perçurent que des murmures. D'un autre côté, la teneur exacte de leurs échanges les passionnait moyen. Leur unique intérêt se concentrait en quelques mots : qu'ils débarrassent le plancher au plus vite (surtout sans oublier le défunt pharmacien), qu'ils nettoient au mieux ledit plancher et qu'ils les lâchent.

La grande carcasse de Verdier s'encadra dans le chambranle. Il annonça :

— Ça y est. Le corps est chargé. Destination l'Institut médico-légal.

— Vous n'espériez pas un remerciement, j'espère ? bougonna la dentiste.

— Euh… ça nous arrange quand même, bémolisa Louise. Allez, on va pouvoir balayer les fleurs massacrées.

— Non, du tout. Nous avons posé les scellés sur la porte vitrée de la réserve.

— Quoi ? Vous plaisantez ?! s'insurgea Chloé.

— Nous attendons d'être certains que la scène de crime a été exploitée au mieux.

Alerté par l'explosion de la dentiste, Hervé Ledru apparut derrière le dos massif du lieutenant. Une rage froide se lisait dans la crispation des mâchoires de la femme. Elle susurra, mauvaise :

— Vous parviendrez à cette certitude dans combien de temps ?

Verdier, qu'elle agaçait prodigieusement, tenta de lui river son clou :

— Ça dépend. Quelques jours, un mois, parfois des années. Pour rappel : article 434-22 du code pénal, tout bris de scellés, voire simple tentative de bris, est puni d'une peine de deux ans de prison et d'une amende de 30 000 €.

S'il existait une chose que Chloé détestait plus que tout, c'était la menace, surtout abusive. D'une voix de plus en plus douce, elle expliqua :

— En d'autres termes, vous m'empêchez de jouir d'un bien que je paie et de travailler. Savez-vous à combien se monte le loyer de cette boutique ? Sans compter la perte de revenus, les taxes, l'électricité, etc. ? J'envoie la facture à qui ? Le ministre de l'Intérieur, votre supérieur hiérarchique direct ?

— Je…

Elle hurla :

— Taisez-vous ! Très peu de gens m'impressionnent et seulement les êtres intelligents, gentils, du côté de la solution. Là, vous êtes disqualifié haut la main.

Sentant que la situation dégénérait et qu'elle allait virer à l'empoignade, Hervé Ledru lâcha :

— Ça va, Thomas. Madame Thierry, calmez-vous. On fait au plus vite. Au pire, ce sera réglé dans deux, trois jours, après le rapport du légiste.

Ils sortirent. Chloé inspirait et expirait bouche ouverte dans le vague espoir d'apaiser sa crise de fureur. Elle marmonnait entre deux vidanges de poumons :

— Non, mais on rêve… Pour qui il se prend ce vilain tas, hein ?

— Ce n'est pas un tas moche. Chloé, je t'en prie, positivons.

— On positive quoi et avec quoi ? On fonce place Beauvau avec une brassée de fleurs et si j'aperçois le ministre, je me jette à ses genoux, je baise ses mocassins à pompons, j'implore grâce parce que deux de ses fonctionnaires nous pourrissent la vie ? Ou alors j'offre un détartrage à tout son staff ? Enfin, Louise, nous ne sommes coupables de rien ! Merde, à la fin : des truands et des horreurs s'en sortent, sourire aux lèvres, parce qu'eux ou leurs avocats connaissent les ficelles du droit et nous, on nous pompe l'air ? Quoi, le vilain tas a besoin de se passer les nerfs et les rancœurs sur quelqu'un, et mieux vaut prendre pour cible deux poulettes inoffensives ? Gnagnagna… article 434-22 du code pénal, tout bris de scellés… Pauvre type, va ! Il peut se le coller où je pense, son fichu article !

— Tu le trouves vraiment tarte, Verdier ?

— M'en fous !

— Et Ledru, il n'est pas mal du tout, non ? Quel âge il peut avoir ? Trente-cinq, trente-sept ans ? Tu crois qu'il est marié ? Il ne porte pas d'alliance. Remarque, ça ne veut pas dire grand-chose.

— M'en fous ! C'est un flic, aussi.

— Ça n'empêche, on peut se montrer objectives en termes de canons de la beauté masculine. Et puis, les forces de l'ordre, moi, je... enfin, je les admire. Mal payées, risquant leur peau. Sauf quand ils me collent un PV, le plus souvent injustifié... impossible à contester, comme d'habitude, résuma Louise.

L'adjectif « injustifié » dans son cas pouvait prêter à discussion. Louise pilait souvent à un feu vert, tant l'intuition qu'il allait virer à l'orange (à un moment ou à un autre) montait en elle, ou devant les carrefours à l'anglaise, afin de réfléchir mûrement au sens des priorités.

« C'est celui qui vient de la droite ou celui qui est engagé ? Mais s'il vient de la droite, qu'il est engagé et arrive vers moi, à contre-sens donc, c'est qui qu'a la priorité ? » Et d'ailleurs, pourquoi avait-on importé cette invention anglaise ? Pour faciliter la vie des touristes grands-bretons ? Eux, nous facilitaient-ils la vie en acceptant de conduire à droite, hein ?

La dentiste considéra son amie, une moue méfiante sur les lèvres.

— Louise, ceci n'est pas une magnifique occasion d'expérimenter le *speed dating*. Ceci est une enquête pour meurtre avec préméditation, commis dans notre magasin, avec nous dans le rôle d'au-moins-un-peu-suspectes !

— Tu as raison et on ne va pas se laisser souffler dans les naseaux, non mais des fois, se ravisa Louise en balayant ses cheveux d'un geste conquérant. J'appelle Raphaël !

— Pourquoi ?

— Pour qu'il réceptionne le sieur Fournier dès son arrivée. Comme ça, je suis certaine qu'il s'y mettra aussitôt et qu'il exclura d'emblée nos candidatures de suspectes. On va gagner un temps fou.

Elle n'avait pas raccroché, après une série de gloussements adolescents et une kyrielle de remerciements, qu'Hubert, le cadet de Louise, pénétrait en trombe. Vêtu d'un jean fatigué, d'un tee-shirt noir et d'un blouson de cuir pas mal éraflé, il était pieds nus dans des tennis rouges sans lacets. Avant même que les deux femmes ne puissent lui annoncer la catastrophe qui venait de leur tomber dessus, Hubert brandit une feuille et un stylo d'un geste dramatique et brama :

— Signez !

Interloquée, Chloé ne trouva rien d'autre que :

— Tu ne portes pas de chaussettes, en plein novembre ?

— Pas eu le temps. Impossible de les retrouver.

— Tu tournes avec une seule paire ?

— Trois. Pas moyen de dénicher des chaussettes jumelles. Ni les lacets, d'ailleurs. (Soudain, il s'emporta en secouant la feuille sous leur nez :) Qu'importe !? Ça, c'est pour dénoncer une monstruosité, un carnage, une boucherie…

— Écoute, chéri, en termes de boucherie, nous affichons complet. Vois-tu… commença Louise, aussitôt interrompue par son frère.

— On ne peut pas accepter ça. Parce qu'à ce moment-là, tout est permis, les pires exactions !

Sentant qu'elles n'auraient pas le dessus tant Hubert semblait remonté, Chloé s'enquit :

— Quelles exactions ?

— Rien ne vous a troublées dans la presse, à la télé, sur les réseaux sociaux, depuis un moment ?

— Si, pas mal de choses, depuis le terrorisme jusqu'au recueil de nos données personnelles, en passant par le trafic d'ivoire et les moustiques porteurs de maladies. Je pourrais établir une liste de trois pages.

— Nooon ! s'exclama-t-il. Une sorte de complot rampant. Même le CNRS et l'ONU s'en mêlent !

Chloé réprima un soupir. Hubert appartenait à la catégorie « QI surdimensionné + pas mal de temps libre » qui a tendance à voir des complots partout. Les constructions intellectuelles élémentaires, bien carrées des neurones, ne le séduisaient pas. Il lui fallait donc toujours chercher où se nichait la trouble intention derrière un montage simple. À sa décharge, dans nombre de cas, lorsqu'on nous assène une démonstration limpide, il convient de chercher entre les lignes où se terrent les intérêts confidentiels des uns et des autres. On les trouve presque toujours.

— Le CNRS, l'ONU ? s'inquiéta sa sœur.

Scandalisé, Hubert approuva d'un violent mouvement de tête et continua :

— Hein, tu te rends compte ? Ils veulent nous faire bouffer des insectes en remplacement de la viande et du poisson parce que nous allons bientôt être trop nombreux sur Terre. Le Net est bourré de recettes d'escargots ghanéens, de super animaux de compagnie, très affectueux[1].

1. Ils peuvent atteindre vingt centimètres et deux cents grammes. Leur chair est, paraît-il, très goûteuse. Ils sont consommés de façon traditionnelle, comme en France. Il s'agit d'une espèce invasive.

— Ah oui… j'ai pourtant lu qu'ils faisaient pas mal de dégâts en Floride où ils sont arrivés on ne sait trop comment, rétorqua Louise.

— Les Floridiens aiment le melon et ça les agace que les escargots se servent. Ils ont le droit de manger aussi, non ?

— Hubert, Hubert… pourrions-nous revenir au nœud du problème ? suggéra Chloé qui nageait en plein brouillard.

— On trouve aussi la recette de la tapenade de fourmis[1] ou alors en version fraîche et vivante, en salade avec une vinaigrette crémeuse ! Et des vers blancs sautés, aussi. Dingue ! Même l'ONU[2] est complice, je te dis !

— Dans mon cas, ils vont avoir du boulot. Je préfère encore devenir végétarienne ! grogna Chloé. Et puis, bonjour les fourmis vivantes. Et donc, tu les balances au dernier moment dans la salade parce que ça se barre partout et ensuite, sympa la chasse à la fourmi dans le salon ! Un mois plus tard, tu te retrouves avec une fourmilière dans le dressing. Au moins, écrasées en tapenade, on ne craint pas ce genre de squat sauvage !

Un gros plus aux yeux de la dentiste.

— Beurk, beurk, approuva Louise. Et donc, la pétition souligne que dans nos sociétés, les insectes on trouve ça répugnant ?

---

1. Les deux recettes à base de fourmis vivantes ou non sont proposées par certains entomophages.

2. L'ONU aurait affirmé qu'il s'agissait d'un plat « délicieux »… En tout cas, pas les gros vers que l'auteur a mangés chez des amis à titre expérimental. Enfin, « manger » est un bien grand mot puisque après deux minutes de pénible mastication, elle a recraché la bouchée…

Hubert les dévisagea, stupéfait. Soudain, il éructa :

— Vous êtes bouchées en plus d'être des sans-cœur, ou quoi ? Il faut vous le répéter en quelle langue : ce sont des animaux de compagnie ! On s'y attache, on les soigne, on leur parle. Bref, se créent de multiples interactions.

Pointant un index accusateur vers Louise, il embraya :

— Tu boufferais Le Minou en daube ou en rôti ?

Une moue indignée se peignit sur le visage de Louise. Après une seconde de flottement, tant elle éprouvait des difficultés à établir une comparaison entre son terre-neuve et une fourmi, elle admit :

— Certainement pas. Je préfère la salade de pissenlit-betterave à vie. Cela étant, même si tu as considérablement réduit ta consommation de viande, tu manges quand même du poisson, non ?

Il la considéra et déclara, peiné :

— Enfin, Louise ! Tu as déjà vu quelqu'un serrer un hareng dans ses bras ou dormir avec un tourteau ?

— On fait ça avec des escargots ghanéens ou des mygales (une des meilleures ventes d'Hubert) ? osa sa sœur d'une petite voix en réprimant mal le frisson de dégoût qui la parcourait.

Chloé signa sans relancer le débat. Elle jugea, non sans raison, qu'il la dépassait complètement. Autant elle grattait volontiers les oreilles de Le Minou, lui caressait le ventre, autant elle s'imaginait mal réserver ces gestes de tendresse à une araignée Goliath, ni du reste à un gastéropode du Ghana. D'ailleurs, ces animaux avaient-ils des oreilles ?

À l'évidence, des préjugés, et ils ont la peau coriace. Louise parapha elle aussi et Hubert ressortit en trombe, les laissant pantoises. Elles n'avaient même pas eu le temps de lui expliquer qu'un cadavre venait de libérer la pièce climatisée. Lisant les pensées de son amie, Louise résuma :

— D'un autre côté, c'est du Hubert tout craché.

« C'est par la logique que nous prouvons
et par l'intuition que nous découvrons. »

Bien cher Henri (Poincaré[1]), croyez à mon absolue admiration.
Cependant, vous me permettrez de douter de la pertinence
de cette affirmation dans le cadre des affaires sentimentales.
L'intuition se trompe alors le plus souvent,
quant à la logique, elle part en quenouille.

Le soir…

Mikaël, l'expert en informatique, avait passé plus d'une heure à farfouiller dans les mémoires de l'ordinateur du magasin, en vain. Les deux femmes l'avaient parfois entendu marmonner :

— Ah cool… non, mais trop, là… ouais, futé…

Son attitude les avait surprises. Normalement, il aurait dû être exaspéré, déçu. Au contraire, il les avait quittées avec un sourire satisfait.

— Un mec qui connait son logiciel d'effacement ! Il ne reste rien d'exploitable. LOL !

---

1. Un des plus grands savants universels, mathématicien, physicien, homme de lettre et philosophe (1854-1912).

Cette remarque assez sidérante avait conforté Chloé dans son sentiment à l'égard des fanas d'informatique : pas des gens comme les autres.

Louise avait ensuite reconduit Chloé rue de Tocqueville, puisque sa voiture était toujours à la révision. Inutile de se suivre à deux voitures. Ainsi récupèrerait-elle Le Minou. Victor leur avait préparé des crevettes cajun accompagnées de riz, une merveille.

Ils dînèrent ensemble, abusant un peu du mercurey. Fin renard, le vieux professeur avait senti qu'une légère ébriété, induite par un bon vin, ne serait pas de refus. Le Minou, crevé par la vive allure de Victor, s'était allongé sur le tapis de la salle à manger. Il ronflotait et leur fichait une paix royale. L'homme et le chien avaient avalé plusieurs kilomètres dans l'après-midi.

Aidée de Louise, Chloé narra leurs aventures à son grand-père par le menu, sans oublier l'insaisissable Sébastien. Elle s'interrompait parfois pour feuler :

— Attends là, je respire, parce que je vais m'emporter. Non, non, je sais, leur métier n'est pas une partie de plaisir, mais quand même…

— Chérie, j'étais sur les barricades en mai 68. J'en conclus que la rébellion face à l'autorité est inscrite dans nos gènes. Continue. Et donc, Raphaël se charge de l'autopsie ?

Louise acquiesça d'un signe de tête lugubre. Pourquoi « lugubre » ? Eh bien, parce qu'en dépit d'une robuste double cohérence qui lui permettait de tenir deux raisonnements diamétralement opposés sans leur permettre de se télescoper de plein fouet, elle sentait tout de même qu'elle manquait un peu de cohérence, simple cette fois. Juste un peu.

Si elle voulait être parfaitement honnête (un exercice ardu dès que son maria… ex-mariage était concerné), sa première justification en appelant Raphaël n'avait été inspirée que par l'urgence de rouvrir le magasin et de se dépatouiller des deux policiers. De fil en aiguille, alors qu'elle lui expliquait la panade dans laquelle elles pataugeaient, elle avait songé, comme ça, que cela faisait longtemps qu'ils n'avaient pas bavardé. De vive voix et les yeux dans les yeux. Sans doute Raphaël aurait-il l'idée de l'inviter à dîner pour lui expliquer ses conclusions. Oh, certes, il était très tatillon sur le secret médical. Mais bon, lorsqu'on évoquait un biceps, un grand pectoral ou un grand dorsal (conversation qui fascinait son ex-mari, elle beaucoup moins, mais on fait avec les moyens du bord), mieux valait encore les dessiner sur une nappe de brasserie, non ? Ou, plus recherché, dans un calepin posé sur le chemin de table d'un restaurant romantique. Un bon dessin vaut mieux qu'un long discours, n'est-ce pas ?

À l'issue du dîner, Louise jugea plus sage d'accepter l'invitation de Chloé à profiter de la chambre d'amis. Elle était un peu pompette et l'idée de partager sa nuit, seule chez elle, avec des souvenirs de macchabée ne la tentait pas outre mesure.

Le lendemain…

Après une nuit assez troublée, Louise Longin repartit dès après le petit-déjeuner avec son veau canin. Elle comptait repasser chez elle, se changer et y laisser Le Minou.

Chloé, la mort dans l'âme et le moral dans les socquettes, se rendit à son cabinet. Les quelques stations de métro qui l'en séparaient lui parurent interminables. Première étape : consulter la liste des patients du jour. Mince, le couple Grégoire, des personnes âgées. Lui, son patient, était assez attendrissant, elle moins. Traînant des pieds, elle ouvrit la porte donnant dans sa salle d'attente, se contraignant à un large sourire maternel. Sourire qui se fit beaucoup moins maternel, quoique plus lumineux, lorsqu'elle découvrit le patient installé. Éric ! Éric Lemarchand, à la denture parfaite et au sex-appeal irrésistible. Ah, qu'il était beau et craquant ! Il portait une veste en tweed, une chemise blanche déboutonnée au col et un jean qui semblait taillé sur mesure.

— Euh… monsieur Lemarchand… notre rendez-vous n'est pas avant la semaine prochaine, si je ne m'abuse ?

— Je suis vraiment confus de débarquer ainsi. Je me doute de la lourdeur de votre agenda. Cependant, j'ai eu un peu mal cette nuit. Cette molaire, celle dont je vous avais parlé. Vous avez dû comprendre à quel point la santé de mes dents me préoccupe. Je vous en prie, acceptez-moi, juste quelques minutes afin de vérifier.

Après ce meurtre, ce cadavre, ce pharmacien peau de tétine, Chloé avait envie de plages désertes, d'un lagon bleu, de vent tiède chahutant ses cheveux ornés d'une fleur d'amaryllis glissée au-dessus de l'oreille (sans la tige, très épaisse, ça vous rabat l'oreille façon cocker). N'oublions pas, dans cette carte postale idyllique, le paréo mal noué qui tombait à ses pieds en révélant la perfection de ses formes. En dépit de quelques centimètres carrés de cellulite en haut des cuisses et un peu (juste un tout petit peu), sur le bide. Cela étant, Photoshop n'est pas fait pour les chiens. Ajoutons de grands coquillages que l'on mange à pleine bouche, bouches qui se rejoignent et blabla et blabla. Eût-on dit à Chloé qu'elle versait dans l'inepte série brésilienne des années 1980, qu'elle ne l'aurait pas cru. Parce que ça ne l'arrangeait pas. Sur le moment.

— Eh bien, juste quelques minutes, alors. Pas de soins. Je n'ai pas le temps. Une petite vérification pour vous tranquilliser.

— Oh, vous êtes un amour. Et vous, comment allez-vous, chère Chloé ? s'enquit son patient sublime.

Ah, cette voix qui lui filait des frissons.

— Bien, bien... Éric.

Ils en étaient donc aux prénoms, sans même que Chloé ne le décide. Il s'allongea avec une grâce féline sur le fauteuil.

Aparté : il s'agit bien sûr d'un autre cliché. En effet, lorsqu'on a vu un lion ou un tigre s'affaler de tout son poids sur le flanc, il est assez difficile de qualifier le mouvement de « gracieux » et encore moins de « sexy ».

Troublée, elle s'approcha, songeant que sa technique révolutionnaire de méditation grâce aux dents-bougies ne fonctionnerait pas avec les belles incisives d'Éric. Avant qu'elle ne comprenne ce qui se passait, il la tira sans brutalité par le devant de sa blouse.

Un *french kiss* décoiffant sur son fauteuil inclinable avait toujours été un grand fantasme de Chloé. Fantasme jusque-là repoussé puisqu'elle ne trouvait aucune bouche masculine assez séduisante et experte pour le réaliser. Celle d'Éric Lemarchand lui convenait au petit poil, d'autant que l'animal savait ce que signifiait le substantif « baiser ». Ah oui ! En effet, et cela ne surprendra personne, il y a baiser et baiser. Le baiser vite fait en jetant un regard sur son Smartphone. Le baiser un peu tendu : et si le partenaire avait les amygdales déjà constellées des petits points blancs d'une angine (très contagieux !) ? Le baiser pochette de mouchoirs en papier, lorsqu'on tente de s'essuyer discrètement le bas du visage en prétendant toussoter (pour ne pas vexer). Bref réussir un vrai de vrai *french kiss*, tout en fougue et en subtilité, n'est pas à la portée de n'importe qui. À l'évidence, Éric Lemarchand était passé maître ès baisers, cette qualité de baisers qui font fondre du dedans, se hérisser les petits cheveux de la nuque et donnent envie de doubler la mise, maintenant, tout de suite. Ce qui ne tarda pas. Chloé eut à peine le temps de reprendre son souffle. Pourtant, ce second baiser l'intrigua très vite. Il lui sembla que de sensuelle, la langue d'Éric se faisait… exploratrice. Leurs lèvres se disjoignirent. À vrai dire, elle était un peu tourneboulée. Aussi crut-elle avoir mal entendu lorsqu'il déclara :

— Je pourrais examiner tes dents ?

— Plaît-il ?

— J'adore les belles dents.

Entendons-nous : Chloé avait toujours professé avec la plus grande vigueur l'importance extrême de dents saines puisqu'elles traduisaient, en plus, un bon état de santé général. Néanmoins, c'était elle la dentiste. Un peu déroutée par cette requête, elle rétorqua :

— Hormis une couronne sur une molaire, cassée par un petit bout d'os, mes dents sont en parfait état.

La sonnerie de la porte d'entrée se déclencha. Son rendez-vous, les Grégoire, un peu en retard. Madame, d'une jalousie maladive, accompagnait son mari partout, sans doute même aux toilettes. Elle avait d'abord toisé Chloé d'un regard torve, détaillant ses gestes pour s'assurer qu'il ne s'y nichait pas une sorte d'invite sexuelle à l'adresse de son mari. Précision : il avait quatre-vingt-cinq ans, elle quatre-vingt-trois. L'amour rend aveugle, affirme-t-on. Le proverbe trouvait une admirable validation grâce au couple Grégoire. Il était sourd, un peu gâteux, ratatiné et jaune de peau.

Éric Lemarchand se leva, sourire ravageur aux lèvres et lui désigna le fauteuil d'un geste aérien de la main :

— Je peux les voir, s'il te plaît ? insista-t-il, charmeur.

De deux choses l'une, et elle savait déjà laquelle lui plairait le plus. Il tentait de l'allonger, usant d'une tactique étrange quoique novatrice. Tant pis, les Grégoire patienteraient. Ou alors, elle venait de s'en dégoter un pas piqué des hannetons mais largement fêlé du cervelet. Espérant quand même que sa première hypothèse s'avérerait la bonne, elle s'exécuta. Deux personnes se trouvaient dans la salle d'attente. En cas de gros grain, elle hurlait. Certes, elle ne pouvait espérer que les époux Grégoire se transformeraient aussitôt en charge de la brigade légère, mais Éric l'ignorait. Le temps qu'ils récupèrent leurs cannes, leurs manteaux, si toutefois monsieur avait branché sa prothèse auditive, elle serait morte.

À l'invite de cet homme très séduisant quoique étrange, elle ouvrit la bouche. Normalement, il devait exploser de rire et hoqueter : « Je t'ai bien eue, hein ? » Ensuite, il l'embrassait à nouveau. Puis, il entrouvrait sa blouse, dégrafait son soutien-gorge et plus si affinités. Il récupéra le petit miroir sur le plateau et le promena dans la cavité buccale de Chloé. Il murmura d'un ton extatique :

— Aaahouiii, joli travail. Compétence suisse, non ? Oooh… on ne voit pas de bouche aussi parfaite tous les jours.

Il émit alors une sorte de ronronnement de gorge. Ce son un peu rauque que les messieurs réservent le plus souvent au déshabillage de la dame, pas à l'examen de ses prémolaires. Même s'il en faut pour tous les goûts. Le tensiomètre interne de Chloé vira au rouge vif. Un fétichiste, ça manquait à sa galerie, à cela près qu'elle s'en passerait volontiers. Elle n'avait rien contre par principe, pas avec ses dents, toutefois. Dégrisée, elle se leva d'un coup de reins.

— Bien, mon cher Éric. Nous allons en rester là pour aujourd'hui, susurra-t-elle en songeant « Mauvaise pioche. Qu'il se barre, et vite ». Mon prochain patient m'attend. Un très vieux monsieur.

— J'aimais beaucoup ma mamie. Elle m'a élevé. C'est attendrissant, les vieilles personnes. On ne s'en préoccupe pas assez, selon moi. On se revoit très vite ?

— Tout à fait.

Il sortit sur un plissement de paupières à renverser la donzelle, à cela près que ladite donzelle allait appeler dans la foulée la plateforme téléphonique et ajouter M. Éric Lemarchand à la liste noire des « Pas de rendez-vous avant dix mois ».

Une vague de découragement déferla en Chloé. Pourquoi tombait-elle toujours sur des limaces (« Ça t'ennuie pas si je m'endors là ? Ah, tu n'y étais pas complètement ? Bon, ben la prochaine fois, hein ? »), des frisottés de la carafe (« Je peux voir vos scarifications du BCG ? »), des infantiles (« J'aime bien qu'on me prépare un chocolat chaud après le sexe. Seulement du Van Houten. Les autres sont trop sucrés, je trouve »), des pressés (dix-minutes-douche-et-rhabillage-compris, avec un petit sandwich parce que ça creuse) ? Hein, pourquoi ? S'agissait-il d'une fatalité, d'une malédiction ? Devait-elle chercher un désenvoûteur, faire un pèlerinage, avaler une potion quelconque ? Enfin, statistiquement, elle était confrontée à une aberration. Il existait quand même pléthore… bon, disons beaucoup d'hommes célibataires, séduisants, gentils, courtois, sans gros bug mental. Elle n'exigeait pas la présentation aux parents, la bague au doigt, et un compte joint dans le quart d'heure qui suivait… bien qu'y pensant, soyons honnêtes. Elle voulait juste une relation agréable, avec un homme normal et non marié. Beaucoup moins compliqué que la multiplication des pains ou le miracle des loups, non ? Comment donc se faisait-il qu'elle tombe toujours sur des cas ? Ensuite, bien sûr, ces messieurs avaient beau jeu de dire qu'elle possédait un fichu caractère et devenait invivable. Ben voyons ! La mauvaise foi de certains représentants de la forte gent la stupéfiait. En effet, lorsque la dame passe au programme « humeur sexy » et qu'on lui demande des détails sur ses amalgames, son bridge, son implant, il y a de quoi justifier une certaine acrimonie, soyons raisonnables ! Et pourquoi pas les numéros de série ou l'âge du prothésiste pour faire bonne mesure, hein ?

Son portable personnel vibra. Louise. Elle décrocha aussitôt et beugla :

— Alors ?

— Raphaël vient d'appeler. Oh, ma jolie, quelle horreur !

— Quoi, quoi ? s'affola la dentiste.

— Raphaël est resté vague. Tu le connais, avec son fichu secret professionnel. Il a quand même lâché que le cadavre était bien Gérard Fournier, mort d'exsanguination consécutive à la plaie qui a sectionné la carotide. Et il a été tué sur place… Tu te rends compte, dans notre salle climatisée… termina Louise d'une voix tremblotante.

— Tu en doutais ? s'étonna Chloé. Vu le sang autour de lui et le fait qu'il n'y avait pas une seule goutte ailleurs, en effet, la conclusion logique est qu'il a été occis sur place. Pas transporté après les faits.

— Selon Raphaël, il y aurait eu lutte puisque la victime porte des marques de prise sur les poignets et que le remontoir de sa montre est plié, presque cassé. *A priori*, le tueur serait un droitier, vu le sens de la plaie, chuinta-t-elle, pathétique.

Chloé rétorqua :

— Merde, nous sommes droitières.

— Raphaël a précisé que c'était un indice, pas une preuve.

— Et Sébastien ?

— Euh… je ne sais pas trop, je dirais droitier aussi.

— C'est toujours ça ! Pourquoi sembles-tu paniquée ? Enfin…

La voix presque inaudible et essoufflée de Louise lui parvint :

— Ben… ben… il y avait une marque dans le dos de Fournier. Un truc en rapport avec un phénomène qui s'appelle les lividités cadavériques.

— Oui, le sang se dépose sous l'influence de la gravité puisque le cœur ne pompe plus. Donc, il stagne au plus bas du corps, la surface sur laquelle il repose.

— Ah, je comprends enfin… l'explication de Raphaël était trop technique.

— Alors ? Accouche, la marque ?

— Raphaël m'a fait jurer de n'en parler à personne. Mais toi, c'est moi…

— Et ? s'impatienta la dentiste.

— Tu te souviens du pendentif en or blanc que Raphaël m'a offert un Noël ? Un « L » avec un petit diamant sur la barre horizontale de la lettre. Je ne le quittais pas.

— Et tu l'as perdu, la chaîne a dû se casser, selon toi. Impossible de le retrouver. Oui, et ?

— La marque dans le dos du pharmacien… C'est un « L » avec une légère surpression à l'endroit de la pierre précieuse.

Un silence atterré suivit cette révélation. Puis, Chloé s'enquit d'une voix blanche :

— Et le pendentif ? Ils l'ont récupéré… sous le corps ?

Presque inaudible, Louise offrit :

— Raphaël ne savait pas. Il va se renseigner, examiner les pièces à conviction. Mais bon… le pendentif ne se trouvait pas dans la réserve, par terre, avant le meurtre, ça fait des mois que je le cherche… ça signifie que… ça signi…

Sa voix se brisa et Chloé redouta qu'elle fonde en larmes. Aussi contra-t-elle, virulente :

— Ça signifierait alors que le tueur te l'a volé et l'a déposé pour que les soupçons se portent sur toi, et on ne va pas se laisser faire ! Oh, bordel, non ! Ne panique pas. Je prends mon prochain patient et je te rappelle. Et tu ne tentes rien de crétin pendant ce temps, n'est-ce pas ?

— De quel ordre ?

— Je ne sais pas. Il s'agit d'un conseil générique.

Le couple Grégoire pénétra dans le cabinet. Madame surveilla le moindre geste de Chloé avec une vigilance de cerbère, des fois que la dentiste mette la main aux fesses de « mon trésor » ou de « mon cœur », ainsi qu'elle le nommait. En réalité, le plus ardu avec M. Grégoire consistait à l'allonger sur le fauteuil et surtout à le rétablir sur ses pieds à l'issue de la consultation. Lui-même était avenant, du moins lorsqu'il entendait ce qu'on lui disait. Chloé s'étonna pour la millième fois de l'injustice de la génétique. Victor n'avait que trois ans de moins. Pourtant, la différence de vitalité, de forme et d'envie de faire entre les deux hommes stupéfiait. Cela étant, la dentiste ne pouvait se défaire d'une certaine tendresse pour Madame, en dépit de son air fermé et méfiant. La femme âgée n'avait pas vu les années passer. Son amour ne s'était pas effiloché. Sa jalousie non plus. Elle veillait telle une tigresse sur son homme, aveuglée par la passion possessive qu'elle éprouvait toujours pour lui. Au fond, une jolie histoire.

Les Grégoire partis, son nouveau patient juste installé dans la salle d'attente, elle se boucla et rappela Louise.

De sinistre, la voix de son amie avait viré au sépulcral.

— Raphaël est allé vérifier. Pas de pendentif dans les pièces à conviction récoltées. Tu sais… enfin, il est génial. Au lieu d'écrire dans son rapport « Une forme s'est incrustée dans le dos de la victime qui m'évoque le pendentif en "L" que j'ai offert à ma femme et qu'elle a égaré… », il a juste signalé : « Une petite forme en angle droit à branches d'inégales longueurs, évoquant un "L", est visible en incrustation sous l'omoplate gauche de la victime… »

— N'exagérons rien ! Pourquoi il aurait précisé que ça ressemblait à ton pendentif, hein ? Il en sait quoi, d'abord ? Pas mal d'autres prénoms féminins commencent par un « L ». Et je suppose qu'un certain nombre d'hommes ont offert le même bijou à leur Laura, leur Lisa, leur Leila, leur Li-Mei ou leur Loanne, s'énerva Chloé en songeant qu'à la place de Raphaël, elle aurait carrément passé ce détail sous silence.

L'honnêteté est une magnifique qualité. On ne le répétera jamais assez. Néanmoins, pas quand elle risque de faire trébucher un innocent. Du moins était-ce la conviction de la dentiste. Certes, Raphaël était bourré de mérites. Un peu trop, d'ailleurs. Pourtant, à trop vouloir faire dans sa caisse en grattant avec soin la litière ensuite, on finit par tendre des verges pour se faire battre. Chloé se savait capable de produire un faux témoignage, main sur le cœur, s'il s'agissait de défendre Louise ou Victor. Lorsqu'on a une absolue confiance en des êtres, la morale change de camp. Du moins pour ceux qui ont une morale.

— Ben, *a priori*, et puisqu'il s'agit de notre boutique... ça peut difficilement être le pendentif perdu par une Loanne ou une Laura.

— Un légiste n'a pas à avoir d'*a priori*, pontifia d'un ton docte Chloé. Les faits, rien que les faits.

— On nage en pleine incohérence, s'énerva soudain Louise. Quoi ? Le tueur positionne mon pendentif – qu'il a récupéré j'ignore comment – sous le cadavre dans le but de me faire accuser. Gros malfaisant, calculateur, en plus d'être un assassin, donc. Lui seul savait que le « L » se trouvait sous le sieur Fournier. Et soudain, ce psychopathe l'enlève ? Et pourquoi ? Un éclair d'esprit chevaleresque ? Un remords brutal ? Alors qu'il a planifié le meurtre avec soin avec le but évident de nous... me faire porter le chapeau ?

Un silence salua cette tirade, puis :

— Ouais, tu marques un point. Insensé ! Mais je mettrais ma main au feu qu'il existe une raison. Laquelle ? Mystère et boule de gomme ! Bon, il faut...

— Attends, c'est la factrice, je vais ouvrir... Oui, bonjour, comment allez-vous ?... Bien aussi, top même !... Non, juste quelques petits tracas techniques... nous rouvrirons sous peu... Entendu... Bonne journée... À demain. Chloé ?

— Oui, je t'écoute.

— Là où je voulais en venir, c'est que...

La dentiste entendit un bruit de papier déchiré puis un chuintement :

— Ooohhhnooon !

— Quoi, quoi ?

— Mon pendentif... et la chaîne cassée.

— Pardon ?

— Dans une enveloppe matelassée, sans mention d'expéditeur. Avec une étiquette imprimée à l'adresse du destinataire. Moi.

— Je suppose qu'aucun message n'est joint.

— Juste, confirma Louise qu'une voix blanche.

— Tu lâches l'enveloppe. Ne la touche plus. Pour les empreintes et l'ADN éventuel. Il y a déjà ceux du centre de tri puis de la factrice et les tiens. Inutile d'en rajouter. J'apporte quelques paires de gants de nitrile. On va la transférer dans un sachet quelconque.

— J'appelle la police ?

— Ça va pas la tête ? On réfléchit avant. J'ai encore trois patients et j'arrive. As-tu verrouillé la porte après le départ de la factrice ?

— Oui. Je fais de la figuration. Je devenais dingue seule chez moi. Le Minou s'en fout : il dort sur le canapé du salon. Au moins, je vois des voitures et des gens passer dans la rue. On se détend les nerfs comme on peut, hein ? Tu viens vite ?

— Aussi rapidement que je peux. Tu ne racontes rien à Raphaël. Si tu veux en discuter, appelle Victor, rien que lui. On avise d'abord. On soupèse les options.

— Tu sais, mon ex est vraiment honnête et clair dans sa tête.

— Certes, mais l'enfer est pavé de bonnes intentions. Et mon Dieu ce que Raphaël est bien intentionné. Vertigineux !

Chloé vérifiait ce qui n'avait été jusque-là qu'une théorie. De fait, elle n'hésiterait pas à produire un faux témoignage s'il s'agissait de défendre Louise ou Victor. Et ils pouvaient la découper en rondelles, chaînes aux pieds, un mors coincé entre les dents, jamais elle n'avouerait. Soulagement (quand même) : l'Inquisition était passée de mode depuis des siècles. Franchement, Verdier et son pote Ledru ne l'impressionnaient pas ! Quoi, ils pouvaient poser un petit gyrophare aimanté sur le toit de leur voiture et rouler en sens interdit sans encourir un retrait du permis ? Pffftt, enfantillages ! Ils pouvaient fixer un témoin durant vingt minutes sans jamais cligner des paupières, au risque de développer une sécheresse oculaire ? Tintin les lentilles derrière, bien fait pour eux !

C'est donc ragaillardie et d'humeur guerrière qu'elle reçut son patient. Elle tempéra ladite humeur très vite : le gars souffrait d'un vilain abcès. Elle n'allait pas la lui jouer médiévale, avec une pince et sans anesthésie. D'autant qu'il était très sympa et n'avait pas dormi de deux nuits. On peut se montrer conquérante sans se transformer en brute. Et puis, sa cible demeurait Thomas Verdier (qu'elle soupçonnait du pire) et Hervé Ledru (qu'elle soupçonnait tout autant et peut-être même davantage puisqu'il se montrait un chouia cordial). Méfiance !

« Prenez garde à la colère d'un homme patient. »

Et d'une femme, je ne vous en cause même pas, cher John Dryden[1]… surtout lorsque la patience n'est pas sa principale vertu !

Le lendemain…

Chloé se sentait dans une petite forme lorsqu'elle rejoignit son cabinet ce matin-là. Elle avait passé l'après-midi de la veille à rassurer Louise, à lui remonter le moral. Malheureusement, le recours à des arguments lénifiants, filandreux et très répétitifs s'était soldé par un semi-échec, pour ne pas dire un quatre cinquièmes d'échec. Tout juste avait-elle réussi à dissuader son amie, au bord du gaz, de tourner le bouton de la cuisinière. De fait, hormis : « On ne va pas se laisser faire » ou « Quelle ordure ! », ou encore « Nous sommes innocentes. On n'arrête pas les innocents ! », la dentiste s'était retrouvée avec une imagination aussi plate qu'une crêpe. En dépit d'une mauvaise foi de compétition, elle n'avait pas réussi

1. Poète et dramaturge anglais (1631-1700).

à affirmer d'un ton péremptoire : « Bof, quelle importance que le macchabée ait été retrouvé dans notre boutique ? » ou « Franchement, on s'en tape que ton pendentif se soit incrusté dans le dos de la victime ! ». Ni même : « Bon, c'est juste un mauvais rêve. On a trop bouffé hier soir et on va se réveiller d'une minute à l'autre. » Et pourtant, elle aurait aimé le croire.

Son portable vibra : Louise. La voix de son amie, celle de la dame scotchée au fond d'une piscine avec l'eau qui monte, qui monte et qui aperçoit soudain un sécateur qui flotte dans sa direction, lui fit pressentir qu'une bonne nouvelle (du moins pas une exécrable) s'annonçait. Elle ne fut pas déçue :

— Oh, ma chérie, ce que je suis soulagée !

— Ils ont trouvé le meurtrier ? Visionné les vidéos de surveillance de la banque ? Identifié les gens qui « visitaient » notre boutique à la nuit ?

— Non. Là, c'est juste la cerise sur le gâteau, pas encore le gâteau en dessous. Les scellés vont être levés d'une minute à l'autre. J'ai discuté avec le capitaine Hervé Ledru...

— Surtout, tu n'as pas cafté au sujet du pendentif ?

— Non, je n'ai rien évoqué. On était tombées d'accord à ce sujet hier, même si je ne suis pas convaincue que ce soit une idée judicieuse.

— Moi non plus, mais je ne suis pas certaine du contraire. Et alors, Ledru ? demanda Chloé.

— Il nous déconseille vivement de nettoyer nous-mêmes. Selon lui, il s'agit d'un « ménage » d'un genre traumatisant. Mieux vaut faire appel à une entreprise spécialisée. Il m'a donné trois noms.

— Je suis assez d'accord avec lui… pour une fois. Tu les appelles ?

— Je m'y colle. Oh, je voudrais que cette affreuse chose soit derrière nous.

— Bientôt, affirma Chloé en mentant comme une arracheuse de dents, le lointain ancêtre de sa profession.

Les patients se succédèrent, plein de petites bougies sans flamme qui lui permirent d'inspirer, d'expirer. Quand on y pense, c'est magnifique une dent, et Chloé s'en émouvait toujours. Pourtant, on n'y prête pas assez attention. Non seulement, les dents permettent de déchirer (les marshmallows sont en vogue mais tel ne fut pas toujours le cas), mastiquer les aliments, voire de se défendre en mordant, mais elles concourent aussi à la prononciation des mots. De plus, une géniale logique présida à leur architecture. En effet, on aurait pu avoir une barre dentaire en haut et une autre en bas au lieu de 32 dents distinctes. Toutefois, outre que chaque forme de dents permet des actions un peu différentes, en cas d'infection, mieux vaut perdre une seule dent que toute la denture inférieure ou supérieure. Vraiment, ce pragmatisme de la nature éblouissait Chloé. Certes, un minuscule émerveillement. Malgré tout, elle avait le moral au fond des socquettes. Aussi, s'extasier devant une exposition, se régaler d'un film ou d'un CD lui semblait-il en ce moment hors de portée. Les dents, elle en voyait sans interruption ou presque. Plus domestique, en quelque sorte.

Alors qu'elle raccompagnait un patient vers la sortie, elle aperçut la pile de courrier déposée par la préposée sur une console de l'entrée. Elle tria d'un geste las les enveloppes : facture, encore une facture… tiens, surprise, une autre facture, quelques pubs de vendeurs de matériel de dentisterie, et une enveloppe matelassée. Avant même de déchirer le rabat, sa fréquence cardiaque s'emballa et sa déglutition pénible fit lever la tête à son prochain patient plongé dans la contemplation de son Smartphone. Elle le rassura d'un sourire forcé et d'un :

— Un instant.

Chloé fila telle une flèche dans sa salle de consultation, passa un gant de nitrile violet et fit glisser le petit objet dans sa paume. Elle eut la nette sensation que son cœur s'arrêtait et chut sur son fauteuil de bureau dans un « floc ».

Un « C » d'environ deux centimètres de diamètre, en or blanc ou en argent, pendu à une mince chaîne de même métal, brillait au creux de sa main. Un petit diamant ou un zircon était incrusté à l'extrémité supérieure de l'initiale. Chloé était certaine d'une chose : jamais elle n'avait possédé un tel bijou. D'ailleurs, qui le lui aurait offert, hein ? Pas les amants interchangeables qui s'étaient succédé dans son lit, traversant sa vie en courant d'air !

L'histoire prenait un très vilain tour. Une onde glaciale dévala dans son dos et elle frissonna. Réfléchir. Réfléchir de toute urgence !

Que faire ? Prévenir Louise ? Elle allait sauter au plafond d'effroi et y resterait collée jusqu'à Pâques. Victor allait s'affoler, pensant qu'elle était menacée (oh, pourvu qu'il ait tort !). Elle se serait bien tapé un bon gros whisky, mais avait vidé le contenu des deux bouteilles clandestines dans le crachoir. Au prix d'un gigantesque effort, elle se souleva. Elle s'apprêtait à faire entrer son dernier rendez-vous de la matinée lorsque la ligne fixe de son bureau résonna. Elle hésita une seconde : la plateforme de secrétariat ou un de ses rares patients « chouchous » qui possédaient le numéro de sa ligne directe ?

— Docteur Thierry, je ne vous dérange pas ? commença la voix mâle et chaude. Hervé Ledru à l'appareil. Déjà, une bonne nouvelle. On vient juste de me prévenir que les scellés apposés sur la porte de votre salle climatisée avaient été levés…

Elle hésita et biaisa :

— Capitaine… bonjour. Chouette, vraiment super-chouette, merci. Je m'apprêtais à recevoir un patient…

— Un instant encore. Je n'abuserai pas de votre temps. Nous avons un petit souci et…

Sans plus réfléchir, elle s'entendit lâcher d'un ton précipité :

— Moi aussi… enfin, non, moi c'est un gros, un énorme souci. Je n'en ai pas discuté avec Louise. Alors, vous la fermez parce qu'elle est déjà assez secouée.

— Ça marche. Je peux passer ?

— J'en aurai terminé dans vingt, vingt-cinq minutes.

— Bien, j'arrive.

Elle allait raccrocher mais il poursuivit :

— Chloé… je ne suis pas l'ennemi.

— Permettez-moi d'en être juge.

Elle interrompit la communication, plus sèche qu'elle ne l'aurait souhaité. Certes, Hervé Ledru semblait sympa, en plus d'être très… agréable pour un œil féminin. Il possédait un bagage universitaire sérieux et n'avait *a priori* rien d'un bas de plafond. Le problème se résumait en peu de mots : Ledru était flic et ces gens-là sont avant tout des flics (sauf les ripoux, une autre histoire). En d'autres termes, elle ne lui aurait certainement pas confié sa vie, en dépit de son « Chloé » enveloppant et de ses protestations de sympathie. D'un autre côté, elle commençait à baliser, avec cet envoi pour le moins perturbant. Les forces de l'ordre ont un pendant rassurant pour la citoyenne lambda qui se demande dans quel guêpier on l'a fourrée sans la prévenir, ni surtout solliciter son consentement.

Lorsqu'elle raccompagna son dernier patient, le capitaine était installé dans la salle d'attente, tiré à quatre épingles, sage comme une image, raide sur son fauteuil pourtant confortable, les mains posées sur ses cuisses. Sa posture ne fit que conforter les soupçons de Chloé : un psychorigide légaliste, sans doute un perfectionniste, un trait classique dans ce type de profil. Un profil que Chloé trouvait plutôt estimable à ceci près que l'obéissance aux lois, lorsqu'elles sont idiotes, est une aberration. Elle se sentait beaucoup plus dans la mouvance de Victor : respecter scrupuleusement les autres et la loi, hormis lorsqu'ils ne sont plus respectables. L'honneur, l'humanisme, commandaient alors de désobéir.

Elle boucla le cabinet. Il était presque 13 heures et la faim commençait à la tenailler. Elle proposa :

— On passe dans la salle de consultation ?

Il se leva d'un mouvement souple, sourit et accepta d'un signe de tête.

Chloé lui désigna la chaise en plastique moulé vert pistache qui faisait face à son bureau, puis :

— C'est quoi, le petit souci ?

Il sortit son Smartphone et afficha une photo d'autopsie. On distinguait avec netteté un « L » plus clair sur la peau rouge violet du dos du pharmacien.

— Ça vous évoque quelque chose, docteur Thierry ?

Chloé passa en mode « *Inquisición, no pasarán !* » et déclara d'un ton détaché :

— Pas grand-chose. On dirait deux barres à angle droit. Une abscisse et une ordonnée, ou une sorte de « L » ?

— L'initiale de Louise, par exemple ?

— En effet, ça commence par un « L »... à l'instar de... allez, mille, deux mille prénoms féminins ? À vérifier. D'autant qu'il convient d'y ajouter les prénoms masculins, dont Louis, Loïc, Laurent, Lambert, Liam, etc. Il y a aussi « Libra », le signe de la Balance.

— À votre connaissance, Mme Longin n'a jamais porté un bijou quelconque avec son initiale ?

Chloé prétendit réfléchir, lèvres pincées de concentration, et expliqua :

— Ça ne me dit rien... j'ai beau fouiller mes souvenirs...

Ledru afficha une autre photo. On y voyait Chloé et Louise attablées, toutes deux vêtues d'un débardeur échancré, riant à gorge déployée. Leur semaine à Séville, quelques années plus tôt. Raphaël s'était improvisé photographe. Au cou de son amie dansait le pendentif, visible comme le nez au milieu de la figure.

Un silence s'installa, que rompit Chloé d'un ton plat mais mauvais :

— Selon moi, voici venu le moment où j'appelle mon avocat, non ? Ça tombe bien, j'en ai deux dans ma clientèle.

Paisible, un peu amusé, il contra :

— Selon moi, voici venu le moment où vous déjeunez avec moi. On discute, cartes sur table. Votre estomac gargouille. Vous avez faim.

— Hormis gastroentérologue, un homme bien élevé ne mentionne pas les borborygmes d'une dame.

— Si, lorsqu'il souhaite l'inviter à déjeuner, par exemple, pouffa-t-il. Docteur Thierry... je sens que vous dissimulez des éléments. Franchement, je ne vous vois pas en meurtrières et encore moins en égorgeuses de pharmacien, ni vous ni votre copine...

— Louise n'est pas ma copine mais ma meilleure amie depuis très longtemps. Ma sœur, en quelque sorte, l'interrompit-elle.

— On déjeune ? Croyez-moi, la sincérité constitue la meilleure défense.

Elle le considéra, la mine sévère, le regard rivé aux yeux d'un velours châtaigne. D'un ton ironique, elle rétorqua :

— Le fameux « faute avouée est à demi-pardonnée » ? C'est du pipeau et vous le savez aussi bien que moi. En revanche, il s'agit de la meilleure façon d'obtenir, sans trop d'efforts, des aveux rapides.

— Touché ! Toutefois, peut-être suis-je en train d'évoquer ma propre sincérité à votre égard ?

Commençait-il à la draguer ? Pour flattée qu'elle fût, le moment était mal choisi, très !

Hervé Ledru avait oublié d'être bête et encore plus lourdingue. Ou alors, Chloé se révélait d'une transparence inquiétante. En effet, il compléta :

— Sincérité professionnelle, j'entends.

Elle se sentait un peu soulagée (pas d'embrouilles sentimentales) mais quand même un peu déçue (pas d'embrouilles sentimentales) – encore un effet classique de la double cohérence féminine, que certains messieurs baptisent hâtivement « incohérence »... pfff ! Elle se leva et décida :

— On déjeune !

— Vous connaissez un petit bistrot sympa dans le coin ?

— Pas vraiment, ou alors ils sont pris d'assaut.

— La cuisine thaïe, ça vous dit ? Je connais un excellent restau dans le 13e.

— J'adore. Quand même un peu loin, non ? Je rejoins Louise ensuite. D'ailleurs, il faut que je la prévienne que j'aurai du retard.

— Rien n'est jamais trop loin dans un véhicule de policier, s'esclaffa-t-il.

— Vous allez mettre le gyrophare ? s'enthousiasma-t-elle.

Le pied ! La traversée de Paris en boulet de canon, sans risquer de PV !

— Non, pas même les feux de pénétration et de balisage. Pas mon genre d'abuser d'autorité lorsque ce n'est pas justifié...

Elle avait donc vu juste : un psychorigide légaliste. Bien plus attirant qu'un opportuniste dévoyé, mais plus lourd. Il poursuivit :

— Cependant, je sais conduire vite… et j'ai une appréciation un peu professionnelle des limitations de vitesse. Je précise que je n'ai jamais eu d'accidents, sauf volontaires.

Elle le regarda, intriguée. Il précisa :

— Par exemple, percuter une voiture pour l'arrêter. Mais on va éviter, la jouer cool.

« L'ordre est le plaisir de la raison,
mais le désordre est le délice de l'imagination. »

Oh, qu'en termes élégants ces choses sont dites, cher Paul (Claudel[1]). Néanmoins, si vous me permettez de mettre mon grain de sel, l'avantage du « plaisir de la raison » est qu'on n'oublie pas ses lunettes dans un congélateur en sortant un sachet de petits pois parce qu'on imaginait la scène suivante (authentique).

Au même moment…

Victor Thierry sifflotait, un grand torchon noué autour de la taille. Il s'était amusé tel un gamin ce matin en dessinant les stéréo-isomères[2] de molécules dont le simple nom fait aussitôt plonger les profanes en hyperventilation de stress. Il goûta avec précaution la sauce bouillante du Kaw Sach Chrouk, du porc au caramel, une délicieuse recette cambodgienne qu'il préparait pour ce soir. Un chouia de quelque chose manquait. Mince,

1. *Le Soulier de satin*, Gallimard, 1929.
2. Position relative des atomes d'une même molécule dans l'espace en trois dimensions.

il avait oublié la sauce nuoc-mâm ! Il ouvrit une des portes du placard et tendit le bras pour récupérer le flacon, sur l'étagère supérieure réservée aux ingrédients peu utilisés. En effet, Victor aimait la logique. Ses rangements suivaient la même règle : ce qui sert le plus doit être le plus facile à atteindre. Ses doigts frôlèrent un petit machin en plastique. Il l'examina, réjoui : la clef USB qu'il avait cherchée partout durant des semaines ! Las de tout retourner, sans succès, il avait fini par en acheter une autre, certain qu'un jour la disparue reparaîtrait. Bingo ! Sans doute l'avait-il en main lorsqu'il avait cherché une épice quelconque. Il l'avait machinalement posée sur l'étagère… pour l'oublier ensuite. Tout content, il la fourra dans la poche de son jean.

Trois minutes plus tard, le porc était prêt, relevé à la perfection. Ce n'est que lorsqu'il éteignit le feu sous le faitout que sa récente conversation avec Chloé et Louise, autour du dîner, lui revint. Il fila vers son bureau et introduisit la clef dans un port.

Il en exporta le contenu sur son disque dur et passa les différents fichiers en revue. Les circonstances dans lesquelles il avait fait cette sauvegarde, deux mois auparavant, lui revinrent avec précision.

Victor avait communiqué sa passion pour la SF à sa petite-fille. Il voulait absolument voir *Black Panther* qu'ils avaient raté lors de sa sortie et qui repassait dans une salle. Il avait donc été rejoindre Chloé au magasin après son après-midi de travail. Louise, pour qui le réel était déjà surréaliste la plupart du temps, avait passé son tour. Chloé s'activait sur l'ordinateur lorsque Victor était arrivé. L'orage menaçait. Des grondements furieux, de plus en plus proches, déchiraient un ciel plombé et menaçant. Le vieux monsieur avait lancé, sans y prêter plus d'importance que cela :

— Vous faites des sauvegardes, n'est-ce pas ?

— Bien sûr, Victor, avait protesté Chloé. Nous avons un disque dur externe.

— Pas suffisant. Si la foudre fait cramer le disque dur, l'externe est aussi flingué. Je suppose que vous n'avez ni onduleur ni prises parafoudre ?

— Euh, non.

— Bon, le mieux dans ce cas est une clef USB. On la débranche et c'est une deuxième sauvegarde appréciable, avait-il ajouté en tendant la sienne qui ne le quittait jamais.

— Est-ce bien la peine à Paris, Victor ? Avec tous les paratonnerres de la ville ? avait observé Louise.

— Faites-moi plaisir, copiez. Et demain, Chloé, tu achètes une clef USB.

— Promis.

Le ciel ne leur était pas tombé sur la tête (ni même sur leurs disques durs) ce soir-là. En revanche, il avait dégringolé sur le crâne d'un pharmacien quelques semaines plus tard.

« Si j'étais Dieu, et si j'avais son âge, je serais découragé. »

Alors, imaginez, bien cher Maurice (Maeterlinck[1]),
l'abattement ressenti lorsqu'on n'est pas Dieu,
que l'on n'a pas Son âge et surtout
qu'on se sent largement impuissant !
De quoi rester planqué sous la couette un mois durant.

Au même moment…

De fait, Hervé Ledru conduisait vite, très, et en pro. Un peu angoissée de traverser la capitale en pleine journée autrement qu'à la vitesse d'une limace asthénique, Chloé se garda de tout papotage de nature à le déconcentrer. D'ailleurs, il lui en fit la remarque :

— Vous êtes bien silencieuse.

— Non, non… la faim sans doute, une petite hypoglycémie. Ça ira mieux dès que nous serons garés… euh… devant nos assiettes, veux-je dire.

Le restaurant bruissait de conversations. Bien que comble, le patron – un petit monsieur très mince d'une

1. Écrivain belge francophone (1862-1949), prix Nobel de littérature en 1911.

bonne soixantaine d'années – se jeta à leur rencontre avec un sourire heureux. Il les propulsa vers une table du fond. Chloé comprit qu'il la gardait toujours libre afin d'y installer « ses amis de la police ».

Une fois assis, carte en main, le capitaine précisa d'un ton léger :

— Ne vous inquiétez pas, on règle la note, sauf le café, offert.

Elle se défendit :

— Je ne vous soupçonnais pas de…

— Si, mais si. D'ailleurs, vous me soupçonnez de tout. En réalité, Boon-Mee, le patron, a été rackettée durant des années. À l'instar de beaucoup d'Asiatiques, il a préféré se taire, jusqu'au jour où en prime, il s'est fait salement cogner. Je suis venu déjeuner le lendemain. J'habite à côté. Inutile de vous préciser que l'explication « rien de grave, j'ai pris une porte en pleine figure », ne m'a pas convaincu. Il a fini par se confier et porter plainte. On a planqué deux nuits, en fin de mois. Et on leur est tombé dessus. J'ai été très pédagogue avec les trois petites frappes. J'ai expliqué qu'en cas de représailles, ils prendraient plusieurs portes dans la figure.

— D'où la gratitude de Boon-Mee.

— Juste !

Ils se plongèrent dans la lecture de la carte. Chloé hésita entre un Pad thaï végétarien ou classique, ou une Tom Yam Kung, une délicieuse soupe, citronnée et un peu relevée. Léger, néanmoins, puisqu'elle mourait de faim. Ils commandèrent et Ledru leur servit un verre de rosé dont Chloé décida qu'il resterait unique. Pas envie de s'emmêler les neurones, au risque de devenir trop bavarde.

Leurs entrées, deux salades de crevettes aux fines lanières de concombre, juste un peu pimentées, arrivèrent.

— Je peux vous appeler Chloé ?

— Si je ne m'abuse, vous l'avez déjà fait.

— Oui, mais…

— Vous avez le droit d'être familier avec une suspecte ?

— Suspecte ? Vous êtes juste témoin.

— Témoin de quoi ? Oui, vous pouvez utiliser mon prénom. En revanche, je ne vous appellerai pas Hervé. Du moins, pas tant que l'enquête sera en cours.

Il fronça les sourcils. Surprise ou contrariété ?

— Pourquoi ?

— Parce que la familiarité engage à la confiance, aux confidences. Or pour l'instant, je n'y tiens pas. Au risque de surligner lourdement, Louise, c'est aussi moi. Qui s'attaque à elle, s'attaque à moi. L'inverse vaut aussi.

— Je n'ai pas l'intention de m'en prendre à Louise, alors même qu'elle me ment. Comme vous. Inutile de faire cette moue, instinct de flic. Dommage d'ailleurs, parce que nous étions vraiment partis du bon pied.

— C'est-à-dire ?

— Lorsque nous avons débarqué avec Thomas et qu'il nous a présentés, capitaine et lieutenant, vous m'avez évité un présupposé qui m'agace un peu. Vous avez demandé : « Qui est qui ? » En général, les gens partent du principe que Verdier est le capitaine parce qu'il est plus âgé, normal, mais surtout parce qu'il est blanc. Tant que j'y suis, sous des dehors bourrus voire antipathiques, Verdier est un type bien.

— Je vous crois sur parole.

— Non, mais ce n'est pas grave, sourit-il. Parlez-moi un peu de vous. Je connais votre grand-père, Victor. Un homme comme je les aime, *a priori*.

Redoublant de prudence, Chloé y alla d'un CV aussi peu révélateur que possible, qu'elle conclut d'un :

— Quant au reste, je suppose que vous savez que je suis fille unique, célibataire, pas d'enfant. Hormis une longue, très longue liste de PV pour stationnements interdits, très lucrative pour l'État, je doute d'avoir un casier judiciaire. Et vous ?

— Pas de casier judiciaire, non plus, plaisanta-t-il. À part ça, j'ai commencé par un master en mathématiques appliquées à l'économie. J'ai toujours préféré les concepts qu'on peut retrouver en exerçant la logique, sans qu'il soit besoin de les apprendre par cœur. À l'issue de mes études, j'ai pris conscience que j'allais m'emmerder à cent sous de l'heure dans la finance. En plus, j'aime la dimension physique de mon boulot.

— Ah oui, galoper derrière les méchants ou… le lancer de portes dans la figure.

— Quand on sait menacer, et ça s'apprend, on a rarement besoin de passer à l'exécution desdites menaces. Tout est affaire d'attitude, et c'est aussi valable pour les femmes. Vous avez peur, ça se sent. Vous n'avez pas peur ? Vous faites peur. Affligeant à admettre, mais nous fonctionnons avec des réflexes de meute, grâce à des signaux corporels qui n'ont rien à voir avec les mots. Il suffit d'un regard pour comprendre qu'un mec est dangereux ou pas.

Boon-Mee déposa devant eux leurs plats, un sourire réjoui aux lèvres :

— Poulet épicé à la citronnelle et au lait de coco pour madame et Satay Ayam pour mon ami Hervé.

Il disparut bien vite. Ledru attaqua :

— C'est quoi, le gros souci ?

Chloé remarqua qu'il n'avait pas évoqué sa vie privée. Méfiance sur ce chapitre aussi. Quant au reste, elle n'hésita qu'une seconde. Elle plongea vers son sac posé contre le pied de sa chaise et en tira un gant violet et le sachet dans lequel elle avait glissé l'enveloppe matelassée.

— Voilà ce que j'ai reçu ce matin, expliqua-t-elle.

Sans un mot, le policier enfila le gant. Chloé mima le geste d'une paume qu'on retourne vers le ciel. Il s'exécuta. Le bijou glissa. Hervé Ledru l'étudia puis souffla :

— Oh, merde !

— Quoi, merde ?

Il sélectionna une autre photo sur son Smartphone et lui montra l'écran. Une autre peau sur laquelle alternaient les zones livides ou violacées, une autre incrustation plus pâle, celle d'un « C ».

En dépit de l'excellence de son poulet épicé au lait de coco, un pénible renvoi ramena une bouffée de citronnelle dans la gorge de Chloé. Elle s'enquit :

— Je suppose que cette peau appartient à un défunt ?

— Vous supposez juste. On ignore son identité réelle. Retrouvé hier, dans une chambre d'hôtel. Un hôtel assez haut de gamme du 17e arrondissement.

— Encore ?

Son portable vibra dans sa poche. Le numéro de l'appartement s'afficha. Elle hésita. Cela étant, une petite diversion ne lui ferait pas de mal.

— Excusez-moi. Mon grand-père. Il appelle peu, aussi… deux secondes, désolée.

— Je vous en prie.

D'un ton enjoué, Victor lui relata ses trouvailles. Il conclut d'un :

— J'attends un déluge de compliments, ma chérie.

— Tu es trop génial, éblouissant, merveilleux, topissime, bref un tigre et un aigle, mon papy !

— Ah non, ne m'affuble pas de ce petit nom de pluricentenaire, de grâce !

— Je déjeune avec le capitaine Ledru. Tu penses que je dois lui expliquer ?

Hervé la regarda, l'œil rond, stupéfait. Vivaient-ils sur la même planète ? Enfin quoi, un des témoins principaux dans une affaire de meurtre demandait à son grand-père quelles informations on pouvait communiquer au policier chargé de ladite enquête, en sa présence ? Il n'entendit pas la réponse de Victor mais celle de Chloé le scotcha encore un peu plus :

— Oh, non, on s'y fait… Il a de bons côtés, je crois. Et puis, ça ne doit pas être marrant comme boulot. Louise le trouve séduisant…

Hervé Ledru se sentit rougir et avala une gorgée de rosé. Il résista à l'envie de se manifester sur le mode : « Ouh, ouh, je suis là, j'entends ! »

— …

— Tu sais, Victor, aux yeux de Louise, il n'existe qu'un homme, Raphaël. Les seuls mâles qui l'intéressent, hormis son ex, ont moins d'un an et font areu, areu quand on les berce. Bon, n'entrons pas dans ses incohérences post-séparation, parce qu'on en prend pour deux heures. Donc, selon toi, j'en parle à Hervé Ledru ? OK. Tu patientes ? (Elle détailla le policier et annonça :) Victor pense souhaitable de vous informer. Mon grand-père est probablement l'homme le plus intelligent que je connaisse, en plus d'être le plus bienveillant. Néanmoins, il peut lui arriver d'être un peu tête en l'air, notamment lorsqu'il fait la cuisine. Bref, je vous la fais courte. Il a retrouvé une clef USB à côté d'un flacon de nuoc-mâm, clef sur laquelle il avait fait une sauvegarde de l'ordi de la boutique un soir d'orage, il y a exactement cinquante-sept jours.

Après une seconde de flottement, le policier s'exclama :

— Oh, pu… rée ! (Il baissa le ton et poursuivit dans un murmure :) Ne me dites pas qu'il a aussi copié le contenu de la messagerie, les mails de Sébastien Mercier ?

Glaciale, elle rétorqua :

— Évidemment qu'il s'agit des courriels du vendeur, pas de ma liste d'envies au père Noël !

Ledru passa outre le persiflage et lui tendit son Smartphone :

— Demandez-lui, s'il vous plaît, de les envoyer aussitôt sur mon adresse mail, et remerciez-le de ma part.

Chloé transmit et raccrocha.

— C'est parti. Vous pensez que ça servira ?

Il lui adressa un regard amusé, quoiqu'un peu triste, et rectifia :

— Si vous saviez le nombre de pistes qui se terminent en impasse lors d'une enquête. Toutefois, une chose est incompatible avec mon métier : le découragement, l'abattement. Certes, on a nos petites crises de blues, par moments. Un bon flic est, par définition, obstiné. Je me fais l'effet d'un terrier – des chiens architêtus. Ça creuse, ça creuse. Chou blanc ? Pas grave, ça creuse un peu plus loin. Un jour, le chien déterre un vague bout d'os et il oublie tous les échecs précédents.

Elle sourit et observa :

— J'aime beaucoup les terriers. Intelligents et pugnaces, en plus d'être plus logeables qu'un terre-neuve. Euh, j'ignore si vous pouvez répondre à cette question mais le défunt… là, sur la photo que vous venez de me montrer… a-t-il été… enfin…

— Égorgé ? Non. Heureux propriétaire de l'hôtel ! Étranglé avec un filin d'acier.

— Moins de dégâts, en effet. Vous avez des pistes ?

— Non. On cherche son identité. L'exécuteur n'a laissé aucune trace, pas d'empreinte digitale, ni d'ADN.

— Chambre nettoyée avec le même soin que la réserve climatisée du magasin, donc. Exécuteur ? Comme dans *Tueur à gages* ?

— La victime n'a pas été volée. Pas le moindre désordre dans la chambre. Le meurtre semble avoir été perpétré vite, sans éclat. Bref, avec une grande efficacité.

Il lui destina un long regard grave, inquisiteur, et poursuivit :

— Vous avez reçu ce « C » par la poste. On examinera l'enveloppe et le pendentif, à mon avis sans rien en tirer. Et ?

Elle baissa le nez, avala une bouchée, histoire de s'offrir quelques secondes de tergiversation. Enfin, elle se décida :

— Le « L », dans le dos du pharmacien… Il s'agit bien du pendentif perdu par Louise, offert par son ex-mari, Raphaël. On le lui a également expédié par la poste. Hier. Quant au « C », un sacré plaisantin a fait réaliser un bijou sur le même modèle que celui de mon amie, pour le mettre dans le dos d'un cadavre et me l'envoyer ensuite. Je vous donne ma parole que je n'ai jamais possédé un truc de ce genre.

— Je vous crois. Concernant le « L », vous avez bien fait de me l'avouer. D'ailleurs, ça confirme ma certitude.

Assez avec les bonnes résolutions ! Elles fonctionnent lorsque l'on se sent au calme, détendu, par exemple le 1er janvier au matin, après un magnifique réveillon ou une soirée d'anniversaire un peu arrosée, entre amis. En effet, les bonnes résolutions sont le plus souvent des brimades – de sévérité variable – que l'on ne peut s'imposer que tant que la mule n'a pas encore été trop chargée. Sans quoi, elles ne persistent pas longtemps. Or, Chloé était déjà une mule croulant sous le bât. Forte de cette logique, elle tendit son verre au policier qui s'empressa de le remplir. Après une longue gorgée, elle souligna :

— Je nage en pleine purée de pois.

Elle planta rageusement ses baguettes dans un morceau de poulet à la citronnelle qui manqua valser sur la nappe.

— Quoi qu'il en soit, si ce mec me tombe entre les mains, je l'enferme avec les mygales d'Hubert et j'ouvre le terrarium ! Et alors là, entre le venin et les poils urticants, il va regretter de m'avoir pompé l'air !

Étonné, Hervé Ledru s'enquit :

— C'est une blague ?

Farouche, mâchoires crispées, elle lui lança un regard vipérin.

— Selon vous, j'ai l'air de plaisanter ? Cet enfoi... ordure tente de nous faire plonger pour meurtres prémédités. Ensuite, pour nous pourrir le moral, ou ce qu'il en reste, il nous envoie des petits cadeaux. Une vingtaine de mygales suffiront à peine à me calmer les nerfs.

— C'est mortel une mygale, non ?

— Ça dépend de l'espèce. De ce que nous a expliqué Hubert, une seule, australienne, peut tuer un homme. Il choisit bien sûr les moins venimeuses et les plus dociles. Mais peut-être que vingt doses de poison moins puissant auront le même effet qu'une seule du venin le plus agressif ? Un peu comme avec les abeilles.

— Qui vous dit qu'il s'agit du même assassin ? remarqua Ledru d'une voix calme.

— Selon vous, il y en aurait plusieurs ? Vous voulez me pousser vers la louche d'antidépresseur ? Concernant Sébastien Mercier, vous n'avez rien dégoté ?

— Non. Il existe pas mal de Sébastien Mercier, même en se limitant à Paris. Je doute toutefois que votre ex-vendeur fasse partie de la liste.

— En d'autres termes, il se serait fait engager grâce à de faux papiers ?

— Ça paraît le plus probable. Reste à comprendre pourquoi, approuva le capitaine.

— Et les vidéos de surveillance de la banque, vous les avez exploitées ?

— C'est en cours. Nous avions besoin d'une commission rogatoire du juge pour les réquisitionner. Ah, l'envoi de votre grand-père vient d'atterrir. Excusez-moi, je réexpédie le fichier à Mikaël afin qu'il tente de déterminer l'adresse IP.

La dentiste termina son verre et le reposa d'une main peu assurée avant de murmurer :

— Il y a quand même une chose que je voudrais comprendre : pourquoi ai-je la détestable impression que tout tourne autour de Louise et de moi ? Sébastien, que nous avons engagé parce qu'il était venu acheter un arrangement floral pour sa mère, demeurait, prétendument, rue Legendre, à deux pas de chez moi. C'est-à-dire assez loin de notre magasin et ce ne sont pas les beaux fleuristes qui manquent entre les deux. L'hôtel dans lequel cette seconde victime a été retrouvée est situé, lui aussi, dans le 17e arrondissement. Le pharmacien du bas de la rue se fait dézinguer dans notre boutique, laquelle est fréquentée la nuit par des « visiteurs », selon Séverine Acelin. Or seul Sébastien possédait codes et clefs, en plus de nous. Je ne pense pas être paranoïaque. Néanmoins, j'ai vraiment le sentiment que nous sommes dedans jusqu'au cou… qu'il ne s'agit pas d'une série de fâcheuses coïncidences. Pourquoi, à votre avis ?

Hervé Ledru leva deux doigts en « V ». Boon-Mee hocha la tête et trotta vers le bar pour leur préparer deux cafés.

— Sans doute parce que c'est le cas. Reste à déterminer pour quelle raison. Je suis presque certain que cela nous permettra de remonter vers le ou les tueurs.

L'aspect criminel semblant bouclé, elle décida de sérier les problèmes en abordant un détail, certes mineur, mais fondamental à ses yeux. Très.

— Vous êtes marié ?

Il la détailla et hésita :

— Hum… Oui. En instance de divorce, lequel s'annonce houleux puisque j'ai un petit Maxime de quatre ans qui est devenu l'otage de sa mère. Non… le terme est abusif et injuste. Noémie, ma femme, ne me fait pas chanter avec Maxime. Elle est juste convaincue que je suis incapable de l'élever, de lui donner toutes ses chances, contrairement à elle. Mon métier lui paraît peu rassurant. Le reste est sans intérêt. Un couple qui se marie un peu sur un coup de tête et qui ne partage plus les mêmes priorités quelques années plus tard. Un grand classique. Elle n'a… pas accepté que j'abandonne une carrière très lucrative de conseiller de banque d'affaires ou de grosse entreprise pour devenir un tâcheron de la police judiciaire, avec des horaires pourris et un salaire modeste. Elle-même est consultante et excellente mère. Peu importe.

— Vous l'aimez toujours ?

— D'une certaine façon. Je n'appartiens pas à la catégorie d'hommes qui font des enfants par inadvertance. Cela étant, nous ne pouvons pas continuer une aventure commune qui n'a plus de sens, ni rien de commun, d'ailleurs.

— Je comprends.

Exit le séduisant Hervé Ledru. Chloé se sentait assez patauger dans la panade pour ne pas en rajouter une couche avec un homme en plein divorce douloureux, pas digéré, dont l'enjeu crucial était un petit garçon. Elle en conçut une sorte de regret et s'interdit de s'appesantir sur le sujet.

Quelques minutes plus tard, à l'issue d'une autre traversée fulgurante de Paris, le capitaine la déposa dans le 7e, devant le magasin. Si ce périple avait, à nouveau, été silencieux, la crainte d'un carambolage n'en était pas la cause. Chloé venait de découvrir que lorsqu'on a une excellente raison de paniquer, on cesse de se faire des nœuds au cerveau avec des éventualités.

Elle descendit de voiture sur un vague : « Merci pour ce déjeuner », avant de prendre conscience à quel point un tel commentaire relevait du summum de la « cruchitude ». Elle n'entendit pas la réponse du policier et fila d'un pas martial vers la boutique, obsédée par sa nouvelle épreuve : comment allait-elle annoncer l'arrivée du « C » à Louise sans déclencher une crise de nerfs ?

Le guilleret : « Eh bien, figure-toi qu'un admirateur anonyme m'a envoyé un très joli pendentif. Exactement le modèle du tien mais avec mon initiale. Autre ressemblance savoureuse : il s'est incrusté dans le dos d'un cadavre ! Oh, ultra sympa ! On partage tout en sœurs, n'est-ce pas ? Même les assassins. Youpiii ! »

L'anodin : « Vois-tu, ce matin, chère Louise, j'ai reçu un pendentif avec un brillant incrusté dans l'extrémité du « C ». Il semble qu'il se soit, à un moment, égaré sous le dos d'un macchabée. Fort heureusement, quelqu'un l'a retrouvé et me l'a expédié. Il reste quand même des gens honnêtes, hein ? »

Le réaliste (et bien plus en adéquation avec son humeur) : « Ma vieille, on déménage vite fait en terre Adélie. Pour une durée indéterminée. Parce que là, ça sent le grand malsain. En attendant notre départ très discret, à la nuit, tu viens vivre chez nous et on se barricade. »

Une feuille était scotchée sur la double porte vitrée, prévenant leurs clients « qu'en raison d'un léger dysfonctionnement temporaire, la boutique s'approvisionne avec difficulté et préfère attendre un retour à la normale de sorte à ne pas décevoir les attentes de sa fidèle clientèle ». À cela près que dans le cas du pharmacien, le dysfonctionnement s'était révélé majeur et permanent. Chloé pénétra et découvrit Louise, Hubert et Séverine, leur voisine, attablés devant un café. Ne manquait que Le Minou.

Un peu surprise par ce *sit-in* impromptu, elle commenta :

— S'agit-il d'une réunion de crise ou d'une cellule psychologique ? Le veau à longs poils noirs n'est pas avec toi, Louise ?

— Avec ce qui nous arrive, j'ai redouté qu'un voyou sanguinaire s'en prenne à lui. C'est facile de faire du mal à un animal ! Je l'ai laissé à la maison.

— D'un autre côté, Le Minou pouvait nous défendre en cas de problème, rétorqua son amie. Ça sert aussi à la protection, un chien.

— Pour qu'il se fasse égorger ou poignarder ? s'insurgea Louise.

— Le Minou en chien d'attaque ? rigola Hubert. Si le tueur lui parle gentiment et lui offre un gâteau, il s'allongera sur le dos pour qu'on lui gratte le ventre.

— Là, mon chéri, tu exagères et manques de connaissance en psychologie canine… tenta Louise, vexée que l'on confonde son terre-neuve avec une peluche.

Son frère l'interrompit :

— Je vous ai apporté des petits cadeaux, les filles. En termes de protection, c'est largement supérieur à un chien bonne pâte et même à un shocker.

— Un shocker ? s'enquit Séverine Acelin.

— Un neutralisateur électrique, genre Taser, en bien moins puissant. Il paraît que ça a pas mal de succès auprès des filles.

— Ça marche ? demanda la fleuriste retraitée, l'œil brillant de convoitise.

— Ça balance une sacrée prune à l'agresseur, très temporaire, toutefois assez pour que la victime puisse décamper. Attention, je crois qu'on n'a pas le droit de le sortir de chez soi. À vérifier. Cependant, j'ai bien mieux en magasin.

Séverine devait encore maudire son insatiable curiosité. D'un autre côté, se le répéter et le vérifier ne changeait rien. Aussi exigea-t-elle aussitôt :

— Quoi donc ?

Un instinct avertit Chloé et elle recula de deux pas pendant qu'Hubert se levait pour se rapprocher du volumineux carton posé à l'entrée de la boutique. Il en extirpa une sorte de grand conteneur en Plexiglas. Séverine bondit de sa chaise, les yeux exorbités. Elle se rua vers la porte et hurla :

— Vous êtes vraiment une famille de grands malades ! D'abord un égorgé et maintenant des serpents ! Je déteste les serpents !

— Vous en avez fréquenté beaucoup ? s'enquit Hubert, étonné par la virulence de sa réaction.

— Rigolo, t'as l'âge d'être mon petit-fils, alors la ramène pas trop parce que tu pourrais prendre une sacrée tarte ! menaça l'ancienne fleuriste des marchés.

Elle se plaqua à la porte vitrée pour mettre le plus de distance entre le carton et elle et sortit, ulcérée.

— Euh, chéri... je suppose qu'il n'existe aucune chance... malchance pour que le récipient s'ouvre par accident ? vérifia Louise.

Elle recula le torse et une moue de répulsion fronça ses lèvres.

— Tu supposes bien. Ma collaboratrice ne devrait pas tarder. On installera un vrai terrarium. Là, c'est juste un conteneur pour le transport, moins lourd que le verre. Mes pensionnaires ont besoin d'une source de chaleur. Je ferai le transbordement. À la moindre alerte, vous balancez les serpents à la tronche de l'agresseur. Résultat garanti !

— Parce que tu t'imagines que je vais plonger la main au milieu de ces... trucs ? le rembarra Chloé.

— Ces « trucs » se nomment *Elaphe obsoleta*, mieux connu sous le nom de serpent ratier du Texas – celui qui a la tête noire – et *Elaphe carinata*, le jaune et noir. Je le trouve magnifique. Détail qui tue...

— On va peut-être s'éviter ce genre de verbe avec des serpents, remarqua Chloé.

— Détail savoureux, se reprit Hubert, *obsoleta* fait vibrer sa queue lorsqu'il a peur ou devient hargneux. Les profanes imaginent tout de suite avoir affaire à un serpent à sonnette… vous savez, le genre mortel. Bonjour la pétoche ! s'esclaffa-t-il, satisfait de lui.

— Pas sûre que j'aurais choisi « savoureux » en adjectif, bougonna la dentiste.

— Ils sont gros, non ? intervint Louise.

— Bien sûr. Ils peuvent mesurer deux mètres. Ce sont des constrictors, non venimeux. Ils étouffent leurs proies… faut une musculature adéquate ! Néanmoins, ainsi que nous venons de le vérifier, les serpents terrorisent. Bien plus qu'un chien. Ce qui explique que je n'ai jamais été cambriolé. Tout le quartier pense que j'en lâche deux ou trois en fermant le soir. Je ne détrompe pas, bien sûr, au contraire. Attention, je n'ai pas opté pour ces deux espèces d'*Elaphe* au hasard. Elles sont réputées très agressives.

— Écoute, Hubert, tu vas nous faire un grand plaisir et rembarquer ta marchandise. Je file acheter deux shockers dans une armurerie, intima Chloé.

— Avantage d'un serpent : le contact avec l'agresseur est superflu, argumenta Hubert.

— Ah oui ? En revanche, le contact avec le serpent est inévitable, ne serait-ce que pour le jeter à la figure du méchant monsieur, s'énerva Chloé.

— Et puis, ça se tortille, un serpent, renchérit Louise. Qui dit qu'il ne va pas te tomber dessus au lieu de valdinguer complaisamment pour s'échouer sur ta cible ? Sans compter que le lanceur peut lui déplaire au point de se faire mordre. Là, chéri, ta stratégie géniale me laisse perplexe.

Dépité tant il était convaincu d'avoir offert à ses sœurs, la biologique et l'autre, une parade absolue, Hubert y alla d'un ultime argument :

— Écoutez les filles, ils sont nourris d'hier. Ils vont donc vous foutre une paix royale durant quelques jours, sauf si on vient leur chercher des poux dans la tête. Allez, soyez sympas, gardez-les un peu. On viendra s'en occuper, nettoyer le terrarium, etc. Ça me rassurerait.

Comme il fallait s'y attendre, Louise finit par accepter, au vif regret de Chloé qui lui lança un regard navré. Regard auquel répondit aussitôt Louise avec un soupir discret qui signifiait : « Ben oui, ça fait vingt-six ans que je lui cède, pas de raison de changer. D'un autre côté, il ne lâche jamais le morceau, et on y était encore ce soir. »

À cet instant, une ravissante jeune femme asiatique en blouson doudoune rose pétant, kilt court, baskets montantes violet fluo sur un collant à damier noir et blanc et coiffée de longues couettes nouées par des chouquettes vert pistache, fit son entrée, portant un autre volumineux carton, à l'évidence lourd. Le terrarium. Elle le posa avec délicatesse puis sourit à la cantonade, jetant un regard insistant à Hubert. Chloé vit celui-ci rougir et cligner des paupières, l'air conquis et un peu niais. Conclusion : la nouvelle petite amie.

Empoté, une attitude exceptionnelle chez Hubert (rien, absolument rien ne pouvait entamer son ego paisible et très robuste), il y alla d'un :

— Euh… eh bien justement, nous allons installer une barre chauffante… euh… voici Zhu… ma nouvelle assistante.

— Ah bon, c'est le terme, maintenant ? ironisa la dentiste.

Il la foudroya du regard et poursuivit :

— « Zhu » signifie perle. Elle est chinoise et poursuit des études de droit. Droit maritime international. Elle parle couramment trois langues, en plus du chinois.

Paraît-il une des spécialisations les plus ardues, songea Louise, toujours élogieuse dès que son petit frère était concerné, et par extension ses petites amies. Chloé, plus terre à terre, imagina la jeune femme sur le pont d'un tanker en perdition par grosse tempête afin de défendre un client. Ses couettes et ses baskets laisseraient pantois l'armateur et les compagnies d'assurance. Habile tactique de déstabilisation de l'ennemi, peut-être ? Si en plus, elle s'enroulait autour du cou un *Elaphe carinata* constrictor en écharpe, le vil armateur qui avait lancé sur les flots un rafiot pourri sautait à la baille et elle gagnait le procès ! D'une éblouissante efficacité.

— Je suis ravie de vous rencontrer, salua Zhu en s'inclinant.

De fait, elle avait à peine une trace d'accent.

Étrangement gêné, sans doute parce qu'il était amoureux, Hubert brusqua tout le monde :

— Allez, allez, on installe. On a plein de trucs sur le feu…

— Attention, tu vas troubler la digestion de *carinata* et d'*obsoleta*. J'ai toujours eu un faible pour les prénoms se terminant en « a », souligna la jeune femme chinoise.

Lorsqu'elle vit Zhu soulever avec délicatesse le couvercle du terrarium de transport, Chloé, après un signe de tête discret pour son amie, se rapprocha de la table de préparation et récupéra le couteau à lame courbe qui servait à tailler la queue des fleurs en biseau ou à débarrasser les roses de leurs épines. Une lame épaisse et dangereuse. Elle ne savait pas trop ce qu'elle tenterait si la gracieuse *carinata* attaquait Zhu. Décapiter un serpent en plein 7e arrondissement, surtout avec une future avocate au milieu, relevait, *a priori*, de la situation improbable, très, aussi n'y avait-elle jamais réfléchi. À tort, à l'évidence. En effet, lorsque l'on fréquentait Hubert, mieux valait prendre en considération les événements les plus incertains.

Prête à bondir, la dentiste surveilla le reptile qui se déplia, s'enroula autour des manches de la doudoune rose, releva la tête vers le fin visage en oscillant. À quoi voit-on que l'humeur d'un serpent vire à l'aigre ? Un chat feule et crache. Un chien gronde et son poil se hérisse. Pas le moins du monde inquiète, Zhu caressa la gorge de *carinata*. Le transfert des deux reptiles se passa sans anicroche.

— Euh… le système de fermeture est-il suffisant ? s'enquit Louise.

— Six fermetures à leviers. Hormis intervention humaine extérieure, je ne vois pas comment le couvercle pourrait se soulever… à l'exclusion d'un bon coup de pied qui pète la vitre. À moins d'imaginer des serpents Houdini…

— On pourrait poser un lourd pot de fleurs dessus…

— Louise… la gronda son cadet.

— Bon, bon…

— Ne jamais oublier que les serpents sont sourds, mais pas complètement. Pas d'oreille externe. Les sons ne leur parviennent pas. En revanche, ils ont une oreille interne et la moindre vibration de l'air, ou du sol, etc. les alerte. Un serpent n'attaque que lorsqu'il se sent menacé ou qu'il chasse. Une surprise équivaut à une menace. Il ne réfléchit pas : il fuit et s'il est coincé, il frappe. Voilà comment Zhu et moi procédons, de sorte à les prévenir qu'ils vont être manipulés. Je crois qu'ils ont intégré que lorsqu'on les soulève, c'est pour leur donner à bouffer, changer le terrarium et peut-être même pour les caresser. Je suis moins formel sur ce dernier point.

Il tapota de la pulpe des doigts une des parois vitrées. Aussitôt, *obsoleta* leva la tête, sans paraître teigneux, et se tourna vers le groupe.

Chloé écouta, sage comme une image tout en songeant que jamais elle ne tapoterait puisque jamais, au grand jamais, elle ne soulèverait l'un de ces reptiles.

— Ça marche super, non ? s'enthousiasma Hubert. C'est Seb qui nous a filé le truc.

— Seb ? interrogea Louise qui ne voyait pas à qui son frère faisait allusion.

— Sébastien Mercier, votre vendeur. Un fin connaisseur de reptiles.

— Et de fleurs, chuinta Louise.

— Et de pendentifs, sans doute, marmonna Chloé.

— Il est très cool, commenta Zhu.

Les deux amies échangèrent un regard de naufragées qui voient la dernière bouée s'éloigner. Dans la panique, ensevelies sous les mauvaises, puis exécrables nouvelles, elles avaient omis de parler de la disparition du vendeur à Hubert.

— D'où le connais-tu ? demanda Chloé d'une voix qu'elle espérait neutre.

— Ben, on a discuté un jour, ici. Je l'ai trouvé super sympa et encore une fois, il touche sa bille en matière de serpents. Il cherchait à arrondir un peu ses fins de mois. Du coup, il vient parfois m'aider à changer les animaux quelques heures le dimanche ou le lundi... (Hubert fronça les sourcils et s'exclama :) Ah, mince j'avais oublié de vous le dire. Complètement zappé, sur ce coup !

Un aveu qui n'étonna pas la dentiste. Elle enchaîna :

— Et tu saurais où le joindre... ? Parce qu'il n'a pas reparu depuis la découverte du cadavre de Fournier. C'est... on va dire « surprenant » ?

— Non. Pourquoi « surprenant » ? interrogea Hubert, à côté de la plaque, à l'habitude.

— À ton avis ? s'énerva la dentiste. Sébastien disparaît le jour où nous retrouvons un macchabée dans la boutique et résilie ses abonnements mail, téléphone. Il avait filé une adresse bidon à ta sœur. Ça te paraît normal ?

Louise enfonça le clou :

— Enfin, Hubert, il est quand même suspect, d'autant que, d'après la police, il ne s'appellerait pas Sébastien Mercier ! En d'autres termes, la pièce d'identité qu'il m'a présentée pour établir son contrat est un faux. Avoue que ça commence à faire désordre, non ?

Zhu lâcha, peinée :

— Madame, vous n'imaginez quand même pas qu'il puisse être un assassin ?

— Ben, quand même un peu, contra Chloé agacée.

Timide mais décidée à défendre leur pote, la jeune femme insista :

— Il est d'une grande douceur avec les animaux, jamais un geste brutal.

— Et Hitler aimait, paraît-il, sa chienne berger allemand, Blondi. Ce qui ne l'a pas empêché de la zigouiller avec une capsule de cyanure pour s'assurer de l'efficacité du poison, fulmina la dentiste.

— Enfin, tu ne vas pas comparer Seb et Hitler ! s'emporta Hubert.

— Non, pas. Je voulais juste montrer qu'on peut aimer les animaux et être capable de buter un pharmacien. On s'égare, là ! Écoute, c'est gentil de nous prêter deux serpents de garde, d'autant que nous n'ignorons rien de ton attachement à tes protégés, mais là…

La sonnerie de son portable retentit. Elle s'excusa d'un geste et recula de quelques pas pour discuter.

— Chloé, Hervé à nouveau. J'ai été ravi de ce déjeuner en votre compagnie. Mikaël bosse sur les courriels. Je viens de vous expédier la photo du mort, celui du pendentif en « C ». Vous pouvez jeter un œil ? La montrer à Mme Longin ? Je vous rappelle.

Un gros vertige la déséquilibra lorsque ladite photo s'afficha. Elle la détailla : un homme d'une trentaine d'années, allongé sur une table d'autopsie en inox, le bas du corps recouvert d'un drap bleu, les cheveux châtains repoussés vers l'arrière, encore humides de l'ultime nettoyage à la douchette. L'épaisse suture en « Y » barrait le torse et l'abdomen de l'ex-beau sujet.

Alertée par sa soudaine pâleur, Louise se précipita vers elle et murmura :

— Ça va ?

Son amie lui présenta l'écran du portable et murmura :

— Du tout ! Le cadavre avec le « C » incrusté dans le dos… Il s'agit d'Éric Lemarchand, tu sais… mon patient…

— Celui de la pelle savante et de l'obsession pour les prémolaires de dentiste ?

Chloé lui répondit d'un mouvement de tête affirmatif.

D'une voix chevrotante, Louise résuma :

— Oooh, ça commence à sentir très mauvais…

— « Commence » ?

« La bêtise et la sottise diffèrent essentiellement en ceci que les bêtes se soumettent volontiers à la nature, et que les sots se flattent toujours de dominer la société ».

Bien dit, chère Anne-Louise Germaine[1],
à ceci près que les lois de la nature
sont parfois impérieuses !

Un peu plus tard

Elles s'étaient pas mal ramoné les neurones pour décider de l'endroit idéal où placer le terrarium. Idéal dans ce cas signifiait : sans danger, pouvant être clos de façon étanche en cas d'escapade des reptiles, et d'où on les verrait le moins possible. Chloé avait d'abord suggéré les toilettes, à quoi Louise avait hurlé :

— Ça va pas ? J'y vais au moins sept fois par jour. Tu veux que je fasse une anurie mortelle parce que j'aurais trop la trouille de m'asseoir sur la lunette, le regard fixé sur ces… choses ?

1. Anne-Louise Germaine Necker, baronne de Staël-Holstein, connue sous le nom de Madame de Staël (1766-1817), romancière et essayiste française.

La réserve climatisée, qu'elles n'utilisaient presque plus en attendant de reprendre leur activité à plein régime, remporta leurs suffrages puisqu'elle n'était plus sous scellés.

Louise Longin venait de réintégrer son appartement du 15e, lorsque son portable bourdonna. Elle bouda l'appel, désireuse d'empiler quelques vêtements dans une valise, puisqu'elle avait sauté sur la proposition de Chloé et comptait s'installer chez son amie dès le lendemain. De plus, soixante-huit kilos de terre-neuve délirant d'affection menaçaient de l'aplatir au sol si elle n'y allait pas de caresses, de bisous et de mots de tendresse. Enfin, elle parvint à apaiser le déluge canin. Le bourdonnement reprit. Elle jeta un regard à l'écran et son cœur s'emballa. S'efforçant de paraître aussi détachée que possible, elle répondit :

— Raphaël, comment vas-tu ?

— Bien. Je ne suis pas très loin de chez toi et je me demandais, comme ça, si tu étais libre, pour… boire un verre, ou… dîner ? Enfin, je ne veux pas…

— Non, non, pas du tout, le coupa-t-elle. Je n'avais rien de prévu. Je sors le chien et… on se retrouve où ?

— Où tu veux.

— Chez *Magalie* ?

Il s'agissait de leur restau préféré du temps de leur mariage. Louise aimait l'ambiance sans chichi et la cuisine provençale mitonnée par la robuste et joviale patronne du lieu.

— Parfait. Je l'appelle pour retenir, au cas où. Dans combien de temps ?

— Hummm… une petite heure et demie ?

— Tu promènes Le Minou une heure et demie en rentrant du magasin ? s'étonna Raphaël.

— En raison des... événements, je le laisse pas mal à la maison. Il faut qu'il se dépense.

— Tu n'as plus de dog-sitter ?

— Euh si... Ludovic vient toujours trois fois par jour pour le sortir, lui parler.

— Ah... bon, eh bien nous nous rejoignons chez *Magalie*, dans une heure et demie. Je t'embrasse. Un truc à finir avant.

En réalité, Louise avait compté au plus juste et la balade habituelle d'une demi-heure serait abrégée. De manière substantielle, puisqu'elle devait prendre une douche, rectifier son brushing, se remaquiller, changer de vêtements, de chaussures, de sac à main. (Crucial. Ça calme les nerfs), etc.

Le Minou perçut-il que sa maîtresse n'était plus en prise avec la situation du moment, qu'elle s'imaginait déjà installée en face de son ex-mari, souriante, séduisante... bon, allez soyons honnêtes, carrément séductrice ? Toujours est-il qu'il lui épargna les départs fulgurants ou arrêts obstinés sur un pipi de congénère dont il se demandait s'il l'avait déjà rencontré (le pipi).

C'est donc dans une sorte d'état second, troublant mais très agréable, que Louise se rua dans la salle de bains. À l'instant précis où elle appliquait une couche de rouge à lèvres *Jungle*, une vérité assez déplaisante s'imposa à elle. Elle était en train de se pomponner en prévision d'un rendez-vous amoureux. Argh ! Aussitôt, cette experte en double cohérence rectifia le tir. Pas du tout ! En réalité, quoi de plus légitime qu'une femme coquette, hein ? Le fait que le récipiendaire de son élégance fût son ex-mari comptait pour du beurre. Elle aurait fourni les mêmes efforts pour n'importe quel autre, même le désagréable Thomas Verdier, lieutenant de son état, ou le pharmacien peau de tétine… Vraiment ? susurra une petite voix lointaine dans son esprit. Très lointaine, du coup, Louise ne l'entendit pas.

Raphaël l'attendait lorsqu'elle pénétra chez *Magalie* avec un bon quart d'heure de retard, puisqu'au dernier moment, l'envie impérieuse de changer pour la troisième fois de chaussures s'était imposée à la jeune femme. En ce soir de semaine, le restaurant n'était qu'à moitié plein. Il se leva pour l'accueillir. À nouveau, elle le trouva parfait. Grand, mince mais musclé, le cheveu mi-long, blond cendré, une teinte assez rare chez un homme aux yeux presque noirs.

Ils devisèrent de choses et d'autres en sirotant leur kir royal, de la bonne santé de la boutique, des prouesses gastriques de Le Minou (en termes de capacité). Elle n'oublia pas de lui demander des nouvelles de ses parents et s'étonna de la facilité avec laquelle elle reprenait pied dans la vie de son ex.

Magalie, heureuse de les revoir, déposa leurs entrées devant eux : des rillettes de lapin au muscat, un délice. Alors que Raphaël répétait pour la dixième fois son plaisir à la revoir, Louise se souvint brutalement de la raison qui l'avait poussée à demander le divorce : l'ennui. Comment se pouvait-il que cet homme, par ailleurs cultivé, aimant la littérature, le cinéma, la poésie, la période impressionniste, n'ait aussi rien à dire ? D'accord : il ne pouvait guère évoquer ses fascinations professionnelles. La narration d'une autopsie entre la poire et le fromage est assez malvenue. Toutefois, il existait quand même moult autres sujets de conversation. Quoi qu'il en fût, alors qu'ils n'étaient attablés que depuis trois quarts d'heure, elle se barbait déjà et commençait à regretter les efforts déployés dans la salle de bains. Néanmoins, la vie a parfois plus d'imagination que nous, ainsi qu'allait le découvrir la fleuriste. Une imagination qui peut virer au perfide.

Magalie s'approcha avec leurs rougets à la tapenade, petits légumes vapeur.

— Tout va bien ? lança-t-elle d'une voix de stentor, mâtinée d'accent provençal.

— Comment pourrait-il en être autrement ? lui répondit Raphaël, enjôleur.

— Ah ça, c'est qu'il me flirte ! s'esclaffa-t-elle, ravie, avant de repartir vers la cuisine.

Baissant le ton alors même que les tables autour étaient inoccupées, il attaqua :

— J'ai réalisé l'autopsie d'Éric Lemarchand, qui, bien sûr, ne se nommait pas ainsi. Un coup de bol... si je puis dire. Alice, ma consœur, devait s'en charger. Sa gamine a chopé une angine carabinée. J'ai donc proposé de la remplacer pour qu'elle rentre plus tôt.

La fourchette se figea à deux centimètres des lèvres de Louise. Elle attendit la suite, qui ne tarda pas.

— Il y a un truc que je ne comprends pas, Louise. Chloé et toi aviez des liens avec ce type ?

— Il s'agissait d'un de ses patients. Il la draguait d'une façon assez... explicite. Et disons qu'elle n'était pas insensible à son charme, jusqu'à ce qu'elle comprenne qu'il appartenait sans doute à la catégorie des timbrés.

— Timbré ?

— Chloé est convaincue que le gars en question manifestait une sorte de fétichisme… pour les dents.

Raphaël termina sa bouchée avant de rétorquer :

— Ce n'est pas l'appellation que j'aurais retenue, ou alors un fétichisme… musclé.

— Je ne saisis pas…

— Ce qui suit est strictement confidentiel, Louise, et je ne plaisante pas. Je pourrais avoir de gros emmerdements si ça se répandait.

— Quoi ? s'alarma-t-elle.

— Je sais que « confidentiel » ne s'applique pas à Chloé dans ton dictionnaire. Mais, soyons clairs, ça s'arrête à vous deux.

— Parole !

— Les flics ont retrouvé une boîte… on va dire gore, dans la chambre d'hôtel où le sieur Lemarchand s'est fait buter. Quarante-cinq dents provenant d'individus distincts, de sexe masculin, à l'exception de deux canines féminines.

Louise eut la nette impression que le rouget faisait des bonds de carpe dans son estomac.

— Euuuhhh, tremblota-t-elle.

— Arrachage… traditionnel. À la pince. Il y avait des marques sur les dents, en plus de tissu biologique sec. *A priori*, donc, sans anesthésie préalable. Comme ça, sans certitude mais avec un épais soupçon, je dirais que Lemarchand tenait bien davantage de l'homme de main et du tueur que de l'amoureux transi. Selon moi, Chloé a eu raison d'écouter son instinct et de s'en débarrasser. Vraiment raison. Mange, chérie, ça va être froid.

Ils ne se rendirent même pas compte de l'usage d'un terme amoureux. Surtout pas Louise qui songeait qu'un fou furieux aurait pu torturer sa meilleure amie. Après une pénible déglutition, elle expliqua :

— Ben… ça m'a un peu coupé l'appétit.

— Pourquoi ? Il est… inoffensif, maintenant, déclara Raphaël dans un haussement d'épaules.

Un silence s'installa. Pourtant pas un de ces silences suintant d'ennui qui s'étaient enfilés en chapelet du temps de leur mariage. Louise voyait presque la multitude de rouages cérébraux de son ex tourner à toute vitesse. Ils attaquèrent leurs verrines de génoise à la crème de framboise, parfumée d'une pointe de menthe poivrée. Raphaël serra les lèvres d'incertitude, soupira, hésita puis s'enquit :

— Chloé possédait-elle un pendentif identique au tien, orné de son initiale ?

— Celui dont la marque était incrustée dans le dos de…

— Hum.

— Non. En revanche, elle l'a reçu par courrier, comme moi d'ailleurs.

— Je sais.

— Par la police ? vérifia Louise.

— Non. C'est moi qui vous les ai envoyés, à chacune.

Étant maintenue par les accoudoirs de son siège, elle ne tomba pas de sa chaise. Ni même du haut de l'armoire provençale en noyer richement sculpté qui décorait la salle, puisqu'elle n'avait pas eu l'idée saugrenue de grimper sur sa corniche. Néanmoins, elle eut nettement l'impression que son maxillaire inférieur rejoignait ses genoux de stupéfaction. Elle resta ainsi bouche bée quelques secondes et dévisagea son ex-mari, qui dégustait à petites cuillerées son dessert. Louise s'étrangla à moitié et chuinta :

— Pardon ?

Il plongea son regard sombre dans le sien.

— Si jamais cette histoire s'évente, je suis radié, à vie. On est bien d'accord ?

Elle hocha la tête d'un petit mouvement nerveux. Raphaël jeta un regard circulaire et murmura :

— J'ai subtilisé deux pièces à conviction dans des enquêtes criminelles.

— Hein ? glapit-elle avant de plaquer la main sur sa bouche.

— Jamais je ne croirais que ma femme ou sa meilleure amie puissent assassiner. Surtout égorger un homme ou l'étrangler avec un filin, en déployant une telle force que la colonne vertébrale de Lemarchand était presque sectionnée. D'autant qu'il s'agissait d'un sportif, ou d'un mec bien entraîné. J'ai vite noué les fils. Le ou les meurtriers ont récupéré ton pendentif, j'ignore comment, acheté son petit frère avec l'initiale de Chloé et les ont glissés sous le dos de leurs victimes pour attirer les soupçons sur vous.

— Mais pourquoi ? bafouilla Louise au bord, vraiment très au bord, de la crise de larmes.

— Pas la moindre idée. Je ne pouvais passer sous silence ce détail révélateur de l'examen *post mortem* dans mes rapports. Du coup, j'ai filé en salle d'indices et subtilisé les bijoux. Les techniciens de l'IJ laissent les effets personnels des défunts quelques heures, avant dépôt aux labos, dans l'éventualité où l'anatomopathologiste voudrait vérifier un truc.

— Mais… mais… mais… pourquoi nous les avoir envoyés ? Enfin, ça nous a filé une trouille bleue, marmonna Louise, maintenant indignée, quoique pas mal soulagée.

— Parce que je savais que vous les remettriez à Hervé Ledru. Un bon flic. Réfléchis, Louise, je ne pouvais pas les lui tendre en expliquant : « Tiens au fait, j'ai piqué des pièces à conviction cruciales pour l'enquête. Je prends combien ? Cinq, dix ans ? » On revenait à la case départ avec d'énormes pépins pour moi. Mon plan était simple. Je vous connais très bien toutes les deux. Phase 1 : Vous paniquiez. Chloé – qu'une dissimulation ou un faux témoignage ne gênera pas si elle le juge légitime – décidait de ne rien dire à la police et te convainquait de la justesse de son raisonnement. Phase 2 : Comme elle a oublié d'être crétine, elle se rendait compte du danger et mettait enfin Ledru au parfum. Du coup, ledit Ledru qui, selon moi, ne vous soupçonne pas, était conforté dans l'idée que vous étiez deux pauvres agnelles dans la tempête… quoique « agnelle » dans le cas de ton amie… « biquette coriace » serait plus adapté. En tout cas, ça ne fait plus partie de l'inventaire des pièces à conviction à charge qui arrivera sur le bureau du juge. C'est vous qui les avez fournies, preuve de votre absolue bonne foi. Et crois-moi que ça compte.

Biquette coriace ? Dieu du ciel, un trait d'humour de sa part ? Certains hommes se révèlent lors des situations cataclysmiques. Or, en matière de cataclysme, on pouvait, sans exagérer, affirmer qu'elles étaient servies. Au-delà de son étonnement, Louise était gagnée par l'émotion. Raphaël lui avait toujours fait l'effet du bon élève, propre sur lui, qui jamais n'aurait volé un trombone sur le bureau d'un autre. Le monsieur qui payait scrupuleusement ses rares PV pour dépassement de durée de stationnement, le stationnement interdit relevant de la faute lourde à ses yeux, impossible à commettre. Pourtant, il avait altéré des indices très incriminants pour la protéger. Elle se sentit mollir du dedans tout en songeant que le moment était mal choisi pour un tel attendrissement. Au demeurant, la suite le lui prouva. Raphaël reprit :

— Par ailleurs… je pense qu'il n'est pas souhaitable que tu restes seule dans l'appartement, ni même dans la boutique. Je t'avais offert Le Minou pour te défendre le cas échéant, sans aller jusqu'au pitbull dressé pour l'attaque. Manque de bol, il semble que notre bon gros n'ait pas du tout le gène agressif, sauf vis-à-vis de sa gamelle.

— Exact. Aussi vais-je squatter chez Chloé dès demain. De plus, ça me rassure pour Le Minou. Chloé est capable de charger tête baissée si quelqu'un s'en prenait à lui. Et puis, Victor est encore vert et tout sauf un pleutre.

Ce n'était pas le déroulé qu'avait prévu Raphaël. Son plan était limpide : il proposait ses services de clébard teigneux à deux pattes, capable de s'accrocher au pantalon d'un agresseur et de lui transpercer le mollet sans hésitation… et plus, en fonction de l'humeur de la dame. Toutefois, fin stratège, il dissimula sa déception. Ne jamais brusquer une femme au risque, sans cela, de la voir adopter la réaction inverse de celle que l'on espère.

— Quoi qu'il en soit, restez sur vos gardes. Je n'ai pas trop envie que tu t'occupes seule du magasin chaque matin.

— Impossible, Raphaël. C'est la période de l'année où nous réalisons le plus gros chiffre d'affaires. Il faut que je songe à notre arrangement spécial Noël. Avec ces horreurs, je n'arrive pas à me concentrer. Mais… Hubert nous a… installé des… moyens de protection, patouilla-t-elle.

— Lesquels ?

Si jamais elle expliquait à son ex que son cadet leur avait prêté deux serpents, il faisait une syncope.

— Eh bien… des sortes de… shockers… qui filent un choc, quoi.

— Attention : manipulation délicate, même si c'est efficace. Il ne s'agit pas de s'envoyer la prune électrique dans la panique. Ça secoue. D'ailleurs, c'est le but.

— Hubert a longuement insisté sur… le mode d'emploi.

Perplexe, Raphaël admit :

— Je suis étonné que ton frère ait opté pour une solution… disons, conventionnelle.

— Les êtres ont parfois des ressources insoupçonnées, biaisa-t-elle.

— Bien vrai. Vous n'avez aucune nouvelle de Sébastien Mercier ?

— Aucune. Tu crois qu'il pourrait… avoir trempé…

— Pas la moindre idée. Ce n'est pas exclu si on considère qu'il a effacé ses traces, dont les mails qu'il t'avait envoyés. L'inverse non plus. Je te raccompagne à la maison.

Ce qu'il fit… et même dans l'appartement. Raphaël avait manigancé, il en était conscient. Il voulait sa femme, il n'avait jamais véritablement désiré qu'elle, en dépit de quelques apaisements de sens postdivorce, des conquêtes sympathiques d'une ou deux nuits. Une trombe canine lui déboula dessus, dès qu'il posa un pied dans l'entrée. Le Minou se souvenait de ce monsieur, celui qui était venu le chercher à l'élevage, à l'époque où un humain pouvait encore le soulever et le prendre dans ses bras (bon, d'accord, un homme en bonne forme). Le chiot avait ensuite hululé puis hurlé à la mort dans la voiture. Les automobilistes qu'ils croisaient avaient jeté des regards torves et même menaçants à Raphaël, le soupçonnant de martyriser une pauvre petite bête alors même qu'il avait les deux mains posées sur le volant. Il s'était efforcé à maintenir un sourire figé et crétin sur le mode « Un chien hurle à la mort ? Où ça, où ça ? » Et puis, Le Minou qui s'appelait encore Galaad de la Gaunière de Saint-André (un peu lourd à porter) avait vomi ses croquettes sur la banquette arrière et sur son poitrail. Le monsieur ne s'était pas énervé mais l'avait consolé avant de s'arrêter et de nettoyer. Bref, un type sympa… jusqu'à ce qu'il se mette en tête de lui nouer un gros ruban de satin rose autour du cou en lui répétant « Tu as un bon karma, tu sais. C'est pour un anniversaire. Ma femme. Tu vas tomber raide sous son charme. » Galaad n'avait pas trop compris les concepts, mais, de fait, le charme de Louise avait opéré sur lui.

Raphaël y alla de patouilles et de mots tendres, ce qu'attendait le chien, un grand (volumineux) sentimental. Rassasié de câlins, il fila vers le salon.

Raphaël se releva et resta là, conscient du trouble de Louise. À cet instant précis, il sut que s'il l'embrassait, elle se laisserait aller entre ses bras. Non, les choses ne devaient pas se passer ainsi, pas sur une opportunité engendrée par une grosse trouille, pas avec la femme de sa vie. Elles devaient naître d'une envie profonde. Il attendit. Quant à Louise, un ouragan d'énorme magnitude balayait son esprit. Enfin quoi : cet homme était décidément parfait. Tout le monde l'adorait, même les animaux. Bon, d'accord, il n'était pas drôle. Une voix grave, sans concession résonna dans sa tête, celle de Chloé, un soir où elles avaient un peu trop tâté du gorgeon, juste après la demande de divorce de Louise :

— Alors écoute, ma cocotte. Il manque d'humour ? C'est vrai. Bon, il doit y avoir des tutoriels pour cela ou, je ne sais pas, quelques stages d'improvisation théâtrale, ou un crash course avec les DVD des meilleurs humoristes. Il est bon, intelligent, honnête, aimant. En plus, il est cultivé, beau mec, a une excellente situation, et un rapport idéal avec les femmes. De tes insinuations, au lit, tu ne penses pas aussitôt à aller dormir dans la baignoire, non ? Tu veux quoi, au juste ? Qu'il sache parler six langues, lancer des quilles, peindre sur soie et jouer de la harpe, en plus du reste ?

— T'as pas tort, avait-elle bafouillé, les neurones englués dans l'alcool, au bord de la crise de larmes d'ivrogne.

— Moi, même une moitié comme lui… enfin pas en taille… enveloppez-le moi, je le ramène tout de suite à la maison, avait asséné la dentiste, pas trop fraîche, elle non plus.

Et merde, assez de tergiversations, s'admonesta Louise. Elle l'aimait, avec chaque centimètre carré d'elle-même. Jamais elle ne pourrait aimer un autre homme ! De surcroît, elle avait terriblement envie de lui, là, tout de suite. Comme dans un rêve, elle se vit avancer vers lui, passer ses bras autour de son cou, chercher sa bouche. Pour la première fois depuis leur divorce, elle eut à nouveau le sentiment de se sentir parfaitement bien, parvenue à bon port. Elle le tira vers la chambre et jeta un regard comminatoire à Le Minou qui les suivait dans le salon, battant de la queue. S'agissait-il d'un jeu d'humain ? Par mesure de sûreté, elle lui claqua la porte à la truffe.

« Mieux vaut réfléchir avant d'agir
que regretter après avoir agi. »

Écoutez, cher Démocrite[1],
j'éprouve une absolue admiration pour vous
qui avez été un des premiers à pressentir l'atome et le vide.
Cependant, je me permets de souligner
que ce genre de raisonnement est toujours
beaucoup plus facile *a priori*...
pas quand on a agi et qu'on s'en mord les doigts !

Le lendemain...

Dès l'arrivée de Chloé, Louise lui raconta les confidences de Raphaël, sans toutefois préciser leur contexte. La dentiste passa de l'indignation, « Non, mais il est ravagé de la carafe, ton ex ! J'ai évité d'un cheveu l'infarctus », à une approbation en demi-teinte : « D'un autre côté, c'était assez futé et... courageux de sa part. On ne peut pas lui enlever ça ! »

La mine fermée, la mâchoire mauvaise, l'œil hargneux, elle conclut :

1. Philosophe grec. Environ 460-370 av. J.C.

— Ce qui ne dit toujours pas qui est le tordu qui a acheté un pendentif à mon initiale pour tenter d'aiguiller les soupçons policiers vers nous ! Si jamais il me tombe entre les pattes, il va morfler grave !

Sur un mouvement de cheveux revanchard, elle s'absorba dans la comptabilité en souffrance.

Un long ruban de satin blanc à la main, tentant de se concentrer sur son fichu arrangement festif de Noël « encombrement minimal » pour appartements parisiens, Louise hésitait depuis que Chloé l'avait rejointe dans la boutique. Sa confiance en sa meilleure amie ne connaissait aucune ombre, aucune réserve. Chloé, la grande sœur, la fameuse dernière branche à laquelle se rattraper en cas de grosses glissades (traduire par gamelles).

Chloé, ne comprenant pas le silence de son amie, l'encouragea :

— Quelque chose ne va pas ?

— Si, si.

— Non, un truc cloche. Crache le morceau.

— Ben… Quand on sait qu'on est en train de faire une connerie, une grosse, et qu'on poursuit allégrement dans cette voie, ça pourrait être qualifié de quoi ?

— D'acharnement dans la bêtise ? De mou de veau à la place de la cervelle ? De pois chiche dans le ciboulot ? Remarque, en général, quand on est top cruche, on le reste, offrit Chloé, sans se douter une seconde de la révélation que retenait encore Louise.

Avec un sens aigu de la psychologie, elle enfonça encore le clou :

— D'un autre côté, s'il fallait tuer tous les abrutis… Certes, ça ferait des vacances aux autres, mais un gros vide planétaire aussi.

À la mine soudain défaite de Louise, Chloé comprit qu'elle venait de mettre les pieds dans le plat de vilaine manière. Elle tenta d'édulcorer sa tirade d'un ton adouci :

— Euh… et pourquoi cette question ?

D'une voix d'outre-tombe, Louise avoua :

— J'ai couché avec Raphaël.

— Bon… Pour une femme en pleine possession de ses moyens physiques, c'est assez classique, non ? Peut-être le choix de l'ex-mari n'était-il pas le plus judicieux. Remarque, au moins, là, on connaît les petites habitudes. Tu ne vas pas en faire une pendule. Enfin, rien de plus classique qu'une nuit de sexe.

Ulcérée, Louise pesta :

— Tout le monde ne bai… fait pas l'amour comme il se lave les dents !

Choquée à son tour, Chloé se défendit :

— Mais moi non plus ! D'ailleurs, je me lave les dents trois fois par jour… durant deux minutes – et parfois, je rabiote – et en pensant à tout sauf à la brosse à dents ! Ça n'irait pas du tout dans… le cas qui nous intéresse. Enfin, je trouverais ça… comment dire… chiche. Enfin… sauf les trois fois…

Le regard de son amie se transforma en loukoum et elle avoua :

— Tu sais que depuis mon divorce… rien sur ce plan. Ça devenait quand même assez inquiétant, d'autant que ça ne me disait rien. Et puis, nous avons dîné au restau et Raphaël m'a raccompagnée. Soudain, je ne sais pas ce qui m'a pris, j'ai perdu les pédales et j'ai cru que j'allais lui arracher sa chemise.

Toujours pratique, Chloé s'enquit :

— Et c'était… ?

Louise émit un ronronnement comblé et déclara :

— Ooohh, top… non, ultra top, encore mieux que dans mon souvenir.

— Vous avez des plans pour la suite ? Où alors, c'est encore prématuré ?

Toute béatitude rétrospective disparue, Louise plissa les lèvres.

— Je me demande, quand même, si je n'ai pas une case de vide ? Vaste, très vaste.

Percevant que l'humour serait déplacé dans ce cas, Chloé se retint de toute ironie et se contenta d'un plat :

— N'est-ce pas une caractéristique très répandue ? Pourquoi ?

— Attends, je passe une nuit torride avec mon ex-mari, je me rends compte que je ne désire que lui, et vachement, bref, des heures d'éblouissement et le matin, devant le bol de café au lait et les craquounettes beurrées…

— Tu t'emmerdes ?

— Ouais !

Louise se tapota la tempe de l'index et poursuivit d'un ton navré :

— Je te dis que j'ai dû perdre un sacré boulon.

Chloé réfléchit et temporisa :

— Pas nécessairement. Tu l'aimes et tu le veux mais tu trouves qu'il suinte l'ennui par tous les pores de la peau. Deux possibilités viennent à l'esprit : tu gardes Raphaël pour l'amour et le sexe et tu prends un « amant platonique » qui te fait rire. Certes, il ne s'agit pas d'une configuration classique. Toutefois, osons, innovons !

Louise haussa les épaules et contra :

— Et où je trouve un « amant platonique » ultra rigolo, qui serait donc plutôt un ami ?

— Non, non. On est rarement la « femme de la vie d'un ami ». En cas contraire, on l'épouse, du coup ça devient un mari. Ou alors, on finit par coucher avec lui et on se retrouve avec un amant tout court.

— En d'autres termes, à part un gay qui éprouverait l'impérieux besoin d'avoir une nouvelle amie hétéro, moi en l'occurrence, c'est plutôt mal barré. Simple, quoi ! Là, tu me déprimes encore plus, passons à ta seconde possibilité.

— Eh bien… hésita Chloé, je ne suis pas trop sûre que ça te remonte le moral. Enfin, je veux dire…

— Quoi ? exigea Louise.

— Ben, je me demande à nouveau si… enfin tu sais que je t'aime, que tu es une des personnes les plus importantes de ma vie… D'ailleurs, je n'en ai que deux : Victor et toi, et…

— Vas-y, balance ! ordonna Louise.

— J'ai… comme qui dirait… un peu le sentiment que c'est toi le problème, pas Raphaël. Pourquoi devrait-il t'amuser, en plus du reste ? Pourquoi ne serait-ce pas toi qui dois apporter du léger, du drôle dans votre relation ? Bon, surtout, chérie, ne le prends pas mal, mais… qu'as-tu offert à cette relation, à part ton amour ?

Louise la considéra et les larmes liquéfièrent son beau regard noisette. Chloé s'en voulut mortellement. Elle ouvrit la bouche pour s'excuser mais Louise la fit taire d'un geste :

— Oh, c'est affreux ce que tu dis… C'est affreux… parce que… c'est vrai.

Et elle fondit en larmes.

« L'exemple est toujours plus puissant que le précepte. »

Certes, mon excellent Samuel (Johnson[1])
mais, il est généralement beaucoup plus fatigant !

Le lendemain

Lucio Rossi souriait toujours. Un sourire contagieux qui engageait à lui répondre aussitôt par un autre sourire. La trentaine, bel homme de type latin, il respirait la santé et la forme physique. Bodybuildé de façon harmonieuse, la peau éclatante, l'émail de ses dents (naturelles) aurait rendu folle de convoitise une agence de pub chargée de recruter un mannequin pour vanter une pâte dentifrice révolutionnaire. Lucio hantait les sites Internet de suppléments, de conseils diététiques, d'aficionados de l'exercice. Au demeurant, il avait transformé sa passion en métier. Il possédait et gérait deux salles de sport haut de gamme. Pour résumer, sa copie « forme » aurait obtenu un 20/20. Le problème avec ce genre d'individus est classique. Même lorsqu'on s'efforce d'optimiser ses aptitudes

1. 1709-1784, essayiste, poète et écrivain anglais.

physiques et intellectuelles, qu'on mange sainement, qu'on ne fume pas, qu'on ne boit pas (enfin pas trop), qu'on marche plutôt que de prendre sa voiture pour parcourir cent mètres, ils vous font sentir presque souffreteux ou du moins pas assez rigoureux dans vos choix de vie. Aussi Chloé était-elle partagée à son sujet. D'un côté, elle l'appréciait vraiment et se félicitait qu'il suive ses recommandations dentaires à la lettre. De l'autre, il la ramenait sans le vouloir à l'idée qu'elle pourrait faire beaucoup mieux. En effet, le niveau d'activité physique de la dentiste frisait le grand zéro. Heureusement, Lucio Rossi ne prenait rendez-vous que deux à trois fois l'an, pour un détartrage presque superflu puisque ses dents n'avaient jamais frôlé l'ombre d'une cigarette, d'une tasse de café ou de thé.

Radieux, légèrement hâlé, il pénétra dans le cabinet.

— Bonjour docteur, ravi de vous revoir. Vous allez bien ?

— Très bien, merci. Et vous ?

— Top ! Je rentre d'une semaine de randonnée. Les Cévennes par les crêtes. Ces sentiers oubliés, dormir en pleine nature, l'eau cristalline d'un ruisseau encore préservé, des petits hameaux attendrissants... Ah, cette oxygénation ! On se sent revivre.

Ça y était ! Il recommençait. Il allait lui raconter qu'il avait parcouru cinquante kilomètres par jour, si possible en pente ascendante sévère, et avec soixante kilos de barda sur le dos.

— Ce doit être grisant, lâcha-t-elle sceptique.

Très (pas « grisant », « sceptique »).

L'aversion de Chloé pour le sport confinait à la phobie. La moindre mention d'une activité physique dépourvue de finalité précise et clairement formulée – je découvre un instrument de dentisterie génial ; je comprends enfin pourquoi je n'arrive pas à dénicher un type gentil, intelligent, drôle, fidèle ; la théorie du Big Bang me devient accessible – était de nature à lui déclencher une urticaire géante. Aussi les évitait-elle avec application (les activités physiques). Une insoluble équation se formait dans son esprit au sujet du sport : pourquoi dépensait-on tant d'énergie pour faire passer une balle au-dessus d'un filet d'un coup de raquette ou, encore plus stupéfiant, pour danser sur la glace chaussé de patins assez traîtres ? Franchement, pourquoi ? Enfin, il est beaucoup plus pratique et stable de danser sur le plancher des vaches, dégelé, non ? Quant à la balle de tennis – d'autant qu'il y en avait plein au cours d'un match –, ça servait à quoi ? Bon, elles passaient d'un côté puis de l'autre du filet, et alors ?

— En effet, enivrant, approuva-t-il en jetant un regard attristé à ses avant-bras découverts. Ne le prenez pas mal, docteur, mais ça manque de muscles, tout cela.

— Je marche dès que je peux, se défendit-elle avec un manque de conviction flagrant.

En effet, à l'exclusion de ses allées et venues dans le grand appartement de la rue de Tocqueville, les semelles de chaussures de la dentiste souffraient peu. Quant aux baskets de couleur qu'elle portait en été, il s'agissait avant tout de rester à la mode et certainement pas de les réserver à une pratique sportive.

Gentil et pédagogue, il contra en récupérant un sachet dans la poche de sa veste :

— Permettez-moi d'en douter. Je vous offre à chaque visite un mois gratuit dans l'une de mes salles. Je n'ai jamais eu le plaisir de vous y voir.

— C'est-à-dire… mon temps libre est réduit… pataugea-t-elle.

— Je m'en doutais. Aussi ai-je pensé à vous, à votre santé. Voilà ! Un cadeau. Je l'ai commandé aux States. Perso, je ne peux plus m'en passer. Sauf la nuit, bien sûr.

Elle extirpa du sachet un petit boîtier fixé à une sorte de bracelet élastique noir. Lucio poursuivit :

— Un Smartpodomètre.

— Un quoi ?

— Eh bien, il s'agit d'un podomètre qui mémorise les kilomètres parcourus, la vitesse de la marche ou de la course, les calories dépensées, la fréquence cardiaque et respiratoire. Je préfère cela aux applis de Smartphone. De beaucoup. Voyez-vous, la marche, c'est un engagement fort. On éteint, on débranche, dedans et dehors… On passe vers un niveau supérieur de perception, de sensibilité, d'implication de soi…

Il avait fermé les yeux, semblant comme inspiré et Chloé, assez stupéfaite, se contenta de hocher la tête. Que lui répondre qui ne le blesse pas : ben non, moi je mets un pied devant l'autre en essayant d'éviter les obstacles et les cacas de chiens. À tous les coups, il en éprouverait du chagrin, or elle l'appréciait.

Il sembla revenir sur terre et reprit :

— Donc, là, nous avons quelque chose de parfaitement autonome, qui ne peut pas se transformer en intrus durant votre marche et la polluer. Gros plus, il indique les foulées inefficaces : pas assez longues, ou puissantes. Vous le passez à la cheville et il bipe lorsque vous avez parcouru plus de cinquante mètres inefficaces.

— Fichtre... ça existe, ce genre d'instruments de... (Elle ravala de « torture » et opta pour :)de précision. J'apprécie beaucoup, monsieur Rossi. C'est très attentionné.

— Voyez... vous me dites d'utiliser les brossettes interdentaires de tel diamètre. Je m'exécute aussitôt. Ça me peinerait que vous ne vous serviez pas du Smartpodomètre. Vous allez vite constater une amélioration de votre souffle. Nous sommes des pros, docteur. On doit montrer l'exemple !

La remontrance porta.

Lorsqu'elle ferma vers 13 heures, elle passa le podomètre à sa cheville et se rechaussa. Elle prépara sa matinée du lendemain, lança le stérilisateur, effectua quelques commandes, fit une incursion aux toilettes et soupira de satisfaction. L'appareil n'avait pas produit un seul bip. Sa foulée était donc parfaite, puissante, non qu'elle en eût jamais douté. Elle délaça sa bottine droite et vérifia le cadran. Ah mince, elle n'avait pas parcouru quarante et un mètres !

Elle boucla le cabinet et se dirigea vers sa voiture. Une série de bips stridents la fit sursauter. Des passants se figèrent et la dévisagèrent, presque inquiets. Elle n'osait plus faire un pas mais les bips se succédaient. Affolée, un sourire cruche aux lèvres, elle tenta d'enlever le Smartpodomètre de sa cheville. Impossible sans se déchausser. Or, elle portait des bottines smart mais très lacées. Au bord de la panique, elle n'entrevit qu'une solution. Sous l'œil médusé d'une dame qui sortait son carlin, Chloé avança soudain à grandes enjambées, jetant une jambe devant l'autre, à la façon d'un artisan carreleur tentant de métrer une surface à la louche. Enfin, lorsqu'elle se laissa choir, en sueur, sur le siège de voiture, les bips se turent.

Une sonnerie lui tira un glapissement, avant qu'elle ne comprenne que le Smartpodomètre n'en était pas l'auteur.

Le capitaine Ledru.

— Bonjour, Chloé, Hervé à l'appareil.

Ben oui, mon poulet (sans jeu de mots), j'ai déchiffré ton numéro, retint-elle.

— Du nouveau ?

— En effet, dans le genre « raisonnement par défaut ».

— Pardon ?

— C'est lorsqu'on conclut…

— Votre sens de la pédagogie vous honore, mais je sais ce qu'est la logique non monotone [1], bougonna-t-elle.

— Désolé, pouffa-t-il. Eh bien… Sébastien Mercier est une énigme de taille. Les techniciens de l'IJ ont retrouvé pas mal d'ADN différents dans votre magasin, normal pour un commerce. Nous avons éliminé le vôtre, celui de Louise et de son frère Hubert, sans oublier celui de la victime, Gérard Fournier. Il en reste un autre, majoritaire avec les deux vôtres. On le retrouve partout,

1. Schématiquement, un raisonnement qui permet de tirer des conclusions qui risquent d'être contredites par des informations futures.

notamment sur le clavier de l'ordinateur et dans la réserve climatisée, un endroit auquel les clients n'ont pas accès. Cela nous permettra de nous débarrasser de la multitude d'ADN « parasites », si je puis dire, ceux qu'on ne trouve pas dans ladite réserve, donc des gens de passage.

— Et le quatrième appartient à Sébastien !

— *A priori*. Manque de bol, nous n'avons eu aucune touche avec le fichier national automatisé des empreintes génétiques[1]. Ça ne signifie pas grand-chose. D'abord, le fichier est encore relativement récent. Surtout, il faut qu'un criminel ou un délinquant traverse nos radars pour que son empreinte soit stockée dans la banque de données.

— En d'autres termes, il y a des très méchants ou des enfoirés qui ne se trouvent pas dans les mémoires.

— On peut le résumer de cette façon. Cela étant, ça progresse vite. Là où je ressens un gros malaise, c'est que nous n'avons pas retrouvé d'empreintes digitales, hormis celles de Louise et du pharmacien, sur la paroi vitrée de cette salle à température contrôlée. Les labos ont aussi relevé les empreintes palmaires de Gérard Fournier, preuve qu'il a plaqué les deux mains dessus, peut-être en tentant de se débattre ou alors parce qu'il a été poussé avec violence. Or, je suppose que votre vendeur ne travaillait pas en permanence avec des gants de latex ?

— Vous supposez juste.

— Verdier et moi portions des gants mais il vous arrive de faire un tour dans cette pièce climatisée, non ?

1. FNAEG, créé en 1998, recensant les criminels, les délinquants mais pas les contrevenants.

Auquel cas nous aurions dû retrouver vos empreintes digitales, puisqu'il faut pousser la porte vitrée.

— Vous supposez juste, répéta-t-elle.

Elle bafouilla ensuite :

— Seriez-vous en train… d'insinuer que Sébastien a fait très attention où il posait les mains ?

— « Insinuer » me paraît faible, du moins en ce qui concerne la nuit du meurtre. En effet, en toute logique, on devrait retrouver les empreintes digitales de Sébastien sur la cloison de la réserve climatisée puisqu'il y pénétrait chaque jour. Les vôtres aussi. On est donc en pleine préméditation. Sébastien a nettoyé la vitre avant l'assassinat, enlevant toutes les empreintes. Il a passé des gants de latex pour égorger Gérard Fournier, qui lui, a plaqué les mains sur la paroi vitrée. Puis, le lendemain, Louise a pénétré en collant ses doigts dessus avant de découvrir le cadavre.

— Enfin, pourquoi ? chuinta la dentiste.

Après un court silence, la voix du policier lui répondit :

— À première vue, j'aurais dit que le meurtrier voulait faire accuser Louise. Mais là, ça devient énorme, ou alors ledit meurtrier possède cinq neurones infoutus de s'allumer en même temps.

— Pas Sébastien, enfin s'il s'agit bien de lui. Un type fin.

— Hum… D'autant que ça ne cadre pas avec le reste. On arrive donc à l'effet inverse : innocenter Louise, permettre de prouver que la porte de la salle climatisée a été nettoyée par le tueur. Les empreintes de Sébastien devraient être sur cette paroi vitrée, les vôtres aussi, et vous pourrez en témoigner.

— Et un peu ! Même que j'ai sans doute dû la lécher, cette fichue porte, en collant ma salive et mon ADN partout, s'emporta la dentiste.

— Hum… les exagérations ne sont pas indiquées, surtout devant un jury, Chloé. Ce truc me trouble. Pourquoi effacer les empreintes juste avant le meurtre et glisser le pendentif de Louise sous la victime ? C'est incohérent. Dans un cas, on cherche à lui tirer le cul des ronces… euh… pardon, dans l'autre, à la faire plonger.

— J'en sais rien, geignit-elle. Et les vidéos ?

— Comme je vous l'ai dit au restau thaï, nous avons obtenu une commission rogatoire et donc réquisitionné les enregistrements de sécurité de la banque située en face du magasin. Ils conservent les vidéos durant trois mois. On voit quelqu'un pénétrer dans la boutique à plusieurs reprises, en général entre 3 et 4 heures du matin. Cette personne y reste environ vingt, trente minutes.

— Sébastien ?

— Je ne sais pas. Parfois, vous avez deux visiteurs, deux hommes, grande taille, baraqués mais pas la même démarche, capuche de sweat rabattue, lunettes de soleil, preuve qu'ils se méfiaient des caméras. Non identifiables.

Chloé y alla d'un toussotement chic tant la boule de salive de trouille coincée dans sa gorge gênait son élocution.

— Deux hommes… comme dans *Tueurs* ? Deux !

— Probable. D'autant que trois jours avant le meurtre de Fournier, ils se sont rejoints dans la boutique.

— Ah… merde, flûta Chloé.

Une consolation : elle était assise sur le siège conducteur. Si donc elle tombait dans les pommes, elle ne se ferait pas trop mal.

On a souvent, et à tort, le sentiment que déglutir est un réflexe. On déglutit sans s'en rendre compte. Basta ! Eh bien, rien ne saurait être plus erroné. La déglutition se solde par le fait d'avaler. Depuis la salive – après la mise en occlusion des arcades dentaires – jusqu'au passage de la nourriture mâchée vers l'œsophage. Chloé connaissait bien ce paradoxe de la déglutition, en apparence si aisée, lorsqu'elle collait dans la bouche de ses patients des petits rouleaux d'ouate compressée, plus une pompe à salive, sans oublier deux instruments. Le patient en question tentait de déglutir. Toutefois, son instinct de survie lui indiquait qu'il avait des trucs dans la bouche du genre non avalables. S'en suivaient des glurps-glurps de plus en plus difficiles évoquant une oie au gavage. Jusqu'à ce qu'il lève la main pour implorer grâce, se rince la bouche et puisse enfin déglutir/avaler un truc inoffensif : de l'eau. Chloé se sentait soudain comme une oie grasse.

— …

— Chloé ? Ça a coupé ?

Une sorte de chuintement, ressemblant à une chambre à air de vélo qui se dégonflerait, parvint au policier. Puis une longue inspiration. Enfin, la voix tremblotante de la dentiste articula :

— Un peu désolant ces nouvelles, non ?

— Je ne veux pas vous affoler, mais…

— Du tout !

— Ces types ne sont pas des débutants. Les empreintes digitales ou les profils ADN ne seront exploitables que lorsque nous mettrons la main sur eux. Et encore… un habile avocat de la défense pourra les contrer sans grande difficulté : seules les empreintes digitales de Louise et du pharmacien se trouvaient sur la porte de la salle climatisée. C'est futé. Soyez sur vos gardes, toutes les deux.

— Merci, je n'y aurais pas pensé, pesta-t-elle.

— Comment marchait Sébastien ?

— Pardon ?

— Quel genre de démarche ? Plutôt lourde, plutôt assurée ? précisa le capitaine.

— Il était grand, baraqué, donc forcément pas à la manière d'un petit rat de l'Opéra. À part cela, je ne me suis jamais vraiment intéressée à ses pieds. Pourquoi ?

— Un des deux hommes captés par les caméras de surveillance marche en rotation interne, bref, les pieds en dedans. Pas fréquent chez des individus de cette taille et de ce poids. Cette particularité me saute toujours aux yeux puisque Maxime, mon fils, a eu ce problème. On nous a expliqué qu'il s'agissait d'un des premiers motifs de consultation en orthopédie pédiatrique.

Ce « nous », rappel de la « condition » conjugale d'Hervé Ledru, ramena Chloé à des choses plus basiques et finalement rassurantes. Le plancher des vaches, c'est parfois chouette ! Elle promit qu'elle s'informerait auprès de Louise.

— Plus simple encore. Nous allons vous faire visionner des extraits des vidéos de surveillance dans l'espoir que vous reconnaissiez Sébastien. OK ?

— Hum, hum, approuva Chloé, perdue dans un monde angoissant.

Plusieurs tueurs ? Enfin, pourquoi ça tombait sur elles, des femmes gentilles, honnêtes, affables, bonnes citoyennes, excellentes voisines, professionnelles sans reproche, aimant les enfants, les animaux et les fleurs ? Elles n'hésitaient jamais à y aller d'un don pour une grande cause. Hein, pourquoi ?

*« À quoi bon soulever des montagnes
quand il est si simple de passer par-dessus ? »*

Il y a, cher Boris (Vian[1]), de belles et stupéfiantes logiques.
De fait, pourquoi viser la quadrature du cercle,
quand on peut dessiner d'un côté un carré,
de l'autre un cercle, hein ?

Un peu plus tard

Elle se concentra sur sa conduite, tentant de repousser les possibilités qui découlaient des informations fournies par Ledru. Des possibilités potentiellement hémoglobineuses, dans la sous-catégorie « meurtrières », en ce qui les concernait, Louise et elle. Deux sales types allaient et venaient dans la boutique à leur guise, et l'un d'entre eux semblait n'être autre que le gentil Sébastien, amoureux de pâquerettes et de violettes, sans oublier de serpents. Ces derniers convenaient d'ailleurs mieux à son profil.

L'avalanche de mauvaises nouvelles ne pouvant pas durer une journée, au risque sans cela de décourager sa

1. 1920-1959.

femme, voire de la pousser vers la cure de sommeil, elle trouva une place à quelques mètres du magasin. Un vrai miracle dans ce quartier.

Au moment où elle bouclait les portières, Séverine Acelin tourna au coin de la rue et s'avança vers elle, son sac de provisions plaqué contre le torse. La fleuriste retraitée la salua d'un petit signe de tête assez sec qui fit plonger l'humeur de Chloé de « mauvaise » à « exécrable ». L'envie d'en découdre à seule fin de se calmer les nerfs la submergea. Une réaction idiote. Cependant, elle était si furax qu'elle refusa de l'admettre. Il faudrait toujours se méfier de ses instincts guerriers. Surtout lorsque rien ne les justifie. Chloé allait en faire l'expérience.

— Bonjour, Séverine, ça va ?

— Pas mal, pas mal. Sauf que je ne dors plus si bien avec ces histoires.

— Une petite camomille, c'est souverain ! eut le tort d'ironiser la dentiste.

Si le regard de Mme Acelin avait projeté des dagues, Chloé se serait retrouvée clouée au sol, comme à la fête foraine, par le lanceur de poignards.

— En parlant de remèdes de grand-mère qui ont fait leurs preuves, je vous recommande la cervelle d'agneau, paraît que ça rend intelligent. C'est urgent ! En suppositoires, pour plus d'efficacité. Avec cette voie d'administration, inutile d'ajouter du persil ni une pointe d'ail. Bonne journée, Chloé.

La bouche en cul-de-poule, elle tourna les talons et se dirigea vers la porte de l'immeuble.

Soudain, Chloé se sentit c… vraiment crétine. Pourquoi s'en prendre à cette femme ? D'accord, elle fourrait son nez partout. Mais du moins le faisait-elle de façon franche, sans feindre une compassion d'opérette. Avant même de réfléchir, elle cria :

— Séverine, je suis désolée ! Vraiment. C'était débile, je suis à cran.

Au fond pas mauvaise pâte, la retraitée lui fit à nouveau face. Sentant que d'autres excuses s'imposaient si elle souhaitait enterrer la hache de guerre, la dentiste renchérit :

— Écoutez, je crois que nous sommes parties du mauvais pied. Louise vous…

— Non, non, je crois… je sais, que tu me les brises menu, ma cocotte. Alors, si tu veux passer tes nerfs, choisis une autre victime, parce qu'un jour tu vas te prendre une beigne comme t'en as jamais reçu. On peut le regretter, d'ailleurs. Pour mémoire, t'as l'âge d'être ma fille et personne me souffle dans les bronches ! T'es peut-être une super dentiste, diplômée et tout et moi une pauvresse qui a trimé étés comme hivers sur les marchés, mais si tu me cherches des poux dans la tête, tu vas en trouver ! Louise, elle a de la classe, tu vois ? Elle me fait jamais sentir qu'elle est au-dessus de moi. D'ailleurs, je suis sûre qu'elle le pense même pas. Elle m'offre des fleurs de bon cœur, pour me faire plaisir. Elle papote un peu avec moi, pour me distraire, même quand elle a autre chose de plus important. La classe, j'te dis ! Toi, pour la classe, faudra repasser !

Sans qu'elle comprenne pourquoi, Chloé sentit les larmes lui monter aux paupières.

— C'est envoyé et je ne l'ai pas volé. On fait la paix ? quémanda-t-elle en tendant la main.

Séverine la considéra, l'air grave et lui serra la main en hochant de la tête. Abandonnant le tutoiement de colère, elle observa :

— Chloé… je me doute que vous êtes secouées, toutes les deux. Justement, c'est dans ces moments-là qu'il faut se serrer les coudes entre alliés. Bien sûr que je suis une vieille curieuse qui se mêle de ce qui ne la regarde pas. C'est pas pour la méchanceté. Je m'emmerde, j'ai personne d'autres que mon voisinage. Et puis, comme ça, je me dis que peut-être, un jour, je pourrai rendre service. Exister, quoi.

Elles se dévisagèrent et luttèrent contre les larmes qui montaient, montaient.

— Bon, on se boit un petit jus dans la boutique ? offrit Chloé.

— Volontiers. Il est avec Louise, Le Minou ? Je l'aime beaucoup.

— Mon grand-père le garde. Louise craint qu'un de ces sales types, le tueur et peut-être son complice, lui fassent du mal.

— Elle a bien raison. Quand un mec bute son semblable, même une peau de tétine comme Fournier, il est capable du pire… par exemple filer un coup de pied à un brave chien !

Puisqu'elles étaient devenues bonnes copines, Chloé ne releva pas. À l'évidence, selon le code pénal revisité par la fleuriste retraitée, tuer un pharmacien antipathique était moins blâmable que donner un coup de pied vicieux à un terre-neuve. Après tout, chacun ses sensibilités, conclut-elle, un brin perplexe quand même.

De meilleure humeur, elle poussa la porte vitrée, laissant passer Séverine devant elle. Elle lui emboîta le pas et s'affala contre le dos de la sexagénaire. Rigide, le dos. Après quelques instants de flou intégral, Chloé finit par comprendre la scène qui s'offrait à leurs regards. Louise se tenait raide telle la statue du Commandeur, livide jusqu'aux lèvres. Des mètres de ruban de satin blanc bouillonnaient à ses pieds, des mini-boules de Noël étaient répandues partout autour d'elle. Des sorties d'imprimante jonchaient le sol et la corbeille à papiers, vidée de son contenu, avait atterri au milieu de la boutique. Les deux boîtes à archives dans lesquelles Chloé classaient les factures dégueulaient leur contenu dans un coin.

De cette voix suraiguë et cruche qu'elle adoptait face aux gros stress, la fleuriste débita :

— Je viens de rentrer de Rungis. Un fournisseur m'avait invitée au restau. C'est fou ce que les choses peuvent changer en l'espace d'une seconde.

— Louise, respire à fond, calme-toi, s'inquiéta Chloé qui sentait la crise nerveuse s'approcher.

— Si, si, j'insiste. Dingue comme les événements peuvent se montrer versatiles ! Un homme charmant. Je venais de passer un deal appréciable avec lui pour de très jeunes *omorika* et *grandis*, d'une trentaine de centimètres de haut… car le sapin, c'est un monde en soi. Ah, le grandis et son léger parfum citronné, l'omorika avec ses aiguilles vert argenté… Ah, la géniale inventivité de la nature…

— Louise… Chloé a raison, sur ce coup… Mon petit, là, faudrait se reprendre, suggéra Séverine d'un ton maternel.

Louise semblait plongée dans une septième dimension hors d'atteinte. Elle poursuivit de cette voix insupportable qui donnait envie de lui tirer sèchement les nattes lorsqu'elle était ado :

— Et donc, ce monsieur m'invita dans une brasserie. Carte modeste mais plaisante. (Elle gloussa, la crise de nerfs n'était qu'à un cheveu :) Je pense qu'il me trouvait assez à son goût, en plus. C'est toujours agréable lorsqu'un homme courtois vous fait un peu de charme, non ? Enfin, en tout bien, tout honneur, hein ? Et ne voilà-t-il pas que je rentre, satisfaite, détendue et que… que…

Chloé l'agrippa par les épaules et lui rugit aux narines :

— Woohh, tu ne nous pètes pas un plomb, là ! On s'en cogne, de ton *armorika* !

— *Omorika*, corrigea Louise, vexée. Et tu as grand tort de t'en moquer parce que…

— Louise, ça suffit. Racontez ! tonna Séverine, poings sur les hanches.

La voix de stentor de l'ancienne fleuriste des marchés fit merveille. Louise battit des paupières et revint à la réalité. Elle bafouilla, d'une voix normale pour une trentenaire :

— J'ai ouvert, désactivé le système d'alarme… et j'ai trouvé la boutique dans cet état, résuma-t-elle en balayant l'espace d'un geste. Ils ont même retourné la corbeille de Le Minou. Et il y a pire… Ils ont dérangé *obsoleta* et *carinata*… ils ont même pas peur des serpents de garde… Oh, il y a de quoi fondre en larmes, tiens !

— Non, non, on n'a pas le temps, la coupa Chloé. Et comment tu le sais, enfin… ils ne se sont pas plaints… je veux dire, les serpents dérangés…

Elle eut le vague sentiment qu'elle s'emmêlait un peu les pinceaux. Juste un peu.

— La litière est sens dessus dessous et… et… leur branche d'arbre est… par terre, dehors… et ça, c'est pas les serpents qui pouvaient la balancer si elle ne leur plaisait plus… En plus, un des fermoirs n'a pas été rabattu… Or, je vérifie dix fois par jour… un genre de TOC que j'ai développé assez récemment.

— Et là, le terra-machin est bien refermé, hein ? s'enquit Séverine, alarmée.

Louise hocha la tête en signe d'assentiment.

Chloé reprit :

— Tu n'as touché à rien ? Remarque, ils n'auront pas laissé d'empreintes.

Séverine lâcha soudain un « Oh, j'y pense ! » et pulvérisa Chloé du regard. Elle glapit d'un ton outré :

— Vous n'avez pas fait changer les serrures ? Pas même modifié le code de l'alarme ?

— Euh… ben non… avec toute cette avalanche de trucs affreux, on a zappé…

— Dites-moi que je rêve ! s'étouffa la retraitée. Mais vous avez du yaourt en place de cervelle, ou quoi ?

— D'accord… c'était pas trop malin, mais… s'embourba Chloé.

— « Pas malin » ? Vous vouliez dire « plus anémié des neurones que ça, tu meurs, de préférence avant » ?

Elle plaqua la main sur son cœur d'un geste théâtral et souffla :

— Mauvais pour le palpitant, tout ça. Préparez-moi un café, s'il vous plaît. La caféine me calme les nerfs.

(Elle exigea, péremptoire :) Je vais vérifier que les horreurs d'Hubert sont bouclées.

Elle fila vers la réserve climatisée.

Après s'être assurée qu'*obsoleta* et sa copine ronflotaient peinardes dans leur terrarium à nouveau solidement fermé, Séverine s'installa dans la petite salle de repos-vestiaire, une tasse de café et un sablé breton entre les doigts. Chloé allait, venait, les yeux fixés sur les mini-boules de Noël, les rubans, les papiers épars. Louise la suivait du regard, bouche entrouverte, un peu hébétée. Devant le peu d'efficacité et de réactivité des deux « jeunes », ainsi qu'elle les nommait, la retraitée prit la direction des opérations.

Séverine Acelin avait commencé à travailler à quatorze ans. Si elle déplorait souvent de n'avoir pas une « grande éducation », elle aurait pu donner des leçons de bon sens à n'importe qui. De robuste carcasse – et il faut une sacrée santé pour tenir sur les marchés dès 6 heures du matin, qu'il vente, neige ou en plein cagnard – pas feignasse, elle avait gentiment gagné sa vie, ainsi qu'elle l'admettait. Elle se leva, reposa sa tasse et, raide comme un adjudant, attaqua :

— Bon ! Louise, Chloé, puisque ça fait dix minutes que vous inspectez le magasin, manque-t-il quelque chose ?

— Non… je ne crois pas, offrit Louise. La paperasse est chamboulée, les paquets de gâteaux éventrés, le contenu des cartons de décorations de Noël et des boîtes à archives répandu au sol. Néanmoins, les 200 € de monnaie dans le tiroir n'ont pas été piqués.

— La corbeille de Le Minou a été inspectée, son coussin retourné, sans oublier le terrarium, renchérit la dentiste.

À fond dans son rôle de Miss Marple, en aussi fureteuse mais beaucoup plus virulente, Séverine en conclut :

— Pas des cambrioleurs. Des gens qui cherchent quelque chose de précis, donc ! Quelque chose de peu volumineux puisqu'on aurait aussi bien pu le dissimuler dans des paquets de gâteaux que dans la paperasse, sous un coussin de chien, voire dans la litière des bestioles répugnantes. On avance, les filles ! s'exclama-t-elle, une moue de satisfaction étirant ses lèvres.

Le téléphone vibra dans la poche de Chloé.

— Re-bonjour, encore Hervé. J'ai pensé que ça vous intéresserait. Saluez votre grand-père de ma part et exprimez-lui toute notre gratitude pour ce joli cadeau. Grâce à l'adresse IP, Mikaël, notre expert en informatique, est remonté jusqu'à l'ordinateur d'où ont été envoyés les mails de Sébastien Mercier.

— Et ? demanda-t-elle en début de pâmoison.

Il y a des moments où une femme sait qu'elle n'aurait jamais dû poser une question mais qu'elle ne pouvait pas non plus l'éviter. Elle sait aussi que la réponse lui déplaira. Vivement. Cette occasion ne dérogea pas à la règle.

— Il s'agit de l'ordinateur de la chambre dans laquelle le sieur Éric Lemarchand a été étranglé avec un filin d'acier. En d'autres termes, lui et Sébastien Mercier se connaissaient. De là à penser que le dernier a buté le premier…

— …

— Chloé, ça va ?

— Oui, au petit poil… merci. Je ne plaisante pas, merci ! Eh bien, à plus tard !

Elle hésita à lui relater le foutoir qu'elles venaient de découvrir dans la boutique. Pas maintenant. Il allait aussitôt débarquer avec une armée de techniciens de scène de crime. Les ordres, les recommandations, les insinuations sur leur manque de jugeote – et pourquoi, diable, n'avaient-elles pas modifié les différents codes du magasin, dont celui de l'alarme ? – allaient pleuvoir. Pas les nerfs. Vraiment pas maintenant. Elle raccrocha.

De fait, un intense soulagement lui tira un soupir. Dire qu'elle avait été à un cheveu de coucher avec ce type ! Coucher avec un tueur qui conservait une boîte pleine de dents humaines arrachées, ou un sbire de tueur ! Ah non, elle méritait mieux. Surtout, elle méritait un peu de calme.

Inconsciente du trouble de la dentiste, Séverine, qui tenait enfin la chance qu'elle avait espérée : faire une différence, aider ses semblables, du moins ceux qu'elle appréciait, insista :

— Qu'avons-nous en tout petit qui aurait pu se trouver en votre possession ? Je ne jurerais de rien concernant Chloé. Mais, avec vous, Louise, je sais que si ce quelque chose est illégal, vous n'êtes pas au courant de sa présence en ce lieu…

Si elle avait espéré qu'une vacherie provoquerait l'ire de la dentiste, elle en fut pour ses frais. Chloé ne l'entendit même pas, aspirée par un maelstrom d'interrogations.

— Par exemple un de ces machins qu'on voit dans les séries. Ils rentrent ça dans un ordinateur et ça copie tout.

C'est petit, encore plus petit qu'un paquet de chewing-gum.

— Une clef USB, offrit Louise. Non, nous n'avons pas cela. On copie tout sur un disque dur externe et on stocke aussi sur le cloud.

— Le *claoude* ?

— Une sorte de gigantesque… mémoire extérieure sur laquelle on envoie des données qu'on peut aller rechercher.

— Bon, alors… une lettre, un papier étrange ou anodin que vous auriez reçu, de façon assez récente ? Sans cela, ils auraient tout mis sens dessus dessous il y a belle lurette. Je ne sais pas, Louise, faites un effort, quand même.

— Séverine, je suis un peu sous le choc. Il faut que je range. Vous faites du mieux que vous pouvez, mais… franchement, je n'ai pas la tête à ça. Je vais réfléchir. Si un détail me revient, promis, je vous appelle.

Parce qu'elle aimait bien Louise, songeant parfois qu'elle aurait souhaité une fille de son genre, Séverine arrêta là (une fois n'étant pas coutume, qu'on se le dise !). Elle se leva et prit congé sur un plissement de paupières d'encouragement.

Dès que la porte vitrée se fut refermée dans son dos, Chloé déclara d'une voix d'outre-tombe :

— Éric Lemarchand et Sébastien se connaissaient.

Elle raconta sa conversation avec Hervé Ledru à une Louise sidérée. La fleuriste avait cru avoir atteint le fond du gouffre. Ben, pas du tout. À l'évidence, son gouffre à elle avait un double fond, encore plus profond. Quel luxe ! Chloé termina sur un lugubre :

— De là à imaginer qu'il s'agit de deux sales mecs, sans doute pas étrangers au meurtre du pharmacien, il n'y a qu'un pas. Quand je pense que cet Éric m'a embrassée dans la bouche, au point que j'ai cru défaillir ! Non mais quelle buse je fais, quelle pauvre tache !

— Alors là, je m'inscris en faux, en très faux ! protesta son amie, toujours prête à la défendre. Enfin, tu as bien senti qu'un truc clochait puisque tu t'en es débarrassé.

— Juste parce qu'il a commencé à me tâter les prémolaires !

— Eh bien... de temps en temps, les signaux sont un peu flous... confus... l'important consiste à les déceler. Non, vraiment, tu as fait preuve d'une sacrée finesse, je trouve !

— Oh, c'que t'es chou ! gémit la dentiste.

— Je suis sincère.

Se reprenant soudain, Chloé feula :

— Quand je pense que cette ordure arrachait les dents de ses victimes... tu ne peux pas comprendre ce que ça provoque en moi !

— Si, c'est une torture ignoble et en plus, qu'est-ce que ça doit faire mal ! Je ne veux pas y songer.

La dentiste hocha la tête en signe de dénégation et déclara d'une petite voix désolée :

— Ça va au-delà. Moi, mes confrères, nous nous échinons à sauver les dents. Qu'un salopard bousille notre travail, ça me mine. S'il n'était pas mort, je crois que je l'aurais baffé. Peut-être même que je lui aurais filé des coups de pied vicieux.

— Mérités. Amplement ! approuva Louise. Et je t'aurais aidée. (Revenant à l'amère réalité, elle changea de sujet :) À ton avis, que cherchait le sagouin qui a tout fichu en l'air ?

— Séverine n'a pas tort. Un objet petit. Pas cinq kilos de came ni une arme d'assaut ni surtout un autre cadavre. Quoique là, on l'aurait senti. On n'a pas non plus embarqué l'ordinateur. Il ne s'agit donc pas d'un fichier. Quelque chose qu'on aurait pu dissimuler dans un carton de décorations de Noël, une boîte à archives, dans un emballage de gâteaux ou carrément jeter puisqu'on a retourné la corbeille à papier.

Elles s'installèrent sur les chaises poussées à l'arrière du grand comptoir monté sur un muret de briques patinées. Y trônaient l'ordinateur portable et la pile de paperasse désorganisée par le gros mal élevé qui avait fureté à la nuit dans le magasin. Louise enroulait un bout de ruban blanc autour de son index, puis le déroulait d'un geste mécanique, l'esprit ailleurs. Elle réfléchit à haute voix :

— Hum… donc, une chose qui pouvait avoir beaucoup de valeur à nos yeux : on la cachait. Ou alors pas du tout : on la balançait.

— Oh, que tu es futée ! s'extasia son amie. En d'autres termes, une chose dont la valeur n'est pas évidente.

Elle plissa les lèvres de dépit et conclut :

— Ça nous laisse quand même avec une énumération épaisse comme un bottin !

— Pas vraiment, contra Louise. Ça ne peut pas être… je ne sais pas… une pierre précieuse non taillée donc terne. Ça ne pouvait pas se glisser sous la paperasse répandue. Une puce électronique ?

— Du coup, nous faisions preuve d'un éblouissant sens de l'humour en la planquant dans la corbeille du chien…

— Hein ?

— Puce… comme dans chien… bon d'accord, pas vraiment hilarant, admit la dentiste. Preuve d'un manque de jugeote en plus, parce que Le Minou était capable de la gober en un rien de temps ou de la bousiller en s'affalant sur son coussin de tout son poids.

— Juste ! admit Louise.

Les deux amies demeurèrent silencieuses. Leurs neurones vrombissaient. Au bout d'une interminable minute, la dentiste lâcha :

— Pourquoi la corbeille à papier et pas les deux grandes poubelles réservées aux débris végétaux ? On n'y a pas touché. Qu'est-ce qui ne se remarque pas dans une corbeille à papier ?

— Des trombones, un vieux stylo, des prospectus, des enveloppes déchirées, un papier froissé ! On en revient donc à un truc qu'on aurait jeté.

— Non, tu n'irais pas te débarrasser de tes vieux trombones tire-bouchonnés dans la corbeille de Le Minou.

— Ça va pas ? s'offusqua Louise. Pour qu'il se blesse un coussinet ! Quant au stylo, il serait capable de l'avaler et de se perforer l'intestin. Ah, pauvre Le Minou !

— Nous restons donc avec une seule hypothèse qui tienne la route… enfin j'espère : un objet qui se jette dans une corbeille parce qu'*a priori* on ne comprend pas sa valeur. En revanche, dès qu'on a saisi son importance, on le cache avec soin, jusqu'à le fourrer sous des serpents.

D'une telle valeur que cela justifie un cambriolage à haut risque, sur les lieux d'un crime.

— Pas l'enveloppe dans laquelle est arrivé mon pendentif. C'est Raphaël qui nous les a expédiés, et ce ou ces types l'ignorent.

— Tout juste, approuva Chloé. Pas non plus une pub. Je doute que les promos sur les pizzas et les jus de fruits dans le discounter du coin les intéressent, pas plus que la liquidation du magasin de fringues voisin.

— Les factures d'électricité, abonnements de téléphonie, surveillance du magasin, etc. sont informatisées. Celles de nos grossistes aussi. Pareil pour les super croquettes de luxe de Le Minou, sans céréales, que je fais venir d'Angleterre.

— Les factures destinées à nos clients ? supputa Chloé.

— J'en établis peu. Juste pour les cadeaux professionnels. Et en plus, on ne les jette pas.

Un court silence s'installa à nouveau, rythmé par le claquement rapide et sec des talons d'escarpins de Louise sur le carrelage.

— Arrête avec ce bruit, s'énerva Chloé.

Son amie plaqua les mains sur ses genoux et observa :

— C'est inconscient dès que je suis très stressée. Prenons la devinette par un autre angle. Hervé Ledru vient de t'apprendre que Sébastien est sans doute mouillé jusqu'au cou dans le meurtre du pharmacien. Il serait le pote ou complice et/ou l'exécuteur de ce Lemarchand qui se rapproche de toi, on se demande pourquoi. Bref, Sébastien n'a rien du mignon cœur brisé que j'imaginais… quelle gourde, quand même ! pesta-t-elle en levant les yeux vers le plafond avant de reprendre : de plus, hormis lui, personne d'autre que nous ne connaissait le code de l'alarme ni ne possédait un double des clefs, si on exclut la compagnie de surveillance. Seul lui ou un proche acolyte vient donc de retourner le magasin.

— Déplaisant mais logique... approuva la dentiste. Continue.

— Le truc ou papier en question est donc arrivé récemment en notre possession, peu avant ou après le meurtre de Gérard Fournier, sans quoi, Sébastien avait l'opportunité de fouiller lorsque je m'absentais.

— Juste. Et le « truc » est sans doute en TA possession. Ou alors, il était destiné au magasin, quoi que ce soit, poursuivit Chloé, les paupières plissées de concentration.

— Pourquoi MA possession ? Ce ne sont pas mes plombages qu'a inventoriés le sieur Éric Lemarchand, observa Louise.

— Salaud ! fulmina la dentiste avant de se ressaisir. Certes, mais il n'y a pas eu d'intrusion dans mon cabinet.

— Question sécurité, tu n'as pas fait dans la dentelle, avec les blindages, la vidéosurveillance et tout. Cela a pu les rebuter. Or, je suis la seule à connaître le code de ton système d'alarme, à part toi. Peut-être est-ce cela que le sale type cherchait. Un papier sur lequel je l'aurais noté ?

— Non, puisque ainsi que tu l'as souligné, Sébastien pouvait fouiller durant tes absences. Or tu as ce code depuis longtemps. De plus, les serpents et leur terrarium sont arrivés après la volatilisation dudit vendeur. Enfin, on n'a pas non plus tenté de cambrioler ton appartement. Le premier endroit où tu aurais planqué le papier avec mon code.

Faisant preuve d'un optimisme qui frisait le manque total de réalisme, Louise argumenta :

— Alors là, excuse-moi, mais avec Le Minou, ils étaient très mal, or ils ne pouvaient pas savoir que Victor le gardait.

Chloé baissa le regard afin que son amie ne puisse pas découvrir la stupéfaction qui clignotait sur le bleu de ses iris. Elle serra la bouche en cul-de-poule pour retenir une remarque stupéfaite : « Même pas dans tes rêves les plus échevelés ! »

Elle aurait parié que le terre-neuve, sitôt la porte ouverte par un intrus, filerait dans l'escalier afin de s'offrir une longue promenade sans laisse, sans maîtresse, dans l'espoir de rencontrer une charmante donzelle canine peu farouche. Sauf si le sale type en question avait pris la précaution de se munir de sablés bretons bien beurrés. Le Minou faisait partie de la catégorie (à fourrure ou non) qui fait toujours passer ses papilles gustatives et son estomac avant les autres plaisirs de base. Or, Sébastien connaissait Le Minou et le chien l'appréciait. Occupé à dévorer les Traou Mad, il aurait laissé l'homme fureter jusque dans les petites culottes de sa maîtresse. Inutile, toutefois, de décevoir son amie au sujet des capacités de chien de garde de son terre-neuve, surtout en un moment de grande fragilité psychologique.

La sonnerie du portable de Louise se déclencha. Un « Il était un petit homme, pirouette, cacahuète » tonitruant et guilleret se déversa. Chloé tut son ahurissement. Après tout, peut-être le moment était-il opportun pour retourner un brin en enfance, en cette époque bénie où l'on ignorait tout des trucideurs de pharmaciens ou des arracheurs de molaires, sans anesthésie. D'un autre côté, son amie devait quand même avoir l'air top godiche lorsqu'on l'appelait alors qu'elle était installée dans un bus. Louise lâcha un soupir exaspéré :

— Faut que tu m'aides. J'ai téléchargé cette sonnerie par erreur. Impossible de la supprimer.

Ouf!

L'agacement qui s'était peint sur son visage laissa aussitôt place à un sourire conquis, paupières à demi closes, à l'écoute de son interlocuteur. Des gloussements bébêtes succédèrent aux pouffements pas trop intelligents et aux « Vouiii… ah bon… oooh, c'est trop chou… Non, mais moi aussi… » susurrés d'une voix de caramel fondu. Raphaël, donc.

Une sorte de satisfaction transitoire envahit Chloé. Louise n'était vraiment heureuse que dans son petit monde qui incluait, son mari, sa meilleure amie, son frère, son veau de chien et les fleurs. Tiens, que devenait-il, le Hubert dont les neurones pesaient si lourd qu'ils avaient un jour décidé de jouer peinards dans leur coin ? Hubert était sans doute un des êtres les plus harmonieusement constitués qu'ait connus la dentiste. Certes, il lui faisait toujours penser à un Martien mâtiné d'Alpha-Centaurien. Néanmoins, il était bienheureux et faisait du bien à ceux qui l'approchaient. Hubert n'avait jamais abandonné ses rêves d'ado. Il avait eu le talent et l'intelligence de les aménager afin de les rendre fonctionnels parvenu à l'âge adulte.

Transitoire. Ça veut dire que cela ne dure pas. Agacée par les roucoulements de Louise, Chloé n'y tenant plus, se leva et grommela :

— Bon, tu peux lui relater ce qui vient de se passer ?

Louise plaqua la main sur son téléphone et secoua la tête énergiquement en signe de dénégation. Les roucoulements reprirent, quelques secondes de plus. Soudain, la jeune femme murmura :

— Je te laisse, Raphaël, un bon client vient d'entrer. Comment allez-vous, Pierre ? jeta-t-elle en fixant la porte vitrée close et vierge de tout client.

Elle raccrocha et se tourna vers son amie, embrayant d'un ton plus adapté à une situation qui n'avait rien de folichonne :

— Non, non ! Je ne lui raconte rien. Je connais Raphaël comme si je l'avais tressé en scoubidou. Il est prêt à sauter sur n'importe quel prétexte pour endosser son armure de preux chevalier et surtout me convaincre de revenir vivre avec lui. J'ai pas la tête à ça en ce moment !

Cette duplicité chez son amie étonna Chloé. La rassura aussi. Soyons clairs : ce n'est pas bien de mentir. Cela étant, éluder la vérité (moins grave qu'un bon gros mensonge, quand même), décharge d'interminables discussions qui virent à l'eau de boudin ou au pugilat. Après tout, elle avait agi de même avec Hervé Ledru en taisant le pseudo-cambriolage dont elles étaient victimes. Elle proposa :

— Bon, je ne vois qu'une solution : on passe la corbeille à papier en revue et tu me dis s'il y manque quelque chose. Perso, je ne me souviens pas y avoir jeté quoi que ce soit depuis une bonne semaine.

Louise la contempla, l'œil rond, avant de protester :

— Mais tu t'entends ? Genre les flics de séries qui vérifient ce que le suspect a consommé pour le déjeuner, le premier mardi du mois précédent, histoire de corroborer son alibi. Et le personnage de répondre : « Eh bien, après une salade de cervelas-céleri rémoulade, j'ai pris un carré d'agneau-tian provençal. J'ai sauté le fromage, c'était très copieux. Toutefois, j'ai conclu sur une crème brûlée. » Moi, je ne serais pas fichue de me souvenir ce que j'ai mangé il y a trois jours. Tu crois que j'établis une liste des prospectus avant de les balancer ?

— Ne t'énerve pas. Tentons quand même le coup.

Preuve d'un optimisme assez abusif de la part de la dentiste, ainsi qu'elle devait le découvrir. Agenouillée sur le carrelage gris anthracite de la boutique, Louise tria un à un les papiers répandus autour de la corbeille. Elle bougonnait parfois :

— Cette enveloppe, je ne sais pas trop… pas d'en-tête. Peut-être un relevé bancaire ? Ça… une sortie d'imprimante bancale. J'ai recommencé. Là, les prospectus publicitaires d'hier ou d'avant-hier…

Un brin impatiente, Chloé lança :

— Je ne te demande pas un inventaire à la Prévert ! Plutôt un papier que tu aurais jeté et qui manquerait.

— À la fin, j'en sais rien ! Quand tu balances quelque chose, c'est une sorte de… déchet, non ? Donc, tu t'en fiches, tu ne le mémorises pas.

Force fut d'admettre à son amie qu'elle n'avait pas complètement tort. Sa vie en eût-elle dépendu que Chloé n'aurait pas été capable d'énumérer ce que contenait la poubelle de son cabinet. Au demeurant, en cas contraire, elle se serait inquiétée au sujet de ses priorités. En effet, quelle femme à peu près normalement constituée est capable de réciter l'intégralité de ses détritus de la semaine ?

Hervé Ledru expédia en fin de soirée des extraits des vidéos de surveillance de la banque située en face du magasin. Tête contre tête, les deux amies les visionnèrent.

Paris, extérieur nuit : on voyait deux hommes, grands, assez baraqués, approcher sur le trottoir, vêtus de sweat-shirts sombres à capuches rabattues, de blousons sans manches, lunettes de soleil sur le nez. L'un, le plus lourd, marchait en effet les pieds en dedans. Chloé hésita :

— Je sais pas… En tous cas, il ne s'agit pas d'Éric Lemarchand. Il était beaucoup plus mince que ça. Plus léger.

Soudain, le plus charpenté se tournait vers l'autre, et lui parlait. Le deuxième répondait en s'aidant d'un geste de main. Louise cria :

— C'est Sébastien ! Quand il se lâchait un peu et devenait volubile, rarement, il avait ce moulinet de poignet, avec les doigts écartés. C'est lui, j'en suis certaine. L'autre, celui aux pieds en dedans, ne me dit rien.

Chloé transmit aussitôt l'info à Ledru, par SMS. Sébastien et un autre homme qui n'était pas Éric Lemarchand. Elle hésita. L'avertir du cambriolage *or not* l'avertir ? Non, pas encore. Au point où elles en étaient, ça ne pouvait pas s'aggraver.

Puisqu'un bien peut toujours sortir d'un mal, même s'il faut vraiment chercher en certaines occasions, Chloé sauta sur le prétexte. Tactique assez malhonnête mais qui pouvait se révéler efficace. Elle conclut :

— En tout cas, ça démontre que des serpents de garde ne servent à rien, si ce n'est puer.

— Ils ne puent pas, protesta Louise.

— Si, ça sent l'ammoniac.

— Parce que leur litière a besoin d'être changée.

— Puisque Hubert n'assure pas convenablement la maintenance, il rembarque son terrarium dès demain, décida la dentiste.

— Oh là, attends, s'affola Louise. Il va hurler sur le mode « Pauv' petites bêtes, abandonnées, stigmatisées et gnagna » parce que nous avons remisé ses bestioles dans la réserve, hors de vue.

— Où veux-tu les mettre en valeur ? Sur le comptoir peut-être ? s'insurgea Chloé. On est certaines de perdre la moitié de notre clientèle !

Après moult hésitations, arguments et leurs contraires, les deux femmes décidèrent de pousser l'hôtel quatre étoiles des *Elaphes* sous le comptoir. Plusieurs avantages à cela : aucun client ne pouvait deviner leur présence derrière le muret de briques. Elles s'évitaient donc les hurlements, crises de nerfs, voire infarctus du myocarde. Louise pourrait ouvrir la porte d'entrée afin de ventiler. Qu'on se le dise, ça ne sent ni le romarin ni le lilas. Enfin, essentiel, Hubert ne vitupérerait pas sur le fait que :

— Quelle étroitesse d'esprit ! Bien sûr, Le Minou a le droit de se balader dans toute la boutique, de coller ses poils sur le pantalon du ou de la client(e), de s'affaler de tout son long, mais mes reptiles sont casés aux chiottes ou dans une réserve, sans compagnie humaine ! Ces pauvres animaux souffrent déjà d'une mauvaise réputation, injustifiée. En plus, ils sont victimes d'un délit de sale gueule !

Injustifiée, injustifiée… quand même. Les serpents venimeux ne relevaient pas de l'imaginaire populaire ! Quant à la sale gueule, certes, il convient de se garder des *a priori*. Toutefois, trouver plus de charme à un mignon lapereau qu'à un python ne s'apparentait pas à de la discrimination. Ne poussons pas.

« Les événements sont comme des trapèzes : une coïncidence et une seule permet de passer de l'un à l'autre. »

Bien vu, cher René-Salvator (Catta[1]),
ce qui prouve une chose : mieux vaut ne pas la rater,
au risque sans cela de se prendre une grosse gamelle.

Au même moment…

Le capitaine Hervé Ledru reposa son gobelet de café avec une grimace. La lavasse que servait le distributeur, dépourvue de goût hormis une amertume certaine, devenait punitive. Bah, du moins le breuvage était-il chaud et de nature à donner un petit coup de fouet ! Il prit connaissance du SMS de Chloé et appela aussitôt Thomas Verdier dans son bureau. En attendant son collègue, il vagua dans ses pensées, qui lui tirèrent un sourire. Il allait chercher Maxime, son fils, et pourrait jouer au papa poule au cours du dimanche. Autant en profiter

1. On trouve peu de chose à son sujet, aussi je le prie d'accepter mes plus plates excuses en cas d'erreur. Poète, essayiste et comédien (1914-2005).

lorsque les enfants sont encore jeunes. Ensuite, ils vous envoient sur les roses avec des : « Ça va, j'ai plus trois ans ! » Peut-être un zoo et puis le grand dessin animé en vogue ? Ensuite une pizza ?

Thomas Verdier pénétra dans son bureau, interrompant ses spéculations. Hervé appréciait son comparse d'enquêtes. Verdier jouait à merveille le flic bas du front. Un gros plus vis-à-vis de certains délinquants ou criminels, ceux qui ne reconnaissent que la force. Le début de collaboration entre les deux hommes avait été parfois houleux. Verdier s'était formé sur le tas et l'arrivée d'un universitaire, plus gradé – surtout plus jeune que lui – lui était resté coincée dans la gorge quelque temps. Ledru n'ignorait pas que son partenaire l'avait trouvé un peu trop intello, pas un compliment dans son esprit. Au fil des dossiers, Thomas, qui n'avait rien du borné de service, avait admis que leurs deux approches se complétaient au poil. En dépit de ou grâce à leurs différences, ils s'acheminaient vers cet état de grand confort dans le cadre professionnel : le vieux couple. C'est parfois plan-plan et, pourtant, souvent efficace. Ils se donnaient la réplique face aux suspects sans même avoir à se concerter et saisissaient au vol les raisonnements de l'autre, s'épargnant de longs discours.

Ledru lui fit part des certitudes de Louise au sujet des vidéos. Elles n'étonnèrent pas Verdier. Ils passèrent ensuite en revue leurs affaires en cours. S'y étalaient le plus souvent tout le sordide, la méchanceté et la stupidité humaines. Parfois, une escroquerie pleine d'inventivité leur tirait un sourire. Rare, le sourire. Ils revinrent sur ces deux sœurs qu'ils avaient mis près de deux ans à coincer.

Si dissemblables qu'Hervé avait obtenu du juge l'autorisation de prélèvements ADN pour vérifier leur lien de parenté. L'aînée, Lisa, petit pot à tabac aux cheveux bruns hérissés de gel, arborait fièrement des piercings de nez et de sourcils. Le genre bougon et taiseux à la mine renfrognée. La cadette, Virginie, grande liane blonde aux yeux bleus, avait un sourire si éclatant que le ton martial de Verdier avait pris des inflexions presque paternelles durant l'interrogatoire. Leur filouterie était bien rodée. La ravissante Virginie fondait en larmes dès qu'elle repérait une cible masculine isolée. Que fait un monsieur lorsqu'une très jeune femme, court vêtue, mignonne comme un cœur, sanglote dans le métro, sur un banc ou à la terrasse d'un café ? Il la console. Sous le charme, il écoute ses paroles heurtées, ses reniflements, lui tapotant la main, sans se rendre compte qu'une brune à la mine peu engageante se tient juste derrière. Une brune qui s'est beaucoup entraînée pour obtenir un doctorat ès pickpockets. Une fois la victime délestée, Virginie remerciait son sauveur et donnait un faux numéro de téléphone que le gars s'empressait d'enregistrer. Une ficelle aussi vieille que le monde mais qui fonctionne toujours aussi bien.

En amoureux de technicité, Hervé avait demandé à la jeune fille :

— Mais comment faites-vous pour pleurer à la demande ?

— À ce moment-là, je pense que je ne vais pas pouvoir terminer mon Master de physique, spécialisation laser et matériaux et que Lisa ne pourra pas ouvrir son cabinet de réflexologie. Effondrant, non ? Forcément, je craque, avait-elle expliqué les larmes aux yeux.

— Physique, laser et matériaux ?

— Oui, j'ai une licence en physique.

Verdier, qui finissait presque par trouver des excuses aux deux sœurs, enfin, surtout à Virginie, bougonna :

— Bon, d'un autre côté, si les mecs sont assez cons…

— Existent quand même des lois.

— Clair… mais je leur trouve plus d'excuses qu'aux 5 gonzesses qui s'attaquaient à des petites vieilles. Elles les coinçaient dans un hall d'immeuble et les tabassaient pour leur arracher leur sac à main. Une des vieilles dames est morte, tu te souviens ? Là, avec Virginie, c'est plus correct, plus… subtil, avec un petit côté élégance à la française, en quelque sorte. Elle y va au baratin. Si le type s'en rend compte, elle peut se manger une baffe ou un coup de poing.

— Ah… Virginie ? Vous en êtes aux prénoms, plaisanta Ledru. Quoi qu'il en soit, le juge tranchera. Au fait, pure curiosité, elles sont vraiment sœurs ?

— Ouais, l'ADN est formel : parents biologiques communs. Assez dingue, la génétique humaine, quand on y pense. À les voir, on ne les croirait même pas cousines.

— En effet. Bon, l'assassinat de Gérard Fournier, maintenant. *A priori*, nous en sommes à trois suspects. Le prétendu Sébastien Mercier, le non moins faux Éric Lemarchand, buté, et un troisième, le type baraqué qui marche en dedans et qu'on aperçoit sur les vidéos de surveillance de la banque en compagnie du premier.

— Nous avons aussi l'accroissement très suspect du patrimoine de Fournier en une dizaine d'années.

D'accord, ça gagne bien, pharmacien, et le type vivait comme un rat. Toutefois, pas loin de 5 millions d'euros répartis dans une dizaine de banques françaises ou étrangères et en lingots d'or planqués dans le rembourrage d'un canapé si cradingue que je ne voudrais pas que mon chat s'y allonge… Ça fait environ un demi-million d'économies par an. Rien à voir avec le bénéfice qu'il déclarait. Moi, je conclus : enrichissement incompréhensible d'un pharmacien égale trafic de médicaments ou de substances illicites.

— Ou les deux, renchérit Hervé Ledru. Que sait-on d'autre à son sujet ?

— Globalement, un sale type, aussi radin qu'un pou. Les autres pouvaient crever la gueule ouverte, il s'en cognait.

— La « peau de tétine » de Séverine Ancelin, sourit le capitaine.

— Et encore, ça me semble trop poli. La dame, qui n'a pas la langue dans sa poche, a évoqué une clientèle d'abord très féminine, puis un afflux d'hommes encore jeunes et pas du quartier qui assiégeait la pharmacie au point que les résidents allaient chez Mme Masson, sa consœur. Du coup, j'ai interrogé hier la pharmacienne en question.

— Et ?

— Ben, dans ce genre de profession, on ne se tire pas dans les pattes, même quand on n'en pense pas moins. Bref, la confraternité. Mme Masson a commencé par un discours rodé et bien guimauve sur le mode : « Quand même, quel choc une telle mort, et quelle perte pour notre profession. » Là, j'ai un peu soufflé sur son brushing parfait en lui balançant qu'un mec qui meurt de cette façon ne doit pas être parfaitement réglo. J'ai ajouté que si elle savait quelque chose mais le dissimulait, cela constituait une obstruction à la justice et peut-être même une complicité.

— Oh, toi, tu sais parler aux femmes, pouffa Ledru.

— Ouais, j'ai divorcé deux fois. Peut-être que je n'avais pas été assez clair avec mes ex, parce que dans le cas de la pharmacienne, ça a fonctionné au petit poil. Elle est devenue livide et m'a fait passer dans son bureau. Après un luxe de précautions oratoires : « Je ne sais pas trop », « Moi, ce que j'en dis », « Enfin, c'est la rumeur », « Je fais juste mon devoir de citoyenne », etc.

— … elle a fini par cracher le morceau ? compléta son partenaire.

— Exact, approuva Verdier. Constatant l'afflux d'une clientèle étrangère au quartier dans l'officine Fournier, sans oublier les cancans de Séverine, la pharmacienne a interrogé ses fournisseurs de principes actifs… bref, les ingrédients qui entrent dans la composition des préparations magistrales ou officinales. Ils n'étaient pas particulièrement sollicités par notre bon Gérard. Plutôt moins qu'avant, d'ailleurs. En d'autres termes, les « principes » auxquels Fournier avait recours ne font pas partie des circuits classiques de distribution, si on peut dire.

— Surtout que nous n'avons pas retrouvé de factures évocatrices dans la pharmacie. Pas de compta, ça implique des matières premières payées au black. Came ? interrogea Hervé.

— Encore plus juteux, selon Mme Masson. Enfin, elle a dit « lucratif ». D'autant qu'au début, la clientèle non résidente de Fournier était très féminine.

— Quoi ?

— Les pilules miracle amaigrissantes. Gros retour sur investissement. Selon elle, quelques médecins, en cheville avec des pharmaciens peu scrupuleux, se sont fait pincer dans le passé. On ne peut pas exclure que certains, plus malins, soient passés au travers. Des amphet', ça coupe la faim et ça file la pêche, des hormones thyroïdiennes, ça augmente le métabolisme, et une bonne dose de diurétiques, ça fait pisser. Du coup, tu as le sentiment d'avoir dégonflé. D'accord, tu risques le pépin cardiaque, mais tu rentres dans ton bikini.

— Chouette, moi qui désespérais de parvenir à le remettre, blagua Ledru.

Soudain sérieux, il plissa le front et pointa l'index vers son partenaire avant de déclarer :

— Attends… Bien sûr ! Tu te souviens de toutes les boîtes de Maïzena découvertes dans les placards de cuisine de Fournier, au-dessus de la pharmacie ? Non, il n'était pas intolérant au gluten ! Il coupait ses préparations « magistrales » avec. Ça commence à prendre un peu de sens.

— Ouais, farine ou talc, approuva Thomas dans un vigoureux hochement de tête.

Il repêcha un étui de chewing-gums dans la poche de sa veste et enfourna trois dragées d'un coup.

— Tu tiens ? s'enquit Ledru, conscient des efforts de son collègue et ami pour venir à bout de son tabagisme.

— Hum… sauf quand on me prend trop la tête. J'peux pas dire le contraire : je constate un mieux sur le souffle. D'un autre côté, parfois je songe que ça me ferait vraiment chier d'être buté en service alors que je m'acharne à arrêter la clope.

— Et pourquoi te ferais-tu buter en service ?

— Ben, je ne serais pas le premier. Tu t'occuperas de mon chat, hein ? Avec mes ex… la pauv' petite bête. Déjà que je l'ai récupéré à la SPA. Il a assez morflé comme ça !

— Parole, je te l'ai déjà dit, sourit Ledru, habitué des vacheries que réservait Thomas à ses deux anciennes femmes.

Hervé n'avait pas connu la première. En revanche, les fanfaronnades machos de Verdier lorsque la seconde l'avait plaquée prouvaient assez que le flic dur à cuire avait reçu une grosse claque. Verdier faisait partie de ces générations d'hommes à qui on a fourré dans le crâne que s'épancher constitue une preuve de faiblesse. Une erreur. On prend alors tout en pleine poire, sans possibilité de se confier, de relativiser, d'alléger un peu un sale moment. Hervé eut une pensée attendrie pour sa sœur aînée, Lucy, sa confidente, sa psy et sa coach en ce moment. Certains soirs, lorsqu'il se sentait glisser, lorsque le manque de son fils devenait trop pénible, lorsqu'il pensait à sa presque ex-femme, il l'appelait. Lucy lâchait tout pour écouter celui qui resterait toujours son petit frère. Elle lui remontait le moral, sans jamais tomber dans la mièvrerie ou la partialité. Oui, Noémie avait des torts, mais lui aussi. Thomas Verdier n'avait pas bénéficié de ce privilège, traversant ses galères dans un désert de solitude. Assez avec ça. Les affaires s'accumulaient à un tel rythme qu'ils enchaînaient les heures sup'. Il se leva de son fauteuil de bureau et proposa :

— Je nous offre un café ?

— Sympa, mais pas pour moi. Je connais des moyens moins douloureux de se suicider. Je trouve qu'il est encore plus dégueu depuis six mois. Pourtant, je pensais qu'on était au maximum.

Hervé Ledru se réinstalla quelques secondes plus tard. Le goût à la fois âcre et flotteux lui fit crisper les lèvres. Désireux lui aussi d'alléger leur humeur, il s'enquit :

— C'est quoi le moyen moins douloureux ?

— Le chocolat du même distributeur. Il est un peu moins pire.

— Moins caféiné aussi.

— Les gélules, ça existe. Ça évite de boire cette purge.

— Thomas, faut qu'on dégote le lien entre ces trois types et Mmes Thierry et Longin. Il en existe forcément un. Or, je mettrais ma main au feu qu'elles n'ont rien à se reprocher.

— Un macchabée de pharmacien dans leur boutique, c'est ce que j'appelle un gros lien bien tangible !

— Récapitulons…

— Ça fait vingt fois qu'on récapitule, observa son partenaire.

— Eh bien, en route pour une vingt et une nième ! Pharmacien très louche égorgé dans le magasin de fleurs de Louise et Chloé, *a priori* innocentes comme l'agnelle toutes deux. L'officine de Fournier est située à cent mètres de ladite boutique. Un Sébastien Mercier se fait engager quelques mois auparavant par Louise. Le mec se sert d'un alias et baratine à en perdre haleine, donc pas franc du col dès le début. Chloé est approchée par un bellâtre qui se présente à son cabinet prétextant une urgence bidon.

— Éric Lemarchand.

— Juste. Lemarchand, en parfait psychopathe, collectionnait les dents arrachées, sans doute de ses victimes, massivement masculines. Selon moi, rien à voir avec une homosexualité refoulée ou autre. Je dirais un homme de main et les plus prisés présentent souvent de lourdes tendances sadiques. Comment joindre l'utile – le fric – et l'agréable – l'assouvissement de leurs penchants. Il se fait dézinguer, façon exécution. Il partageait l'ordinateur de sa chambre d'hôtel avec le sieur Mercier. Pour chaque meurtre, on dépose un bijou dans le dos du cadavre avec l'initiale de Louise – son pendentif égaré ou plus sûrement volé – ou de Chloé. Dans ce cas, le meurtrier est allé jusqu'à l'acheter.

— Pour attirer les soupçons sur elles.

— Deux fois de suite, avec le même mode opératoire ? Avoue que le plus bouché des flics aurait trouvé cela très gros, d'autant que Chloé affirme qu'elle n'a jamais possédé un tel bijou… je la crois. Or, nous ne sommes pas bouchés. Pour leur foutre une trouille bleue, peut-être ? Réussi, d'ailleurs.

— Pourquoi ? s'enquit Verdier en crachant avec délicatesse son chewing-gum mâchouillé dans un vieux mouchoir en papier.

— L'explication classique est souvent la bonne : elles ont vu ou entendu un truc, sans comprendre son importance. Une importance vitale pour les tueurs.

— Bof… en ce cas, pourquoi ne pas les buter à leur tour ? C'est plus simple. Silence garanti. Or, *a priori*, il n'y a pas eu de tentative dans ce sens.

— T'as pas tort, là. Merde, quelle mélasse, ce truc ! On ne sait pas par quel côté le prendre.

La sonnerie assez lugubre de son téléphone retentit. Il déchiffra le numéro et annonça :

— Chloé…

Un petit sourire amusé de Verdier lui fit rectifier :

— Euh… Mme Thierry.

— Ouais, je la trouve assez canon, moi aussi. Mais je préfère Louise, meilleur caractère, je pense. Remarque, faut que je me méfie, avec mes erreurs de jugement passées. Je veux dire : si on a tant de mal à comprendre les femmes… ben, c'est quand même qu'elles sont incompréhensibles, non ?

Hervé lui intima le silence d'un geste et prit l'appel en s'efforçant de conserver un ton plat et professionnel.

Le débit ultra rapide de la dentiste l'avertit aussitôt que quelque chose venait de survenir. Pas une bonne nouvelle. Il dut l'interrompre à plusieurs reprises. Chloé, décidée après moult hésitations, lui narra le cambriolage qui n'en était pas un. Même les hommes fins ne comprennent pas toujours que mieux vaut éluder certains détails dans les situations extrêmes. Aussi mit-il les pieds dans le plat avec une virile énergie :

— Vous n'avez pas fait changer le code de l'alarme… ni les serrures… rien ?

Un hurlement lui répondit :

— NOOON ! Ça va pas recommencer, hein ? Déjà qu'on s'est tapé les remontrances de Séverine !

— Une femme de grand bon sens.

— Si vous devez persifler de la sorte, je raccroche, rétorqua Chloé, fielleuse.

— Attendez, vous avez découvert cela en arrivant, non ? Il y a donc plusieurs heures. Et vous ne pouviez pas m'avertir plus tôt, par téléphone ou SMS ?

La voix beaucoup moins assurée de la dentiste trébucha :

— D'abord… c'est long de taper, et ensuite… on voulait un peu réfléchir, au calme… enfin, façon de parler. (S'énervant à nouveau, elle vitupéra :) Et puis cessez avec vos reproches, c'est dingue, quand même ! Je ne peux pas ouvrir la bouche, ou la fermer, sans que vous trouviez à redire. C'est facile d'y aller de la meilleure solution lorsqu'on est installé dans son fauteuil de bureau et surtout après les faits ! Vous faites quand même preuve d'une promptitude dans le jugement – négatif – assez déplorable et peu psychologique.

Hervé Ledru s'admonesta : rester calme.

— D'accord. Reprenons. Oublions le délai avant information et le non-changement des codes et serrures. Donc, rien n'a été volé, mais certaines… cachettes possibles ont été retournées. J'espère que vous n'avez pas trop tripoté à droite et à gauche ! J'envoie l'IJ.

Un autre rugissement, celui de la femme, par ailleurs civilisée et d'un robuste savoir-vivre, qui décide soudain que trop, c'est vraiment trop :

— Parce que vous pensez sérieusement, qu'alors qu'ils n'ont abandonné aucun indice sur une scène de crime, là, brusquement, ils auraient tartiné leurs empreintes un peu partout pour nous rendre service ?

— Chloé, Chloé, respirez… temporisa Ledru.

— Ça va, la méditation, la bougie, la dent, je pratique ! Mais bon, là, y a abus ! Là, nous sommes dans l'outrance, l'exagération ! Ces types me gavent !

— Gavage partagé. Sérions les problèmes, d'accord ? demanda-t-il d'une voix apaisante. Quelles sortes de cachettes… ça pourrait nous indiquer ce qu'ils…

Chloé, dont les nerfs lâchaient à la vitesse de l'éclair, l'interrompit et feula :

— Vous nous prenez vraiment pour des cruches et demie par tête de nana ? Nous avons déjà joué aux Hercule Poirot et Sherlock, en compagnie de Séverine, d'ailleurs. *A priori*, l'objet convoité serait un truc plat, un papier ou une puce électronique, ce genre.

— Et vous n'avez aucune idée de sa nature exacte ?

— Non, ça fait deux heures qu'on se triture les méninges. Là, on en a marre et on rentre. Et non, non, non, on n'attend pas l'IJ. Je répète et souligne, on en a ras la frange ! On va se poivrer le pif avec un bon pinard en compagnie de Victor et d'Hubert. Mon grand-père met au point une recette d'enchiladas au bœuf, sans gluten.

— J'aime beaucoup la cuisine mexicaine. Détendez-vous et restez prudentes. Je passerai demain après-midi au magasin. Si une idée de génie vous vient au sujet du « truc », vous pouvez m'appeler à n'importe quelle heure.

Il raccrocha et tenta de maîtriser l'involontaire sourire qui étirait ses lèvres. Sans grand succès. Verdier ne fut pas dupe mais n'en laissa rien paraître. Si son supérieur mais néanmoins bon pote tombait un peu amoureux, cela aiderait l'amère pilule d'un divorce à passer. Il en savait quelque chose et encore, lui, n'avait pas eu d'enfants. Il s'enquit :

— On a encore des affaires à passer en revue ?

— Si je ressors tous les dossiers, oui, on y passe la nuit entière.

— Bon, ben, tu les sors pas. À chaque jour suffit sa peine. Je termine quelques petits trucs et je me rentre, précisa le lieutenant en se levant.

« Les mémoires excellentes se joignent
volontiers aux jugements débiles[1]. »

Ah, cher, bien cher Michel de Montaigne[2],
vous lire et relire ne lasse jamais. Votre « volontiers »
me soulage (un peu). Ayant une mémoire d'éléphant,
j'aurais été fort marrie que l'adverbe manquât.
Si je puis, la prochaine fois pourriez-vous envisager
un « parfois », en place du « volontiers ». Non ? Tant pis.

Un peu plus tard…

Chloé avait hésité une seconde. Puis, elle avait renoncé à inviter Hervé Ledru à partager leur dîner. 1) Victor, grand sentimental devant l'Éternel, allait aussitôt s'imaginer une romance bourgeonnante. 2) Ne pas oublier qu'Hervé Ledru était flic et on ne sait jamais quand ces gens-là réintègrent le civil, c'est-à-dire cessent de soupçonner tout le monde et son cousin. 3) Si Victor – qui n'avait guère besoin d'encouragement – se lâchait,

1. Dans *Essais, I, 9, Des Menteurs*. « Débile » dans le sens de faible, qui manque de forces, de vigueur.

2. 1533-1592.

conforté par la présence d'Hubert, ça pouvait vite décoiffer. Plus leurs théories étaient nébuleuses et échevelées, plus ils pataugeaient dedans avec délectation. Or, elle en était maintenant convaincue : Ledru appartenait à la catégorie des psychorigides bienveillants. Les trois hommes partageaient le perfectionnisme et l'obstination. Néanmoins, l'imagination débridée et iconoclaste de Victor et d'Hubert semblait peu miscible avec le respect de la logique et de la rigueur intellectuelle que semblait prôner le flic. Bref, on risquait d'aller très vite au clash. Pas le moment. Elle voulait avant tout se vider un peu la tête en compagnie de gens gentils, aimants, joyeux et pas soupçonneux. Et puis, malgré son état marital, elle aimait bien Hervé Ledru. Vraiment… vraiment bien. Si son grand-père et son presque frère se lâchaient et tissaient autour de lui – matheux posé et raisonnable – une toile d'arguments, contre-arguments, abductions[1] et inductions[2], sans oublier quelques délires, elle devrait lui fournir une pleine boîte d'aspirine à l'issue du dîner. Il ne méritait pas cela. Après deux ou trois verres de vin, suivre le raisonnement de Victor et d'Hubert s'apparentait à de l'escalade en tongs et yeux bandés, puisqu'une chose et son contraire, voire l'inverse, devenaient égales. D'autant qu'à la fin du débat, après épuisement nerveux de la partie adverse, ils concluaient invariablement par : « Bon, en réalité, j'en sais rien. Mais, c'était fun cette discussion, non ? »

---

1. Raisonnement intuitif qui supprime les solutions improbables.
2. Raisonnement qui consiste à chercher une loi générale à partir de faits particuliers.

Autre décision et non des moindres, Louise avait convaincu son amie de passer sous silence « l'inspection » du terrarium par leur pseudo-cambrioleur, éventuellement au pluriel. Hubert allait très mal prendre le fait que ses chouchous aient été perturbés et qu'on les ait privés de leur branche morte. En effet, Louise et Chloé avaient refusé de soulever le couvercle pour la remettre en place.

Les enchiladas furent un délice, à cela près qu'ils durent les déguster à la cuiller à soupe, les tortillas sans gluten partant en morceaux. Assez agacé, mais toujours chimiste dans l'âme, Victor commenta :

— Au Mexique, les tortillas sont en général uniquement à base de maïs, sans gluten donc. Certes, mon tour de main n'est sans doute pas au point. Et puis, le gluten, il n'y a rien de mieux pour l'élasticité et l'étirabilité. Réfléchir, réfléchir… bougonna-t-il. Qu'est-ce qui pourrait faire colle ? Une gomme alimentaire. Je vois guar, caroube ou xanthane. Arabique, peut-être ? Fécule de pomme de terre…

Imaginant la suite avec une certaine appréhension, Chloé mit les pieds dans le plat. Très répétitif, le plat :

— Victor, tu ne nous prépares pas des enchiladas chaque jour pour expérimenter la palette des combinaisons de gommes, nous sommes bien d'accord ?

— C'est bon, pourtant, se défendit son grand-père.

— Certes, mais pas matin, midi et soir. Le café croissant, c'est chouette aussi.

Un large sourire éclaira le beau visage ridé de Victor :

— Ah mais, bien sûr ! Que tu es futée. Normal, pour ma petite-fille. Des croissants sans gluten, CQFD !

Hubert, que la composition des mets intéressait très moyennement, tant qu'on n'abattait pas des troupeaux d'insectes, changea de sujet. Scrutant les deux femmes, il suggéra :

— L'hypnose. Normalement, plongées dans un état hypnotique, vous devriez vous souvenir de ce que vous avez jeté dans la corbeille à papier, jusqu'au dernier élastique. Je connais une femme complètement géniale, aux antipodes de la logique corsetée…

Louise, ses dernières résistances laminées par deux verres de vin, le coupa :

— Non, Hubert, c'est sympa, mais non. Je ne testerai pas non plus les champignons hallucinogènes.

Très sérieux, il rétorqua :

— C'est ringard, ça, et en plus, ça ne marche pas dans ce genre de cas.

Chloé voyait se préciser une prise de tête d'énorme amplitude. Hubert ne lâchait jamais le morceau, au point qu'on finissait par lui céder afin d'avoir la paix. Or, ses plans se révélaient le plus souvent foireux, pour ne pas dire calamiteux. Celui de la « femme aux antipodes de la logique corsetée » ne dérogerait pas à la règle. Désireuse de lui offrir un dérivatif et de le pousser vers un autre sujet de conservation, elle s'enquit :

— Et comment va ta… collaboratrice, Zhu ?

Gagné. Il rougit jusqu'à la racine des cheveux et plongea le regard vers son assiette !

— Ça va. Elle est à Berlin… quelques jours de formation. Du coup, je viendrai sans doute changer mes pensionnaires demain. Ils sont cool, non ?

Chloé lança un regard appuyé à Louise qui hocha la tête en signe de dénégation et leva les yeux au ciel. Le message, aussi clair que s'il avait été tracé noir sur blanc, signifiait : « C'est pas le moment d'exiger qu'il reprenne les *Elaphes* demain. On y est encore à l'aube ! On verra ça plus tard. »

Pas faux. Elles avaient d'autres priorités. Aussi la dentiste s'extasia-t-elle, alors qu'elle sentait les petits cheveux de sa nuque se hérisser dès qu'elle posait les yeux sur le terrarium :

— Super cool, et puis, c'est vrai que ça offre de la compagnie. Ça nous manquait depuis que Le Minou n'accompagne plus Louise. Et, au moins, eux ne perdent pas de poils.

Il ne perçut pas le sarcasme et approuva d'un grand sourire :

— Je te l'avais dit. C'est dingue ce qu'on méconnaît et mésestime ces animaux, surtout les *Elaphes*, d'ailleurs.

— Ne m'en parle pas, j'en suis ébahie ! Tu as fait deux nouvelles adeptes, renchérit Chloé, faux-cul.

Hubert avait oublié l'hypnose et la femme décorsetée.

En parlant de Le Minou, la vie de celui-ci avait pris une tournure qui lui seyait fort. 1) D'abord, il n'était pas séparé de Louise. 2) Victor se révélait beaucoup plus physique que sa maîtresse et les promenades duraient plus longtemps, à un rythme très soutenu. Le Minou ne comprendrait jamais pourquoi les humains ne possédaient que deux pattes. On va quand même plus vite sur quatre et on tombe moins souvent. Surtout, les étranges artefacts que les humaines passaient souvent à leurs pieds le sidéraient et même le consternaient. Comment peut-on espérer maintenir une bonne assiette juchée sur deux petits pieux qui décollent les talons à dix centimètres du sol, hein ? 3) Victor était dépourvu de ce côté rapiat à l'égard des gâteries. Puisqu'il cuisinait beaucoup, Le Minou s'était improvisé goûteur. Certes, les gnocchis au quinoa et autres tagliatelles de courgette le laissaient de marbre. En revanche, le terre-neuve voulait bien se sacrifier pour tester ce que le vieux monsieur préparait à base de viande, de poisson ou de fromage. Lorsque sa maîtresse chérie lui offrait un biscuit pour chien (très équilibré, toutefois moins savoureux qu'une crêpe-dentelle, avouons-le), elle avait le sentiment de commettre un écart. 4) Même s'il l'ignorait, Le Minou aurait exécré *obsoleta* et *carinata*. Une guerre larvée aurait couvé. Le chien aurait plaqué la truffe sur le terrarium en grondant non stop. Mauvais pour la santé mentale des trois protagonistes, à quatre pattes ou sans. En bref, sa nouvelle vie lui plaisait beaucoup.

Louise, certaine que Victor respectait ses consignes (longues comme le bras) de rigueur alimentaire à l'usage de son *canis lupus familiaris*, s'étonnait un peu de la placidité de Le Minou au cours des repas. Il ne lui lançait plus ces longs regards désespérés de cabot qui tente de culpabiliser l'humaine pour obtenir une douceur. Sans doute le grand-père de Chloé faisait-il preuve de davantage de fermeté qu'elle, songeait-elle, assez admirative.

La soirée s'écoula, paisible et tendre. Louise avait trop bu et une légère migraine lui enserrait les tempes. Elle s'excusa et fila dans sa chambre. Elle farfouilla dans son sac capharnaüm et tira la boîte. Elle plongea l'index. Mince, elle était à court d'aspirine. Agacée, elle jeta la boîte dans la petite poubelle de sa salle de bains et rejoignit les autres qui débarrassaient.

— Je crois que deux cachets d'aspirine ne seront pas du luxe. Je n'en ai plus.

Son amie les lui offrit et commenta :

— Je vais peut-être me gober un petit paracétamol en préventif. Allez, dors bien, ma belle. Ainsi que le proclamait Scarlett O'Hara : demain est un autre jour !

« L'homme sensible comme moi, tout entier à ce qu'on lui objecte, perd la tête et ne se retrouve qu'au bas de l'escalier. »

Eh bien, oui, mon cher Denis (Diderot[1]), on peut avoir été encyclopédiste, écrivain et philosophe et être atteint de cet esprit de l'escalier dont vous forgeâtes l'appellation.

Au même moment…

Hervé Ledru récupéra sa commande chez Boon-Mee. Le restaurateur ne faisait traiteur à emporter que pour ses bons clients et surtout pour ses amis, au nombre desquels il comptait le capitaine. Ce dernier aurait bien dégusté une enchilada. Néanmoins, il n'y avait pas de restau mexicain dans le coin. Il avait envie de rentrer, de décapsuler une bière, et de s'échouer devant une série, les pieds sur la table basse. Hervé avait développé une grosse affection pour les séries polar US : tout s'y déroule comme sur des roulettes, on ne s'ennuie pas une seconde. Surtout, en cinquante-deux minutes, le méchant est arrêté et justice

1. 1713 - 1784.

est faite. Largement de la science-fiction, selon lui, mais ça détendait.

Il réintégra son deux pièces, un agréable meublé du 13e, qu'il louait depuis sa séparation. L'absence totale de personnalisation du lieu lui convenait. Rien de lui ne traînait entre ces murs, pas un tapis, une gravure, un objet, hormis des DVD, quelques livres, des vêtements et affaires de toilette. Il avait ainsi l'impression de n'être qu'en transit, dans un hôtel. Il pouvait se rassurer en songeant que cet endroit, cette période n'était pas sa vraie vie, juste un intervalle. Aussi ne voulait-il pas « marquer ce territoire », parce qu'il ne souhaitait surtout pas se l'approprier.

Il passa son pyjama, réchauffa les plats thaïs et s'installa sur le canapé gris. Il dériva ensuite dans ses pensées. Maxime, Noémie et Chloé. Maxime, Chloé, Noémie. Sa sœur Lucy avait raison. Les torts étaient partagés. Il avait choisi ce qui lui convenait, sans assez s'attarder sur la déception puis le ressentiment de sa femme. Maxime virait à l'obsession. Hervé commençait à se laisser gagner par une sourde appréhension. N'avait-il pas failli à son fils aussi ? Parce qu'une carrière très rémunératrice et intéressante, du moins quand on s'y intéressait, ne l'attirait plus, n'était-il pas l'artisan d'un divorce qui allait priver le petit garçon de la présence d'un père aimant ? Noémie n'avait rien d'une punaise revancharde. Elle était bien trop intelligente et équilibrée pour cela. De plus, le bonheur de Maxime restait sa priorité. Toutefois, jamais elle ne consentirait à une garde alternée avec le métier de dingue de son ex, surtout un ex redevenu célibataire. D'autant qu'aucun juge sain d'esprit ne l'accorderait.

Oui, mais si une autre femme partageait sa vie ? Depuis leur séparation, aucune n'avait passé l'étape : « Ouais, jolie fille, intelligente, sympa. » Jusqu'à sa rencontre avec Chloé. D'un autre côté, n'était-il pas en train d'instrumentaliser la dentiste pour récupérer son fils une année sur deux ? L'idée le choqua, d'autant que Chloé lui plaisait vraiment.

Assez, revenir sur terre. Il imagina la joie de Maxime devant sa pizza. Noémie avait développé un petit côté orthorexique depuis sa grossesse. Seul le Bio, si possible local, trouvait grâce à ses yeux. Elle rusait jour après jour pour réduire la part de ce qu'elle nommait la *junkfood* – pas mal de choses plus ou moins *junk* d'ailleurs – dans l'alimentation de Maxime. Une louable intention, sans doute justifiée, mais aussi un vœu pieux dans le cas du garçonnet. On ne fera jamais croire à un enfant que des brocolis à la vapeur sont plus goûteux qu'un hamburger-frites-mayo-ketchup, une pomme plus exaltante qu'une énorme glace à la vanille ou au chocolat. Étrange. Hervé ne se souvenait pas avoir désiré un enfant tant que cela. Bien sûr, on se marie, on a des enfants, on les aime et les élève au mieux. Pourtant, le petit bonhomme lui avait dévoré le cœur. Hervé n'imaginait plus sa vie sans Maxime. Cet autre être, si crucial, qui poussait avec la moitié de ses gènes, le bouleversait.

Il avala une gorgée de bière et resta bouche entrouverte.

La moitié de ses gènes…

Ouais, l'ADN est formel : parents biologiques communs…

Il existe forcément un lien…

L'électrochoc le ramena à ici et maintenant.

Il se rua sur le téléphone, appela Thomas et brailla :

— Les empreintes ADN, le meurtre de Fournier… où en sommes-nous ?

— Attends, là… j'étais en train d'ouvrir une boîte pour Mardi… mon chat.

— Je sais comment il se nomme, un prénom débile pour un chat !

— J'avais pas d'idée et je suis allé le chercher à la SPA, le jour du Mardi gras. J'ai regardé le calendrier et…

— Heureusement que ça n'est pas tombé le jour de l'Assomption ou des Rameaux !

Hervé entendit les miaulements vindicatifs du matou qui attendait sa bouffe. Il concéda :

— Allez, vas-y, nourris-le. J'attends.

Après quelques cliquettements, Thomas annonça :

— Ça y est, il s'empiffre en ronronnant. Recommence.

— Concernant le meurtre de Fournier, la scène de crime, on avait requis une commission rogatoire pour faire procéder à des analyses ADN… où en sommes-nous ?

— Le labo s'est retrouvé avec une multitude d'ADN. Du coup, ils ont stocké les prélèvements. Ça aurait coûté une blinde de tous les analyser, sans raison impérieuse. Le labo a réalisé l'empreinte ADN de Fournier, bien sûr. Celles de Louise, de Chloé et même du frère, Hubert, à fin d'exclusion. Je pense qu'ils n'ont pas poussé beaucoup plus loin. En revanche, ils ont exploité davantage les empreintes digitales. Ça coûte moins cher. La thune est comptée partout, t'es au courant, j'espère, ironisa le flic.

— Hum… ben, il faut creuser davantage.

— T'as une idée ?

— Je n'en suis pas certain. Plutôt un instinct. Tu peux téléphoner à Hernandez ?

Le Dr Nita Hernandez avait été nommée à la tête de leur labo d'analyses génétiques quatre ans plus tôt. Très compétente, redoutablement intelligente, la belle femme brune avait réorganisé le service à la satisfaction de tous, introduisant les techniques les plus pointues. À part cela, en scientifique de talent, cette divorcée de trente-cinq ans ne se laissait pas marcher sur les pieds.

La réponse de Verdier ne se fit pas attendre :

— Non ! Alors, c'est non et non !

— Hein ?

— Elle me déteste.

— Pourquoi ?

— Elle m'a balancé que j'étais un crypto-macho et qu'après son mari, deux ça faisait trop pour la même nana.

— Seulement crypto ? Une femme indulgente, quoi ?

Vexé, Thomas commenta :

— Trop rigolo ! Elle a ajouté que puisque je les portais en bandoulière, je pouvais aussi me les accrocher en sautoir pour vérifier si ça remplaçait les castagnettes. J'ai beau être flic, j'ai trouvé ça grossier de la part d'une femme, même d'une scientifique.

Il attendit un peu de compassion masculine de la part d'Hervé. Face au silence, il crut bon d'ajouter :

— Elle parlait de mes cou…

— Merci, j'avais compris.

— En plus, c'est même pas vrai… se plaignit l'autre d'un ton boudeur. Non, je te le dis : les gonzesses sont incompréhensibles, pas la peine d'aller chercher midi à quatorze heures ! Quoi qu'il en soit, tu t'y colles parce que moi, je ne l'appelle pas. Je préfère demander audience à… Torquemada.

— Un peu abusif, peut-être, pouffa Hervé.

Il raccrocha et jeta un regard à sa montre. Pas loin de 21 heures. À tous les coups, le Dr Hernandez traînait encore dans ses labos.

Il lança la composition de son numéro avec un petit pincement de cœur. De fait, la dame avait du caractère.

Un « Allô » grave (traduire d'ancienne fumeuse, et même clopeuse) et peu amène lui répondit.

— Comment vas-tu, Nita ? Je ne te dérange pas ?

— Bien. Pas vraiment mais quand même un peu. Et ?

— Déjà, je voulais prendre des nouvelles, s'embourba-t-il.

— Comme ça, à 21 heures ? Ravie d'être au centre de tes préoccupations, ironisa-t-elle.

Hervé Ledru se raccrocha aux branches :

— Tu sais, je déplore souvent le manque d'interactivité humaine entre nos différents services. Enfin, je veux dire, il faudrait qu'on se parle plus souvent, qu'on déjeune parfois ensemble, et…

— Tu as besoin de quoi au juste, Hervé ? Parce que je n'ai pas trop de temps à perdre. Chaque fois que l'un d'entre vous m'a invitée au restau, la demande de faveur a précédé le dessert. Certains y sont même allés au charme. Pour mémoire, les hommes mariés, j'ai donné. Quant aux presque divorcés, je ne fais pas consolatrice.

En d'autres termes, si, des fois, ton but consistait à faire passer ton affaire en haut de ma pile, la réponse est non. Tu n'es pas le seul dans l'urgence. Je suis sympa : je t'évite le prix d'un déjeuner.

— Ha, ha, un tempérament de fière Andalouse ! tenta-t-il de la flatter.

Encore raté.

— Ma mère est bretonne et la famille de mon père originaire d'Orense, en Galice, à l'opposé de l'Andalousie.

Il commençait à perdre pied lorsqu'une idée brillante s'imposa à lui. Enfin. Faire vibrer la corde sensible et adopter un profil bas.

— Bon, d'accord, je m'y suis pris comme un pied. Là, Nita, deux femmes sont menacées.

Il l'entendit soupirer. Puis :

— Gaffe avec les bobards, Ledru. On me roule dans la farine une fois, pas deux, et j'ai la revanche tenace. C'est quoi cette histoire ? Fais court.

Il résuma l'affaire jusqu'au récent cambriolage, sans vraiment mentir quoique chargeant la dose d'alarmisme.

— Pour conclure, à mon avis, elles ont vu, entendu, reçu un truc qui met leur vie en danger. Il faut qu'on coince ce ou ces mecs.

— Tu veux quoi, au juste ?

— Il existe beaucoup trop de coïncidences pour que ce ne soit… que des coïncidences. Hormis l'ADN des deux femmes…

— On a les empreintes. Il y avait quatre ADN majoritaires qu'on a conservés à fin d'exclusion, le cas échéant. Nous avons identifié celui de Mme Longin, Mme Thierry, M. Longin Hubert par comparaison avec leurs prélèvements. En restait un quatrième, un homme, sans doute le vendeur, un certain Sébastien Mercier, sans certitude puisque nous n'avons pas de prélèvement volontaire de sa part. En tout cas, son ADN n'était pas enregistré dans notre banque de données. Bien sûr, nous avons pu vérifier celui de la victime, Gérard Fournier.

— Je sais. Pourrais-tu comparer les ADN entre eux ?

— Tous ?

— Heu… ben oui… enfin, presque tous, murmura-t-il.

— Tu te rends compte du boulot ? Il s'agit d'une boutique ! Ça signifie plein de clients.

— Oui, mais deux femmes… plaida-t-il, aussitôt interrompu.

— Ça va ! J'ai compris. Allez, salut. On s'y colle au plus vite.

— Tu me tiens au courant dès que tu as quelque chose ?

— Minute par minute, balança-t-elle, faussement hargneuse. Ça ne se fait pas en soufflant dessus, figure-toi !

« Tout ce qui est susceptible de mal tourner,
tournera nécessairement mal. »

Allons, allons, cher Edward (Aloysius Murphy Jr. [1]),
le pire n'est jamais certain. Si ? Il est vrai que la vie réserve
parfois de vraies vacheries.

Le lendemain matin…

Le cœur de Chloé dérapa lorsqu'elle déchiffra à l'écran le nom de son premier patient. Ses paumes devinrent moites et sa gorge se dessécha. Ah non, pas l'adorable M. Marsennet !

Jean Marsennet, maroquinier de luxe, la belle soixantaine, était l'homme le plus courtois, le plus aimable dont puisse rêver une dentiste. Néanmoins, Chloé aurait volontiers mis des cierges dans toutes les églises du quartier pour qu'il change de praticienne. En effet, M. Marsennet souffrait de stomatophobie. Celle-ci est

---

1. Ingénieur en aérospatiale américain (1918-1990). Ce monsieur, par ailleurs très sérieux, nous a laissé la fameuse loi de Murphy, qui se décline de maintes façons, dont la loi de l'emmerdement maximum.

beaucoup plus fréquente qu'on ne le croit, notamment parce que ses victimes en éprouvent de la honte et la dissimulent. Il ne s'agit pas de l'appréhension bénigne et passagère qui saisit nombre d'entre nous au moment de s'allonger sur le fauteuil, mais bien d'une terreur panique. Il en résulte souvent des situations dentaires catastrophiques. En effet, ces sujets préfèrent souffrir le martyre que de faire soigner une carie. Tel était l'état de la bouche de M. Marsennet lorsque Chloé, dans un grand moment d'autocongratulation (et ça mérite une récompense, non ?) avait poussé la porte de son atelier quelques années plus tôt. Elle allait s'offrir un sac Marsennet, des sacs mondialement réputés pour leur classicisme inventif et chic, avec compagnon assorti, une folie mais un vieux rêve. Elle avait bien remarqué sa façon très particulière de parler, en desserrant à peine les lèvres, tête baissée, une caractéristique qu'elle associait à une grande timidité, ou à des dents en mauvais état. M. Marsennet avait de jolis moyens financiers. Il ne pouvait donc s'agir de la seconde hypothèse. Ben, si ! Pendant qu'elle choisissait sa peausserie, puis sa teinte – et, étant donné le prix de l'accessoire, mieux valait réfléchir et ne pas se rater –, ils avaient papoté. Un grand blanc avait suivi l'annonce de sa profession alors qu'elle hésitait entre un aubergine et l'indémodable marron glacé. Elle avait détaillé le petit monsieur soigné de sa personne. Livide jusqu'aux lèvres, ses joues tremblaient de trouille.

— Den… den… tiste, di… dites-vous ?

Enfin quoi, elle ne venait pas d'annoncer qu'elle était activiste anti-cuir ou inspectrice du fisc !

— Je… j'éprouve une sorte de… disons… légère angoisse chez le… dentiste.

Plat euphémisme si elle en jugeait pas la sueur qui dégoulinait soudain de son front. D'un ton maternel mais pro tant le petit monsieur semblait gentil et lui faisait de la peine, elle avait expliqué :

— Certains conservent de mauvais souvenirs d'enfance. Mais les techniques ont terriblement évolué. Face à ce genre… d'appréhension, nous n'hésitons pas à réaliser une anesthésie locale, même lorsque le soin n'engendre pas de douleurs. C'est préférable à une extraction intégrale des dents.

Elle crut qu'il allait fondre en larmes lorsqu'il balbutia :

— Oh, docteur, si vous saviez… J'ai des dents horribles. C'est un cauchemar. Et j'ai honte. Enfin quoi, je n'ai plus cinq ans ! En plus, ça a gâché et ça continue à gâcher ma vie sentimentale… forcément, les femmes aiment les belles dents… Et vous… vous pratiquez cela, l'anesthésie locale ?

— Dans certains cas, en effet. Si ça permet de sauver les dents du patient.

— Et totale ?

— Non, là, il faut avoir recours à un anesthésiste, en service hospitalier, une procédure plus lourde.

— Mais quand même une… grosse, très grosse, anesthésie locale, n'est-ce pas ?

— Vous aurez le sentiment de ne plus avoir de mâchoires, ni de lèvres durant quatre à six heures. D'ailleurs, interdiction de manger durant cette période. Vous pourriez vous mordre la langue sans vous en rendre compte.

Il avait joint ses belles mains manucurées et répété, extatique :

— Plus de mâchoires. Quel miracle !

— De plus, je pratique une forme de… méditation particulière. La pleine conscience des molaires. Ça détend patient et praticien.

Manque de bol, M. Marsennet était donc devenu un fidèle de son agenda. D'un autre côté, elle avait obtenu une ristourne de 15 % sur le sac et aucune femme saine d'esprit ne l'aurait refusée… Hormis une sainte, mais elles n'achetaient pas de Marsennet. De fait, il y avait du boulot dans la cavité buccale du maroquinier de luxe.

Elle se demanda ce qu'il lui offrirait aujourd'hui : un bouquet de fleurs, une bouteille de champagne, un livre. Le but de Jean Marsennet était toujours le même : l'attendrir. D'un ton penaud, il suggérait ensuite :

— Peut-être pouvons-nous remettre ce rendez-vous ? Vous semblez pressée et fatiguée. Je comprends tout à fait… hein ?

— Du tout ! Je suis à vous. Allez, on s'allonge.

Il ne dérogea pas à sa routine et lui tendit un paquet enrubanné en précisant :

— Je garde un listing précis de mes clients, avec un morceau de peau correspondant à leur choix. En cas d'anse ou de bride abîmée.

Elle découvrit un très joli porte-clefs, exactement de la même teinte que son sac.

— C'est trop aimable, monsieur Marsennet, j'apprécie beaucoup. Il est magnifique. Sobre, mais assez volumineux pour qu'on le trouve sans difficulté. À part cela, je ne suis pas du tout en retard. On y va ? L'anesthésique est prêt.

Il s'allongea avec moins de réticences qu'à l'accoutumée, sembla-t-il à Chloé.

— J'ai rencontré quelqu'un, docteur. Une femme très bien, belle comme un cœur, une veuve un peu plus jeune que moi. Je suis… chamboulé… pas d'autre mot. Si : heureux ! Je pense… enfin, j'espère que nous nous acheminons vers un mariage. Accepteriez-vous d'être mon témoin parce que… je vous dois ce bonheur.

Chloé s'étonna de l'émotion que provoquait sa requête. Mince, si on lui avait dit à la fac qu'en plus des bridges, elle raccommoderait les espoirs déçus des amoureux, elle ne l'aurait pas cru.

— Volontiers. Je suis honorée et vraiment contente pour vous. Ouvrez la bouche, s'il vous plaît.

— Je peux avoir un deuxième bavoir ?

Elle lui tendit la petite serviette en papier couleur pistache. À son habitude, il l'étala avec soin sur son visage pour ne pas voir les instruments approcher. Chloé commença à inspirer, expirer avec calme. La respiration de M. Marsennet s'apaisa.

— Les molaires ? chuinta-t-il au-dessus des bruits de succion de l'aspirateur à salive.

— Hum… hum…

— Je ne vous dérange pas… Je reste sage. Méditez en paix. Ça va, je ne sens ni ne vois rien. Je me concentre sur mon adorable fiancée…

« La chance ne sourit qu'aux esprits bien préparés. »

Cher Louis (Pasteur[1]), cet aphorisme
– cet axiome, même –
fut l'un des plus précieux que je lus.
Merci pour cela et tant d'autres choses.
De fait, à quoi sert la chance si on ne la voit pas ?

Un peu plus tard…

Louise s'en voulait de son intempérance. Un mal de crâne carabiné menaçait. Quelle idiote : elle aimait beaucoup le bon vin partagé en excellente compagnie. Cela étant, elle connaissait sa limite, limite explosée hier soir. Elle chercha en vain dans le vestiaire-salle de repos : plus d'aspirine. Re-idiote : pourquoi n'en avait-elle pas demandé à Victor avant de quitter l'appartement ? Elle ouvrit le tiroir fourre-tout sous la table de préparation des bouquets. Ah, chouette, une plaquette entamée. Manque de chance, il ne restait qu'un comprimé. Or, la pharmacie Fournier était fermée jusqu'à nouvel ordre,

1. 1822-1895.

bien sûr. Décidément, Gérard avait tout du sale type. Non seulement il leur pourrissait la vie, trempait dans des trafics très louches, mais en plus, il faisait faux bond à une pauvre migraineuse. Elle ne pouvait se rendre dans l'officine de Mme Masson, sauf à fermer le magasin. Séverine Ancelin lui faisait parfois de petites courses. Toujours là quand on avait le moins de besoin d'elle, bavardant à perdre haleine, elle n'était nulle part en vue ce matin. Quand c'est la poisse, c'est vraiment la poisse. Le son doux d'un glissement lui fit baisser le regard. Le déménagement du terrarium sous le comptoir la veille lui revint à l'esprit. *Obsoleta* s'étirait et levait son étrange mufle. Elle détaillait la femme avec une fixité assez suspecte. Les serpents devaient commencer à avoir faim. Hubert avait promis de passer. Pourvu qu'il n'oublie pas. L'idée de se trouver seule avec deux constrictors affamés qui risquaient de la confondre avec une très grosse souris ne la réjouissait guère, même séparée d'eux par les vitres épaisses. Un frisson incontrôlable lui parcourut le dos.

Elle tenait enfin son idée pour son arrangement de Noël. Bébés *omorika* ou *grandis*, hauts d'une trentaine de centimètres (ça tient sur une étagère de bibliothèque ou une table basse), chaque branche enrubannée de blanc ivoire ou de bleu céruléen, décorée de plumes légères naturelles de même couleur. Ça changeait des éternelles boules, lesquelles viraient au cauchemar si le client avait un chat. D'un geste mécanique, elle jeta la plaquette vide dans la corbeille à papier. Et… Et soudain, la scène lui revint.

Deux ou trois jours avant la découverte du cadavre de Gérard Fournier dans leur boutique…

Le temps changeait. Louise avait toujours subi de violentes migraines barométriques. Elle savait que l'unique moyen d'enrayer la crise dans son cas consistait à prendre de l'aspirine dès son début. Elle ouvrit la double porte vitrée et désactiva l'alarme. Le Minou se précipita dans la boutique, ce qui permit à Louise de refermer derrière lui.

Elle fila au pas de charge jusqu'à la pharmacie Fournier et y pénétra. Une femme un peu ronde réglait ses achats, renfermés dans un sachet blanc. Un détail l'étonna mais elle le négligea. Peu de gens payaient encore une somme de 170 € en liquide dans une officine. Le pharmacien salua sa cliente sur un sourire et murmura :

— On se revoit dans quinze jours. Ce sera prêt. (Il se tourna vers Louise :) Madame… ah mais c'est notre artiste florale, n'est-ce pas ! Je vous vois peu et m'en réjouis, ça prouve que vous êtes en bonne santé. Toutefois, je suis physionomiste. Comment allez-vous ?

— Un début de migraine. Je n'ai plus d'aspirine. En 500 mg, s'il vous plaît.

— Tout de suite.

Louise éprouvait une sorte de vague antipathie pour le pharmacien. L'homme long et maigre avait cette manie de se pencher comme s'il allait s'affaler sur vous. Son sourire en plis sentait l'hypocrisie à vingt pas. À part cela, il était parfaitement quelconque. Le sang commençait à cogner contre les tempes de la fleuriste, sa vision se troublait un peu et un début de nausée remontait dans sa gorge. « Mais grouille-toi ! File-moi l'aspirine. Si la crise s'installe, j'en ai pour deux ou trois jours. Magne-toi, te dis-je ! » songeait-elle, exaspérée.

Un homme, grand et assez lourd, portant un feutre et un pardessus bleu marine, la frôla et fila vers la réserve. Sans doute le vendeur. Elle ne vit pas son visage, ni ses épais sourcils broussailleux. Tout à son affolement de ne pas traiter les prémices d'une grosse migraine à temps, elle ne s'étonna pas du soudain changement d'attitude du pharmacien. Sa vilaine peau sèche avait viré au gris de cendres. Sa pomme d'Adam montait et redescendait le long de son cou maigre, qui évoquait celui d'un poulet (de batterie). Il frottait convulsivement ses paumes l'une contre l'autre.

— De l'aspirine, donc… rien d'autre ? balbutia-t-il.

— Non, merci. Vite, parce que ça va empirer. Merci.

Il récupéra une boîte sur l'une des étagères derrière son dos. Elle brandit un billet de 10 €. Elle le vit se courber et plonger sous le comptoir.

— Merci… je n'ai pas besoin d'un sac, précisa-t-elle, en tentant de contrôler son débit.

Des froissements de papier, un panier qu'on tirait, un remue-ménage. Quel abruti ! Fallait-il lui dire en chinois : « File-moi les cachets ! » Un hoquet désagréable ramena une salive âcre dans sa bouche. Tant pis, elle vomirait dans la pharmacie. Bien fait pour cette limace avec deux de tension !

Enfin, il lui tendit la boîte, sans sachet, et lui rendit la monnaie. Il murmura :

— Surtout, lisez bien les contre-indications. Les gens oublient souvent.

Elle l'écouta à peine et sortit en trombe. Vite un verre d'eau, deux comprimés. Le Minou tenta bien sûr d'obtenir un câlin (elle était partie depuis au moins cinq minutes, une éternité, presque de la maltraitance). Il se fit rabrouer, chose assez exceptionnelle pour qu'il n'insiste pas.

Retour au présent pas folichon…

Louise se redressa d'un mouvement. Le visage de fin du monde de Gérard Fournier, sa peau grise. Le vendeur, ou du moins l'avait-elle supposé. Un homme, grand et baraqué, portant un feutre et un pardessus bleu marine. Il l'avait frôlée avant de disparaître dans la réserve. Une vague réminiscence. Cette silhouette lui avait rappelé quelque chose. Toutefois, l'imminence d'une crise migraineuse l'obsédait.

Fournier qui bafouillait :

— Surtout, lisez bien les contre-indications. Les gens oublient souvent.

Crispée, elle avait songé : « Ça va, bonhomme, j'en prends depuis l'âge de douze ans. Non, je ne goberai pas toute la boîte et je n'ai pas mes règles ! »

La boîte !!! Fournier avait-il glissé « le truc » dans la boîte pendant qu'il fourrageait sous le comptoir, et tenté de le lui faire comprendre ? Ou alors, avait-il interverti ladite boîte contre une autre, déjà prête, et renfermant le « truc » ? En ce cas, le grand type en pardessus n'était pas un vendeur mais quelqu'un qu'il redoutait, ce qui expliquait son changement d'attitude. Pas une puce, ni une clef USB, elle l'aurait entendu, ou l'objet serait tombé à l'ouverture, ou bien encore lors des multiples pérégrinations du médicament dans son sac.

Elle appela aussitôt Victor et cria presque :

— Surtout, ne jette pas le contenu de la poubelle de salle de bains d'amis. Je t'expliquerai. Pas le temps…

Chloé décrocha ensuite, dès la deuxième sonnerie. Louise, au bord de la crise (de nerfs, cette fois), bredouilla :

— Le… le « truc » se trouvait dans la boîte… la boîte d'aspirine !

— Tu l'as récupéré ? C'est quoi ? s'affola son amie en lançant : « Une seconde, madame Trévise. J'en ai pour deux secondes, une urgence familiale. »

— Non, la boîte était vide. Je l'ai balancée hier soir. Je t'expliquerai comment ça m'est revenu.

— Ouais, là, ce n'est pas trop le moment. J'appelle Victor, qu'il ne touche à rien.

— C'est fait. Ne me prends pas pour une andouille, s'offusqua la fleuriste, un brin à cran.

— Moi ? Je pense que tu es une des femmes les plus intelligentes que je connaisse, sans blague. Avec moi, bien sûr.

— Et maintenant ? J'appelle la police ?

— Non. Rentre à la maison, rue de Tocqueville. Tout de suite. Je vous rejoins aussi vite que possible. Tu t'engouffres dans la voiture, tu boucles les portières. Ne reste pas dans le magasin, Louise, tu m'entends ?

— Cinq sur cinq.

— Appelle-moi dès que tu es arrivée.

Le ton urgent, stressé de son amie-sœur lui sapa tout à fait le moral. Chloé restait l'altimètre des situations, des dangers, des conséquences fâcheuses. Elle balbutia, comme lorsqu'elles étaient gamines :

— Euh... t'as la trouille, là ?

La dentiste réagit au quart de tour. Si elle avouait à Louise que oui, une chocotte de méga amplitude l'avait gagnée, celle-ci perdrait le peu de moyens qui lui restait et se tapirait sous un meuble pour n'en plus bouger.

— Du tout. Mais, une femme avertie en vaut deux... et prudence est mère de sûreté... et deux précautions valent mieux qu'une... et de trop près se chauffe qui se brûle...

Louise perçut un vague écho derrière son amie et celle-ci répéta :

— Merci, madame Trévise... et tant va la cruche à l'eau qu'à la fin... mais non, ça n'a rien à voir, madame Trévise... En effet, c'est une expression profonde et d'un grand bon sens mais là... Enfin, bon, tu dégages, Louise... Ouîîî, j'arrive, madame Trévise. J'ai votre prothèse dentaire à la main. Elle ne va pas se sauver ! Appelle dès ton arrivée. Non... je parle à mon amie, pas à votre huit-dents ! Taisez-vous, madame Trévise ! On ne s'entend plus s'affoler, à la fin ! Bouge-toi, Louise !

La fleuriste raccrocha. Une pensée lui traversa l'esprit. Pas étonnant qu'elles soient les meilleures amies du monde depuis si longtemps. Chloé était la seule à la galvaniser lorsqu'elle se sentait glisser tout au fond du puits. En revanche, Louise savait apaiser son amie, l'assagir lorsque la fumée lui sortait des naseaux. Bon, elle se barrait et vite fait.

Elle ramassa ses affaires et les fourra dans son sac à main qui pesait un quart de tonne. Au moment où elle fonçait vers la porte vitrée, ses clefs à la main, un client pénétra de dos, afin de pousser la porte derrière lui.

Un pardessus bleu marine. Un feutre gris anthracite. Argh… Le pas-vendeur de la pharmacie Fournier !

Respirer, ne pas paniquer. Facile à dire !

— Excusez-moi, monsieur. J'allais fermer. Une urgence… familiale.

Il se tourna. Une paire de sourcils broussailleux fit retentir une alarme stridente dans le cerveau de Louise. Une onde glaciale dévala dans son dos. Ce type… l'automobiliste qui l'avait prise en stop un jour, avec Le Minou, pour la raccompagner jusqu'au gîte percheron qu'elle avait loué. Comment s'appelait-il déjà, ou plutôt « comment ne se nommait-il certainement pas » ?

Xavier.

Il rabattit le loquet de fermeture en haut de la porte et rectifia d'un ton calme, posé :

— Je suis certain que vous allez me consacrer quelques minutes, Louise. Votre clébard n'est pas avec vous ?

— Euh… si, dans le vestiaire-salle de repos… D'ailleurs… je vais aller le chercher… à l'instant…

— Il est drôlement sage pour un chien de ce volume. C'est très vilain de mentir, madame Longin, surtout à des gens qui manquent un peu de patience… tels que moi. Bon, son absence est préférable. Je ne fais ni les enfants ni les animaux. Éric, lui, c'étaient les vieilles dames, rapport à sa mamie qui l'avait élevé. Pauvre Éric, quelle fin affreuse pour un homme si fier de son physique. D'un autre côté, il avait commis quelques bévues. Quoi qu'il en soit, chacun ses limites, son expertise et les vaches seront bien gardées. Vous ne trouvez pas ?

— Cher Xavier, pourquoi ne pas reprendre cette fascinante conversation sur le *multitasking*... demain ? Encore merci de m'avoir prise en stop. Ooohhh, Le Minou, quel farceur, hein !

Louise glissait millimètre par millimètre, avec autant de discrétion que possible, vers la table de préparation, vers le robuste couteau à épines et tiges.

— À votre place, je ne tenterais rien d'imprudent, Louise. Vous n'êtes pas de taille et une réaction désobligeante de votre part pourrait flétrir mon humeur encore conciliante. (Il pouffa :) Flétrir, un trait d'humour... chez une fleuriste, quoi !

Et là, Louise comprit qu'en plus d'être très antipathique et dangereux, ce type avait une grosse case de vide. Mauvaise idée, le couteau à épines. Elle renonça donc et se figea.

Redevenu sérieux (traduire par « sinistre »), Xavier demanda :

— Où est la boîte de médicaments ? Le papier ? Ne niez pas, ça me peinerait. J'ai examiné les vidéos de surveillance de la pharmacie. On voit Fournier intervertir deux boîtes. Celle qu'il avait à la main et l'autre, préparée d'avance. Une grosse, grosse déception, ce pharmacien. La mamie d'Éric, une femme de grande sagesse, lui répétait : « Plus les gens en ont, plus ils en veulent. » Heureusement, elle ne saura jamais que si son petit-fils l'avait mieux écoutée, il serait toujours en vie. Ça lui aurait brisé le cœur, à cette pauvre et courageuse grand-mère. La boîte !

— Je l'ai jetée... Ce n'est pas du baratin, je prends pas mal d'aspirine... À la poubelle.

Il secoua la tête, navré, et décida :

— Tss, tss, mauvaise pioche. On passe dans la réserve conditionnée. On sera plus tranquille pour discuter. Déposez votre sac, sans geste maladroit.

Il tira un objet de la poche de son pardessus. Une lame en biseau en sortit. Oh… merrrr… de, un gros cutter à moquette. Elle était trop loin de lui pour lui balancer son sac à la figure. Pourtant, vu le poids, elle aurait eu une chance de l'assommer. La panique lui coupa les jambes et elle se laissa aller contre le comptoir de crainte de s'affaler. Son sac glissa au sol.

Non, tu ne te trouves pas mal. Résiste. Défends-toi ! Il va te torturer, te défigurer. Peut-être te tuer. Ne jamais obéir à un violeur ou un tueur dans l'espoir que, soudain, la Grâce l'inondera. Au contraire : ils se frottent les mains de l'obéissance de leurs proies.

Bouge-toi, Louise ! Réfléchis, trouve quelque chose ! La terreur lui desséchait la gorge. D'effroyables scènes se succédaient dans son esprit, toutes plus détestables les unes que les autres. Pour la première fois depuis qu'elles étaient installées, elle supplia pour que Séverine tambourine à la porte de la boutique. Le vide du trottoir. Jamais plus elle n'offrirait de fleurs un peu fatiguées à cette toupie ! Ah, elle voulait « faire une différence », « compter pour quelqu'un » ? Eh bien, viens-y ma cocotte, c'est le moment ou jamais ! Parce que si ça se résume à aller m'acheter une boîte de sparadraps ou deux oranges au petit supermarché voisin, je peux attendre.

Le prétendu Xavier reprit :

— Je vous confirme que je manque un peu de patience, un de mes rares défauts…

Soudain un peu boudeur, il poursuivit :

— … Parce que moi, voyez, je m'efforce à la courtoisie envers les dames… En revanche, Monsieur, c'est mon big boss… enfin… il me fait parfois penser à un serpent.

Un son léger. Un froissement.

Un son que Louise identifia. Elle exhala :

— Un serpent ? Quelle excellente idée.

— Hein ?

— Je veux dire… une image forte, très visuelle.

— J'ai toujours eu le sens de la formule, renchérit-il avant d'ordonner à nouveau : dans la réserve climatisée. La dernière chose que vous souhaitiez est de m'énerver.

— Non, attendez. Je vous jure… donne ma parole que j'ai jeté la boîte. Je ne sais pas ce qu'elle pouvait contenir hormis de l'aspirine. (Elle plaqua la main sur sa poitrine et bredouilla :) Ooohhh, je ne me sens pas bien… je vais me trouver mal. De votre faute… je suis hyperémotive… impressionnable. En plus, très douillette. Il faut que je m'asseye, ajouta Louise.

Elle papillonna des paupières et vacilla.

— Les gonzesses, j'te jure ! marmonna Sourcils Broussailleux dit Xavier, exaspéré.

D'un autre côté, si la fleuriste tombait dans les pommes, cela ne lui faciliterait pas la tâche. Les gens parlent beaucoup moins lorsqu'ils sont inconscients, logique.

— D'accord, quelques instants, mais ne tentez rien de sournois. Et si un client se manifeste, je vous déconseille vivement d'appeler à l'aide. Ce qui ne sera pas fait aujourd'hui, le sera plus tard, sauf que vous m'aurez dérangé deux fois et que je me montrerai moins accommodant.

Louise, main sur le cœur, chouina :

— Oh… je me pâme…

Elle s'aida du bord du comptoir, le contourna et se laissa choir sur la chaise, exagérant sa respiration laborieuse. Un autre léger glissement. *Obsoleta* et *carinata* devaient avoir la dalle. Étrange constatation : sa migraine venait de disparaître. La trouille, l'adrénaline, peut-être. D'un autre côté, elle préférait quand même recourir aux antimigraineux ou analgésiques classiques plutôt qu'à la présence d'un tueur tortionnaire pour faire passer les crises.

Une suée profuse lui trempa le visage. Xavier la mit au compte de son malaise. Il n'avait pas tort sur ce point, bien qu'ignorant sa véritable cause. Louise inspira avec peine, s'admonestant : « Allez, à trois ! Un… deux… trois ! Trois, là, je te dis. Allez, trois ! Bordel, Louise, on est à trois ! »

Redressant les pieds sous le comptoir, elle balança de toutes ses forces ses escarpins, talons devant, contre le terrarium. L'hôtel quatre étoiles à serpents fut propulsé contre les briques du muret. Un choc, l'écho du verre qui se brisait.

— C'est quoi, ça ? rugit l'homme de main.

— Je ne sais pas… je crois que ça venait de l'extérieur… Une voiture en se garant ?

— Tu te fous de moi ? Mauvaise idée.

Il avança vers elle, le large (très large) cutter brandi.

Une « chose » s'enroula autour de la cheville de Louise. Elle répétait dans sa tête : plaisante *obsoleta*, mignonne *carinata*. Moi, je suis la gentille, la sœur du monsieur qui vous nourrit et vous aime tant. C'est l'autre le méchant.

Elle se souvint des conseils d'Hubert – « Jamais de mouvements brusques » – et resta immobile. Sourcils Broussailleux-Xavier passa derrière le comptoir et tira sa chaise avec violence. Vraiment la mauvaise idée. Le son de frottement des écailles, très évocateur d'un serpent à sonnette : *obsoleta* s'énervait. Un corps puissant – *carinata* ou *obsoleta*, Louise avait oublié leurs couleurs respectives – se redressa d'un bon tiers et le reptile frappa. Le tueur hurla. Pris de panique, il lâcha son cutter qui rebondit à deux mètres. L'animal remonta le long de son corps. Sa cascabelle[1] émettait des sons de plus en plus virulents, le genre qui vous glace jusqu'aux orteils. *Obsoleta*, donc. Xavier criait :

— Fais quelque chose, il m'a mordu ! Ah, le con… Ramasse le cutter, tue-le !

— Je ne peux pas. Il ne faut pas bouger. Il y en a un deuxième sur mes pieds.

— J'vais mourir, idiote ! Fais quelque chose !

— Sans doute, les serpents à sonnette sont très venimeux.

Obsoleta s'était enroulé autour du cou de Xavier. Ce type qui gigotait l'agaçait prodigieusement, d'autant qu'il sentait beaucoup moins bon qu'une souris. L'*Elaphe* dressa la tête à dix centimètres du visage de l'homme.

Louise débita de sa petite voix cruche des grands moments de stress :

1. Bruiteur des crotales, que l'on appelle serpents à sonnette. Le son provient du frottement des grandes écailles de la queue. Le crotale est considéré comme l'un des serpents les plus venimeux au monde.

— Je ne devrais pas être sympa avec vous. Vous ne le méritez pas. Toutefois, un conseil : plus un geste, il va frapper. Taisez-vous, restez aussi immobile qu'une racine de palétuvier. Remarquez, une branche de chêne fera aussi l'affaire. Sauf que c'est moins exotique.

Xavier obtempéra. Osant à peine remuer les lèvres, il grommela :

— Appelle… checours… chutter… le queu… tter…

La tête d'*obsoleta* se balançait avec mollesse. Sa langue fourchue frôlait la joue de l'homme qui ruisselait comme au sauna.

— Je ne sais pas où est l'autre. Plus sur mes pieds, en tout cas.

— Hummmm, geignit Sourcils Broussailleux-Xavier.

De fait, l'autre bestiole, qui s'ennuyait de sa copine, s'enroulait autour des chevilles du tueur à gages.

Louise se retint de crier victoire sur le mode : « Tra la lèreuh, c'est bien fait pour toieuh ! »

Incapable de revenir au timbre d'une femme adulte et posée, elle continua de sa voix crétine et pré-pubère :

— Je me lève, je vous contourne. Pas de geste inconsidéré. Si vous êtes sage, j'appelle les pompiers et la police. Sans cela, je vous laisse avec mes pensionnaires. Les effets du venin ne devraient pas tarder. D'ailleurs, vous transpirez à grosses gouttes.

Louise était maintenant au-delà de la peur et du stress. Elle avait presque l'impression d'avoir abandonné son enveloppe charnelle et de flotter dans la boutique en contemplant l'autre Louise.

Cette autre ramassa le cutter, une moue de dégoût sur le visage.

— Tue-les ! Taillade-le ! éructa Sourcils Broussailleux.

Le serpent qui dodelinait à hauteur de son visage, se détendit soudain et mordit, ses écailles vibrant de colère.

Un nouveau hurlement emplit la boutique.

— Bien fait ! s'exclama Louise. Ça vous apprendra à obéir. Là, c'est clair que vous allez claquer dans des souffrances affreuses, ajouta-t-elle, peste. Il n'y a aucune raison que je fasse du mal à ces petites bêtes. Elles ne m'ont pas attaquée, elles !

Une mince silhouette vêtue d'une doudoune fuchsia et d'un caleçon vert pistache se colla à la porte. Louise reconnut aussitôt les sortes d'excroissances qu'elle portait de chaque côté de la tête : des couettes.

Elle crut se trouver mal, de soulagement, cette fois. Zhu ! Elle abaissa le loquet, ouvrit et tira la jeune femme avant de refermer sèchement. Un doigt sur les lèvres afin de lui intimer le silence, elle balança à la vitesse d'une rafale de mitraillette, l'autre index tendu vers le prétendu Xavier :

— Ça, c'est un tueur. Il avait la ferme intention de me découper en rondelles… sans anesthésie. J'ai explosé la vitre du terrarium et ces charmantes grosses bêtes ont été adorables. Mes sauveuses !

La réaction de Zhu la surprit un peu. Peut-être un truc culturel, un peu comme les Japonais qui n'ouvrent jamais leurs cadeaux devant ceux qui les ont offerts, par courtoisie. En effet, la presque avocate ne lui demanda pas comment elle se sentait. Auquel cas, la réponse aurait fusé claire et nette : très mal. En revanche, elle parut s'affoler en s'enquérant :

— Il ne leur a pas fait mal, j'espère, parce qu'il va morfler !

— Non, mais ce n'est pas l'envie qui lui manquait. Je ne voudrais pas cafter, mais c'est quand même un très, très sale type. Il m'a ordonné de les lacérer au cutter. J'ai refusé, vous pensez bien !

Zhu s'approcha de l'homme, l'air peu amène, vraiment très peu. La jeune femme déclara d'un ton glacial :

— Si tu bouges, tu es mort.

Elle récupéra délicatement *obsoleta*, devenu depuis peu le meilleur ami de Louise. Pas au point, tout de même de le couvrir de baisers. La jeune Chinoise tendit le reptile à Louise en intimant :

— Récupérez-le. Déposez-le dans une grande poubelle avec couvercle. Sans heurt. Attention, j'apportais leur déjeuner et la faim les rend hargneux.

Louise recula d'un pas :

— C'est que… eh bien, voyez…

— Louise ! Maintenant ! s'impatienta la future avocate. On arrête avec ces enfantillages. Ils vous ont sauvé la peau, non ?

— Très juste.

Louise se saisit de l'*Elaphe* avec un luxe de précautions. Contrairement à ce qu'elle avait redouté, le contact s'avérait plutôt agréable, ni gluant ni froid. Pourtant, la façon qu'avait l'animal de remonter la tête, de tirer une langue fourchue lui provoquait des frissons. Elle expliqua à *obsoleta* qu'elle était une amie et qu'elle allait lui trouver un vivarium temporaire, avançant à pas lents vers une des grandes poubelles à débris végétaux de la salle climatisée. Louise hésita : s'asseoir sur le couvercle ? Non, elle ne pouvait laisser Zhu seule avec le tueur. Elle banda ses muscles et souleva un sac de terreau de trente kilos qui ferait office de lest.

Le deuxième serpent – *carinata*, donc – que cette agitation agaçait, remontait avec lenteur, enroulé autour des cuisses de Sourcils Broussailleux-Xavier, qui transpirait à profusion. Il bafouilla en tendant les deux poignets :

— J'me rends. Attachez-moi mais enlevez cette saloperie et appelez les secours. Demandez-leur un antivenin. Ça met combien de temps avant d'agir ?

Revancharde, une fois n'était pas coutume, Louise baratina :

— Deux, trois heures, puis la mort… dans d'affreuses souffrances. Paralysie respiratoire progressive. Oh, une agonie très moche !

Zhu lui destina un regard surpris mais s'abstint de tout commentaire.

Louise repartit vers la réserve climatisée et récupéra la jolie ficelle en chanvre brut dont elle entourait ses bouquets ronds. Certes, nature et chic quoiqu'un peu minçotte. Elle allait devoir saucissonner le sale type jusqu'aux avant-bras pour garantir la contention. Elle s'approcha de lui à pas méfiants et répéta :

— Pas de mouvements brusques. Attention au serpent qui me semble de très mauvais poil.

Il resta sage telle une image. Louise lui recouvrit les poignets et la moitié des avant-bras de mètres de ficelle. Une étrange lueur dans le regard intense de l'homme, d'une couleur indéfinissable, un verdâtre mordoré, aurait dû l'alerter. Tout à son ouvrage, elle n'y prêta pas garde. Or, ne l'oublions jamais : il est assez rare qu'un homme armé des plus viles intentions, et payé pour cela, se transforme en gentil lutin d'une seconde à l'autre.

Zhu s'approcha et se baissa pour dérouler avec douceur le second serpent. Dès qu'il fut entre ses mains, la jambe de Xavier se détendit avec violence pour percuter la jeune femme. Louise cria et se précipita sur lui, griffes sorties. Trop tard. En une fraction de seconde, le poing de la future avocate venait de percuter le bas-ventre de l'homme, qui émit un geignement évoquant un gros pneu qui se dégonfle. Il ouvrit la bouche sur une plainte muette et une grosse larme de douleur dévala sur sa joue. Dans l'intervalle, *carinata*, tombée des mains de Zhu, avait filé à l'autre bout de la boutique.

Profitant du malaise du sale type qui devait peser quatre fois son poids, Zhu le percuta de toute sa (légère) masse. Il s'effondra à genoux, puis bascula sur le flanc.

Louise couinait et sautillait sur place, lâchant des :

— Ah mon Dieu… ah non… ah ben mince… ah là là !

Comprenant que mieux valait ne rien attendre de décisif de la part de la fleuriste, Zhu lui arracha la ficelle des mains et entreprit de saucissonner les jambes du tueur, non sans une certaine brutalité.

Lorsqu'elle se redressa, Louise eut cette remarque admirablement adaptée à la situation :

— Et vous ne transpirez même pas ! C'était quoi ? Kung-fu, karaté, krav-maga ?

— Non, l'indémodable coup de poing ou de genou dans les couilles. Planétaire ! La police, Louise. Vite !

— Bien sûr, bien sûr, se ressaisit la fleuriste.

Elle récupéra son portable.

— Nooonnn, les secours d'abord. J'veux pas crever comme ça ! beugla Xavier.

— Oh, quel pétochard ! protesta Louise.

Dès qu'elle lui eut expliqué en trois phrases la situation, Hervé Ledru rugit :

— On arrive ! N'hésitez pas à l'assommer s'il bouge.

Il raccrocha avant que Louise n'ait eu le temps de lui demander comment il convenait de procéder. Certes, assommer consiste à étourdir quelqu'un en lui filant un coup sur la tête. Mais avec quel type d'objet et sur quelles zones ? Elle n'avait aucune envie d'occasionner une grosse facture du crâne, du genre mortel. Elle souffla d'agacement : nombre de professionnels manquent de pédagogie. On peut le regretter, notamment dans ce type de situations.

Après quelques hésitations et alors que le tueur semblait se remettre, elle récupéra son sac à main. Mou, mais massif. Balancé à la volée dans la hure d'un voyou, ça devait faire l'affaire.

Un sourire conquis aux lèvres, elle jeta un regard à Zhu, à quatre pattes à l'extrémité du magasin. La jeune femme pianotait sur le dallage dans l'espoir de récupérer *carinata*.

Elle était drôlement bien, la charmante Zhu. Cela confortait Louise dans l'idée que son petit frère Hubert se situait dans le hors norme. Ne venait-il pas de tomber amoureux d'une ravissante future avocate, intelligente, aimable comme tout, pleine de personnalité, exceptionnelle en tous points ? Et même en tous *poings*. La belle-sœur idéale.

« La surprise est l'épreuve du vrai courage. »

Alors là, cher Aristote[1], aphorisme aura rarement été plus pertinent. Il convient même parfois d'avaler une brouette de camomille avant de l'affronter. Encore faut-il être prévenu(e). Or, le propre d'une surprise… c'est de surprendre, justement.

Un peu plus tard

Dès la porte palière entrouverte, Louise fila vers la salle de bains d'amis et repêcha la boîte d'aspirine. Elle en tira la notice et la déplia. Elles font maintenant un bon mètre, de sorte à explorer la quasi-intégralité des situations, même les plus déroutantes, sur le mode : « Si vous êtes allergique à l'aspirine, ne prenez pas d'aspirine » ou « Si vous vous sentez en pleine forme, que vous n'avez aucun problème, ni fièvre, ni douleur, ni céphalée, etc., l'aspirine est superflue. » Elle la survola… rien. Chloé l'avait rejointe et lui arracha presque le mince papier en accordéon (à moins de tripler le volume de la boîte, mieux vaut les imprimer sur papier bible). La dentiste,

1. Philosophe grec (385-322 av. J.-C.).

stupéfaite, déchira le carton et inventoria l'intérieur, dans l'hypothèse où Fournier aurait collé un message contre un des côtés.

— Tu es sûre que l'horreur embarquée par les flics a parlé de cette boîte-là ?

— Certaine.

— C'est incompréhensible.

— Un cauchemar, renchérit la fleuriste, défaite. D'autant que… je l'avais déjà croisée… « L'horreur. »

— Pardon ?

— Eh bien… lorsque je suis partie dans le Perche, cet été… avec Le Minou, pour lui inculquer quelques manières… Il m'est arrivé un souci… oh, tout léger !

— Du genre ? se renfrogna la dentiste, presque certaine que le terre-neuve avait encore fait des siennes.

— Le Minou… m'a traînée jusqu'à un étang et j'ai plongé la tête la première dedans… J'ai perdu un de mes mocassins dans la vase.

— Enfin, tu ne pouvais pas tirer un bon coup sur la laisse, avec ce harnais démultiplicateur recommandé par l'éducateur canin ?

— Pas vraiment, parce que j'étais… sur le ventre, acheva-t-elle dans un chuintement, avant de reprendre d'une voix plus ferme : Quoi qu'il en soit… lorsque j'ai rejoint la départementale, « L'horreur » était là, adossé à sa berline. Il téléphonait. Il a prétendu s'appeler Xavier et nous a ramenés jusqu'au village. J'ai eu le sentiment que Le Minou ne l'appréciait pas.

— Et tu ne pouvais pas me raconter cet incident lorsque tu nous as rejoints, Victor et moi, dans le Sud ? s'indigna Chloé, puisque la moindre anecdote survenant dans leurs existences était aussitôt rapportée, décortiquée, analysée.

— J'ai hésité et renoncé, certaine que tu allais encore faire une remarque désobligeante au sujet de Le Minou.

— Belle finesse de déduction ! En tout cas, ça prouve une chose : tu étais déjà dans le viseur de ce type. (Désireuse de marquer le point, elle ajouta :) Louise, ne me dis pas que tu crois à une coïncidence, n'est-ce pas ?

— Non. Non… même moi, je serais incapable d'un tel optimisme.

Victor, jamais en panne de bonnes idées, décréta l'état d'urgence après cette journée mouvementée entre l'agression de Louise par Xavier-Sourcils Broussailleux, sa rencontre du troisième type bis[1] avec des serpents, l'intervention musclée de Zhu et l'impressionnante irruption des forces de l'ordre, arme au poing, sur le mode « Youkoûûû, Rintintin ! ». Les policiers avaient eu un mal fou à découper la ficelle de chanvre Bio qui s'était révélée beaucoup plus robuste qu'imaginé. Ils avaient insisté sur le fait qu'il ne s'agissait pas de menottes réglementaires. Lorsque la fleuriste narra ce détail à son amie, celle-ci bondit :

---

1. Rencontre du troisième type avec des extra-terrestres : la ou les personnes voient un ovni et ses occupants, ou seulement les occupants, sans qu'il y ait contact physique. Recontre du quatrième type : la ou les personnes sont enlevées, qu'elles aient été consentantes ou pas. Il fallait donc inventer un « troisième type bis ». C'est fait !

— Non, parce que le cutter à moquette pour torturer une femme, c'est réglementaire ?

Quoi qu'il en fût, après la débâcle finale de la boîte d'aspirine, Victor abandonna ses idées *world* et fusion et opta pour ce plat indémodable, qui remonterait le moral d'à peu près n'importe quel naufragé, facile à préparer, très économique et bien de chez nous : la crêpe Suzette ! Il en confectionna une bonne centaine et ajouta en garnitures possibles trois confitures maison, du chocolat fondu, du jus de citron ou du miel. Cerise sur la crêpe, il déboucha une bouteille de champagne rosé. En effet, qu'on se le dise, la crêpe présente une éblouissante adaptabilité : on peut la servir avec du cidre, du chocolat chaud, du vin, du champagne, du jus de fruits ou, pour les ascètes (si, il paraît qu'il en existe), de l'eau. Dernier atout non négligeable : la crêpe peut devenir une méthode de régression bienvenue par gros temps. En effet, il est admis qu'elle se déguste avec les doigts si l'on fournit pléthore de serviettes en papier (la confiture, le miel, ça dégouline).

Vautrés, ils se ventrèrent, affalés sur les deux canapés du grand salon. Preuve que leur moral avait glissé tout au fond de leurs chaussettes, ils visionnèrent le film *Belle et Sébastien*, un prénom peut-être pas idéal en la circonstance. Louise, confondant le montagne des Pyrénées avec son terre-neuve noir, très noir, éclata en sanglots. Quant à Le Minou, il ronflait avec un bel enthousiasme, indifférent aux mésaventures cinématographiques de sa congénère. Il avait réussi à obtenir deux crêpes au beurre, joli exploit, d'autant qu'il avait déjà gobé les premiers « ratés ».

— Trop émouvant, ce film, s'inquiéta Victor.
— Les nerfs qui lâchent, grommela Chloé.
Ils sursautèrent avec un bel ensemble lorsque la sonnerie du téléphone de la dentiste retentit. Fidèle à sa promesse, le capitaine Hervé Ledru les appelait après le premier interrogatoire de l'homme de main.
— La boîte d'aspirine ? s'enquit-il.
— Rien. Une notice, c'est tout.
— Vous êtes certaine ? insista Ledru, dépité.
— On l'a examinée sous toutes les coutures. Rien non plus contre l'emballage, à moins d'un micro machin invisible à l'œil nu, mais j'en doute. L'intérieur du carton est très lisse au toucher.
— Quelle déception. Décidément, c'est la journée !
— Interrogatoire nul ?
Le policier avoua d'un ton las :
— Rien à en tirer, si ce n'est son identité et son numéro de sécu. Jamais condamné, absent des banques de données, bref un premier communiant.
— Comment ça se fait ?
— Oh, ça se fait parfois. En revanche, un truc ne trompe pas. Lorsque vous voyez débarquer dans la demi-heure deux représentants de la fine fleur du barreau de Paris pour défendre un type qui n'a pas de revenus déclarés, vous savez qu'il ment ou que quelqu'un d'autre redoute que son protégé panique et se mette à table.
— C'est quoi, son identité ? Cela m'évoquera peut-être quelque chose. Parce que pour ne rien vous cacher, il a abordé Louise, sur une départementale, il y a trois mois.
— Quoi ?

La dentiste lui narra la rencontre, en sautant l'épisode « étang-à-plat-ventre ». Son amie devenait très susceptible dès que Le Minou était concerné.

— Ça ne fait que me conforter dans ma théorie, conclut le policier.

— Et son identité ?

— Je ne peux pas vous la confier. Présomption d'innocence. Thomas Verdier était présent. Il est plus retors et fin que vous ne le croyez. Selon lui, le type a beaucoup plus peur de son « employeur » que des flics.

— Le fameux « Monsieur ». Un serpent, paraît-il.

— Votre fréquentation des reptiles devient préoccupante, je trouve.

— Ne m'en parlez pas ! Zhu a mis une heure à récupérer le second, barrant la porte pour qu'il ne se faufile pas dans la rue à la faveur des allées et venues de la police. Je vous laisse imaginer le scandale s'il avait tenté de gober le york d'un riverain ! Quoi qu'il en soit, ça fonctionne quand même, un serpent de garde.

— Juste. Je préfère me retrouver nez à truffe avec un molosse qu'avec un crotale !

— Ceux-là ne sont pas venimeux. Hubert est un peu (elle baissa la voix de sorte que Louise ne l'entende pas :) timbré, mais très loin de la stupidité.

— À ceci près que l'agresseur l'ignorait. Un molosse peut aussi vous rapporter votre pantoufle. Chloé… euh… après… tout ça et… le reste… Bon, le moment est sans doute mal choisi… mais…

Oh là ! Prudence est en effet mère de sûreté. L'invitation – et plus si affinités – pointait le bout de son nez. Chloé avait compris que chez nombre de messieurs lancés sur le sentier de la séduction, un « mouif » voire un « peut-être » se transforme vite dans leur esprit en : « Oui, avec plaisir. Où, quand, quelle table ? Vous passez me prendre ou nous nous retrouvons là-bas ? » Forcément, ça fait parfois des déçus. Pire, certains représentants de la forte gent, catégorie lourdingue, heureusement en voie de disparition, n'ont jamais admis que « non », signifie vraiment : « Non, même pas dans tes rêves ! »

Le coup du : « Excusez-moi, quelqu'un sonne » ou du : « J'ai une crème pâtissière sur le feu » manquait un peu de crédibilité, le : « Désolée, mes bandes de cire dépilatoire sont prêtes » était un brin trop intime à cette étape de leurs relations (d'autant que des appareils high-tech les remplacent maintenant). Aussi, elle improvisa et déclama avec une belle puissance vocale :

— Salut, Hubert ! Oui… j'arrive… Capitaine, je vais devoir raccrocher. À très vite, dès que vous avez des infos communicables.

Sans doute Hervé Ledru ne fut-il pas dupe. Toutefois, en homme bien élevé, il n'insista pas. Jusqu'à la prochaine fois. En effet, l'insistance masculine fait également partie des outils de séduction. Encore faut-il qu'elle soit souhaitée et reste courtoise.

*

Les Thierry-Longin se détaillèrent, une moue agacée sur le visage. Victor lança :

— Peut-être sommes-nous passés à côté de l'essentiel, dans la précipitation ? Je vais chercher ma loupe. Louise, peux-tu apporter la boîte et la notice ?

Ils se serrèrent sur l'un des canapés et Victor déplia la mince feuille, grosse loupe brandie. Il énonça :

— Qu'avons-nous fait ? Que n'avons-nous pas fait ?

— Attends, on l'a retournée dans tous les sens. Il n'y a rien d'écrit dessus, ou alors à l'encre sympathique… c'est peut-être la solution ? s'emballa Chloé.

— Et il aurait tracé un message secret au jus de citron, donc au porte-plume, sous le comptoir, alors qu'il se savait menacé de façon imminente ? Dans l'espoir que quelqu'un le chaufferait à la bougie ? rétorqua son grand-père.

— Cette horreur a expliqué à Louise que la boîte était déjà prête sous le comptoir et que le pharmacien l'avait intervertie, se défendit la dentiste. Bon, d'un autre côté, écrire à l'encre sympathique sur une notice, c'est être assuré que votre message ne sera jamais lu, admit-elle.

— Louise, répète ce que t'a dit Fournier. Mot à mot, insista Victor.

— Qu'il fallait bien lire les contre-indications, que les gens les négligeaient souvent.

— Lire la notice. Pas juste vérifier si quelqu'un a écrit dessus ou autre. Lisons.

Dès la troisième ligne, ils comprirent. Le texte avait été altéré, sans doute grâce à un scanneur, puis imprimé pour donner l'illusion d'une notice de labo pharmaceutique. Des fautes d'orthographe se succédaient. Énormes. Un traducteur informatique peut réserver de grosses surprises et des gags assez décoiffants, même sur des textes simples. Toutefois, il sait écrire « informations ». Le français est une langue complexe, magique mais traîtresse. Pas à ce point, toutefois.

Durant le quart d'heure qui suivit, ils déchiffrèrent mot à mot la notice. Une faute dès la deuxième ligne, « imformations », puis « si les symptômes persistes », puis « demamdez l'avis », « infformations supplémentaires », etc. Victor les reportait sur la partie vierge, en haut de la feuille.

— D'un autre côté, l'orthographe n'était pas ma matière fétiche, marmonna Chloé.

— À mon époque, les centaines de lignes qu'on se tapait faisaient rentrer les règles dans le crâne, sourit son grand-père. Cinquante infligées par le maître, doublées dès le retour à la maison par papa-maman. Remarque, ça occupait durant les après-midi pluvieux.

Parvenus à la fin de leur lecture, ils restèrent avec une série assez mystérieuse de lettres dont seules les premières paraissaient évocatrices : m, s, m, e, r, c, i, e, r, a, f, a, l, o, a, m.

— Je ne suis pas cryptographe et encore moins cryptologue. Toutefois, la première salve me paraît claire, tenta Louise. M. S. Mercier. Sébastien Mercier, notre vendeur.

— Pourquoi s'embarrasser de l'abréviation de civilité ? interrogea Chloé. Parce que c'est le fameux « Monsieur » ? Celui qui terrorise un tueur sanguinaire ? Ah, bravo, Louise, pour le recrutement du repris de justice sans méchanceté et repentant qui aimait tant les tulipes ! Ça démontre quand même une intuition et un sens de la psychologie de pachyderme adulte ! s'emporta-t-elle.

— Mais... mais... mais, bafouilla son amie au bord des larmes, si contrite que même Le Minou, repu de

Suzette, leva la tête, avant de replonger dans les pattes de Morphée (l'équivalent en canin).

— Chloé, je ne veux pas être désagréable, mais en termes de choix foireux, lorsqu'on se souvient de ta galerie « d'hommes de ta vie », on est incité à la réserve, non ? bémolisa Victor.

Il avait toujours considéré Louise à la manière d'une deuxième petite-fille.

— Tu n'y es pas, Victor ! explosa la dentiste, rétrospectivement secouée. Et si elle s'était fait buter ? Qu'est-ce que je devenais, moi, hein ?

Se rendant compte de son commentaire un brin égoïste, elle compléta :

— En plus du fait qu'elle serait morte, bien sûr.

— Oh, c'est trop mignon, ce que tu dis, pleurnicha Louise, à côté de la plaque.

Un peu perdu, le vieux monsieur décida de rejoindre le plancher des vaches et suggéra :

— Bien émouvant tout cela. Poursuivons notre décryptage. Ensuite, on appelle Ledru.

Parce qu'il était aussi fleur bleue que sa petite-fille, il lança, l'air de rien :

— Je n'ai pas eu le compas dans l'œil avec ces crêpes. Il en reste une sacrée quantité. Demain, dimanche, pourquoi ne pas inviter quelqu'un à les partager… je ne sais pas… Raphaël… peut-être ce capitaine qui me semble ouvert d'esprit ?

Chloé réagit avec la rapidité d'un serpent à sonnette. Le type de comparaison ne la heurtait plus depuis qu'elle avait fréquenté *obsoleta* et *carinata*.

— Pour l'instant, laissons Hervé Ledru là où il est. En revanche, Raphaël, quelle idée judicieuse, tu ne trouves pas, Louise ?

Un sourire avait effacé les vestiges du chagrin de la fleuriste, et surtout de ses remords.

— Voui. Bonne idée. Mais… enfin… ce serait mieux si tu l'appelais… plutôt que moi…

— Pas de problème, chérie.

Adolescentes, elles avaient assez joué à ce petit jeu pour en connaître la raison : ne jamais montrer qu'on est très intéressée, laisser venir. Quant à Louise, un autre raisonnement, plus trouble, emportait ses suffrages. Raphaël, en homme réservé, prendrait congé après la crêpes-party-film, sans passer par la case chambre d'amis. Non que Louise ait regretté ledit passage la dernière fois, dans l'appartement ex-conjugal. Justement ! Même qu'elle l'avait un peu trop apprécié, ce qui lui avait occupé l'esprit et emmêlé les idées deux jours durant. Dingue ce que les hommes compliquent la vie des femmes. Du moins les hommes aimés. Plus ahurissant encore, certains d'entre eux pensent que nous nous faisons des nœuds au cerveau par plaisir. La mauvaise foi, quand même ! Satisfaite par cette éblouissante manifestation de double cohérence, et à la perspective de partager quelques heures avec son ex, sans gros risque d'emballement, elle soupira d'aise.

— Continuons, reprit Victor. a, l, o, a, f, a, m.

— Euh… Allô ? flûta Louise.

— Nan, mais allô, quoi ! Pourquoi pas « aloha », puisque le pharmacien semblait bourré d'affection et de tendresse ? la rembarra Chloé. (Reprenant son sang-froid, elle émit :) « Af » pour Air France ou autofocus ? « Am » pour « après-midi » ou, au contraire, l'*ante meridiem* des Anglo-Saxons, bref la première partie de la journée ?

— Ou alors A.M., abréviation d'Ave Maria qu'on trouve gravé sur les piliers de certaines églises ? osa Louise.

Grand-père et petite-fille la dévisagèrent comme si elle venait de réciter l'intégralité de l'alphabet à l'envers. Victor coupa l'herbe sous le pied à la verte gronderie qu'il sentait tout près des lèvres de Chloé :

— Jolie référence culturelle, chère Louise. Cela étant, je doute que ces messieurs aient évolué dans le monde des pieux ou des connaisseurs d'art religieux.

— Enfin, il y a un truc que je ne comprends pas, souffla Chloé. Donc, le pharmacien aurait prévu cette boîte, l'aurait planquée sous le comptoir pour pouvoir la filer à un client s'il se sentait menacé. Dans ce cas, pourquoi ne pas inventer un message simple et compréhensible qui inciterait ledit client à appeler les flics, si du moins il lisait la notice ? Ça n'a pas de sens.

— Tu as raison, admit Louise. Or, cet horrible Xavier était formel : la boîte était prête sous le comptoir. Gérard Fournier l'a intervertie avec celle qu'il venait de prendre sur une étagère afin de me la tendre. Étant entendu les circonstances, je doute que le Xavier m'ait menti.

La séance de ramonage de méninges se poursuivit. Lors d'un petit break mérité, Chloé joignit Raphaël, qui sauta sur l'invitation avec un enthousiasme assez excessif :

— Oh, des crêpes Suzette, j'adore les crêpes Suzette ! Oh, quelle excellente idée ! Je l'affirme sans ambages : on n'en fait plus assez. On ne peut que le déplorer.

Échangeant les interlocuteurs trop « sensibles », Louise rappela ensuite Hervé Ledru pour lui annoncer leur découverte. Il copia les lettres en s'exclamant :

— Enfin, peut-être un pas, même si c'est un pas de souris. Ce ne serait pas de refus ! Je transmets à notre spécialiste. Sébastien Mercier serait donc « Monsieur ». Ah, merde ! Évitez de…

— Oups ! On a manipulé le papier tous les trois.

— Donc, on exclura vos empreintes. Quoi qu'il en soit, minimisez au possible les contacts directs. Surtout, Louise, conservez la pièce à conviction avec le plus grand soin. Peut-être n'a-t-elle pas tout craché. Je vous laisse. Je vais chercher mon fils, Maxime. En retard, comme d'hab'.

« La séparation et le divorce sont des poignards à deux lames, il faut s'en blesser d'un côté pour les enfoncer de l'autre[1]. »
« Mariage de raison : folie. Mais je crois aux divorces de raison. »

Cher Sacha (Guitry[2]), vous m'avez fait rire avec vos jongleries de langue et votre misogynie dont j'ai toujours pensé qu'elle était trop humoristique pour être véritable. En vérité, résister à un bon mot, c'est perdre un peu du pétillant de la vie.

Le lendemain…

En dépit de son flegme légendaire, Raphaël prit mal les révélations de Chloé et de Louise dès son arrivée. Très mal. La faute en incombait surtout à Louise, qui n'avait pu se départir d'un ton guilleret et assez inadéquat pour lui narrer les événements de la veille. En effet, Victor et Chloé avaient tant vanté sa rapidité de réaction, sa perspicacité, son courage, qu'elle se voyait presque en

1. Proverbe chinois.
2. Dramaturge, acteur, metteur en scène, etc. (1885-1957).

preuse héroïne d'un roman de cape et d'épée. Du coup, les aspects assassins et hémoglobineux s'étaient estompés de son esprit pour ne laisser qu'une sorte de célébration personnelle. Si cette réécriture, qui minimisait le rôle prépondérant de Zhu, lui avait permis de dormir comme un bébé, elle tombait à plat avec son très, trop sérieux ex-mari.

Il réprima un hoquet d'indignation (Raphaël, en homme très maîtrisé, ne savait ni rugir, ni éructer, ni vitupérer, ni bramer, ni hurler et encore moins glapir, ce qui n'arrange pas l'écrivain qui cherche à éviter les répétitions) :

— Ôte-moi d'un doute… c'était cela, le shocker ? Aussi, avec Hubert, ça m'étonnait.

— Ben… un serpent, ça file un sacré choc, alors deux, et gros… la preuve, minauda Louise. Ils ont été admirablement bien… élevés par Hubert et son assistante, l'adorable Zhu… et je flaire une très jolie histoire d'amour entre eux… enfin, je veux dire entre Zhu et mon frère… remarque, peut-être que les deux serpents sont amoureux aussi… j'ai moins de certitudes à ce sujet… tenta-t-elle de biaiser.

Revenons au chapeau de ce paragraphe. Louise eût-elle connu ces pensées ou proverbes qu'elle aurait été bien en peine de départager les deux au cours du déjeuner, alors qu'elle couvait Raphaël du regard, en s'efforçant à la discrétion. De fait, leur divorce avait été blessant, pour tous deux. De fait, leur mariage avait été de passion. Et puis, la raison, ou du moins une raison, s'était imposée. À cela près que Louise n'avait jamais été certaine que la raison avait eu raison. Un comble. Raphaël parlait, plaisantait, jouait à un amusant ping-pong de reparties avec un

Victor qui avait le génie pour faire ressortir le cocasse des situations. Raphaël était drôle ! Une phrase, objective et mesurée, de Chloé lui revint : « J'ai un peu le sentiment que c'est toi le problème, pas Raphaël. Pourquoi devrait-il t'amuser en plus du reste ? Pourquoi ne serait-ce pas toi qui dois apporter du léger, du drôle dans votre relation ? Qu'as-tu offert à cette relation, à part ton amour ? »

Rassasiés de crêpes, ils s'échouèrent sur les canapés. Intrigué, le légiste demanda :

— Vous pouvez me montrer la notice ?

— Attention, pas d'autres empreintes dessus, prévint Louise en allant la chercher.

Tenant avec délicatesse la feuille de ses doigts couverts par sa serviette en papier, il parcourut le texte. Le médecin en lui releva le museau :

— Pas mal, mais il y a deux autres fautes grossières. Vous ne pouviez pas les détecter. Ce n'est pas « le syndrome de Peye » mais de Reye, une maladie rare, potentiellement mortelle, qui atteint le cerveau et le foie. Il ne s'agit pas du « permethrexed » mais du « permetrexed », un anticancéreux, qui ne doit pas être associé à l'aspirine chez certains patients. Deux lettres en plus dans votre liste : p et h, ce qui nous donne « amph' » pour amphétamine.

— Oh, tu es top ! s'extasia Louise.

Raphaël se refréna tant il aurait aimé ronronner de bonheur.

— Ah ouais ! renchérit Victor.

— Bon, on ne va pas casser les pieds à Ledru qui profite de son fils. D'autant que ça peut attendre demain, conseilla Chloé. Et « a.l.o », ça t'évoque quoi ?

— « Allopathie » avec une faute ? C'est clair qu'avec des speeds on n'est pas vraiment dans l'homéopathie, ni dans les médecines douces. Franchement, je n'en sais rien, avoua Raphaël.

— J'avais aussi pensé à « allostérie », mais, à mon avis, on s'éloigne, suggéra le papy-chimiste.

— C'est quoi ? s'enquit Louise.

— Tu ne veux pas le savoir en pleine période postprandiale[1], et bien que ta digestion y fasse appel, sourit le vieux monsieur. Allez, on regarde un film ? Aux voix !

---

1. Allostérie : dans ce cas, mode de régulation de l'activité d'une enzyme.

« L'art de la réussite consiste à savoir s'entourer des meilleurs. »

Quelle justesse, cher John (F. Kennedy[1]).
Encore faut-il avoir l'intelligence et l'humilité
de reconnaître leurs talents.

Le lendemain matin…

Hervé Ledru était fatigué. Fatigué mais comblé. Enfonçons une porte ouverte : c'est dingue l'énergie des enfants, et l'on constate alors que l'on commence à vieillir. Un enfant dort une heure et repart pour un après-midi, rechargé à bloc. Hervé avait pensé crever Maxime entre le zoo, le cinéma, la pizzeria, sans oublier une bonne trotte dans Paris. Raté ! Le garçonnet n'avait été se coucher qu'à reculons. En son for intérieur, Hervé avait salué l'élégance de Noémie, non qu'il en ait douté, lorsque Maxime – réveillé comme un canari – avait lancé au-dessus de son bol matinal de lait cacaoté :

1. Trente-cinquième président des États-Unis (1917-1963).

— Maman dit que tu exerces un super boulot, super utile. Tu cours après les méchants pour empêcher qu'ils nous fassent du mal. C'est cool, je trouve.

Le capitaine s'échoua sur son fauteuil de bureau, son gobelet de café fumant devant lui. Le souvenir des discussions avec son fils lui tira un sourire. Certes, ils n'en étaient pas à la théorie de la relativité ni à « c'est quoi les grosses différences des filles ? » (ouf, mais ça viendrait sous peu). Pourtant, la vision du monde au travers du regard d'un enfant avait de quoi nettoyer pour quelques heures un flic déjà endurci.

Il consulta sa messagerie. Une mauvaise nouvelle – une autre – l'attendait. Jean Leroy (AKA : Sourcils Broussailleux, Xavier Smith) n'avait abandonné ses empreintes digitales que sur les surfaces qu'il avait touchées samedi, alors qu'il menaçait Louise d'un cutter. Le labo précisait : pas de similitude avec les différentes empreintes relevées dans la réserve climatisée.

Et merde, son magnifique suspect s'évanouissait !

La sonnerie de son téléphone fixe coupa net son énorme bâillement.

— Hernandez ! tonitrua la voix.

— Salut, Nita. Bon week-end ?

— Ouais, parce qu'avec les heures sup' que tes analyses ont nécessitées, je vais enfin pouvoir m'offrir la paire de bottes de mes rêves.

— Tu as des résultats ?

— Non, non, je t'appelais juste pour prendre des nouvelles et te faire un bisou de début de semaine, ironisa-t-elle. Si on exclut les ADN de la victime, de Mmes Longin et Thierry, celui du frangin Hubert, on restait donc, ainsi que tu le sais, avec un quatrième majoritaire sur les lieux, notamment sur le clavier de l'ordinateur, que nous avons attribué – sans certitude – au vendeur, ce Sébastien Mercier. Les multiples autres ADN se retrouvent dans des endroits très ciblés : le comptoir, la porte vitrée d'entrée, etc. *A priori*, des clients. Là où tu vas saliver, c'est que le quatrième ADN majoritaire, Mercier, est apparenté à celui de la victime.

— Fournier ? Le pharmacien ?

— Pourquoi ? Y en aurait-il une autre qu'on m'aurait dissimulée ? lâcha-t-elle, pince-sans-rire. C'est son fils.

— Hein ?

— Son rejeton biologique, quoi.

— Oh, bordel !

— Mieux : te souviens-tu de la montre de la victime ? Le remontoir avait été à moitié arraché, suggérant, éventuellement, une prise aux poignets.

— Et ? souffla Ledru dont la respiration s'accélérait.

— Bingo, nous parlons du même ADN.

— Oh, put…

— Euh, euh, je n'aime pas ! le coupa-t-elle.

— Bordel de merde !

— Voilà qui est mieux, plus… élégant à l'oreille d'une dame, je trouve.

— Donc, le fils a buté le père. Il a dégoté ce boulot chez la fleuriste, Louise Longin, parce que la pharmacie de son père était située à cent mètres !

— Je n'en ai pas la moindre idée, mon chéri. Ça, c'est ton boulot. À part cela, un petit compliment ne serait pas superflu.

— Tu es top super géniale !

— Je sais. Bon, ben, salut.

Nita n'avait pas raccroché que la sonnerie de téléphone résonnait à nouveau. Louise résuma les trouvailles de Raphaël. Elle souligna qu'ils n'avaient aucune idée valable sur les lettres « a.f » et « a.l.o » et proposa ensuite :

— J'ai la boîte et la notice. Nous avons pensé avec Chloé qu'il serait plus simple pour vous de venir la récupérer au magasin… plutôt qu'au cabinet. Euh, le trottoir est plus large pour se garer de façon illégale.

Hervé ne fut pas dupe. Cependant, tout comme Raphaël, il avait appris une chose précieuse au sujet du beau sexe, qu'il transmettrait à son fils, le moment venu : ne jamais bousculer une femme au risque de la voir faire le contraire de ce que vous souhaitiez.

Thomas Verdier déboula après son appel. Les deux hommes consultèrent les banques de données à leur disposition. Un premier résultat tomba vite : Gérard Fournier n'avait eu qu'un fils, du moins légitime, Arnaud Fournier, âgé aujourd'hui de trente-quatre ans. Fournier fils n'avait aucun compte sur les réseaux sociaux, en tout cas sous son nom. Ils passèrent ensuite au Registre du commerce et des sociétés, un réflexe. Une palanquée de Fournier avait monté des boîtes. Néanmoins, un extrait Kbis leur fit dresser l'oreille. Un certain Arnaud Fournier avait été gérant d'une société d'import-export placée en redressement judiciaire deux ans auparavant. À l'évidence une faillite frauduleuse, qui ne déparait pas son profil. Fournier Arnaud ne manquait pas d'humour : sa société se nommait Adam Clarté, deux des petits noms de l'ecstasy, nom de rue de la MDMA[1].

1. Méthylène-dioxy-métamphétamine.

— Élucidées, les lettres « a.f. » : comme dans Arnaud Fournier ! résuma Hervé. Juste histoire de faire une petite récré, voilà comment j'imagine les choses. Fournier papa commence à magouiller et à réaliser des préparations très personnelles pour faire maigrir. Il lui faut des amphétamines pour les effets anorexigène et psychostimulant, en quantités assez modestes pour passer sous le radar, toutefois.

— Fournier fiston l'apprend. De quelle manière, je l'ignore. Peut-être gardait-il un œil sur la pharmacie ? Alors que les deux hommes sont fâchés depuis le décès de la mère et épouse, selon les dires de Séverine Ancelin, ils se retrouvent, poursuivit Thomas Verdier.

— Je ne crois pas. Je parierais que Fournier père n'a découvert que très tardivement qui était Monsieur. Son fils, donc. Selon moi, une étincelle a dû se produire peu avant que Louise ne pénètre dans l'officine. Pour preuve, ce cryptage incomplet. S'il avait eu assez de temps, il l'aurait peaufiné, complété les mots ou noms.

— Ça ne colle pas avec ce qu'a lâché Jean Leroy dit Sourcils Broussailleux ou Xavier Smith à Louise, alors qu'il la menaçait d'un cutter dans la boutique, remarqua Thomas Verdier. La boîte avec les fautes d'orthographe qui composent un message était déjà prête, sous le comptoir. Il avait donc eu le temps d'écrire ce qu'il souhaitait et il connaissait l'identité de « Monsieur ».

— Bon point, admit Ledru. À moins qu'il ait voulu rester sibyllin pour le cas où la notice tomberait entre de mauvaises mains. Il l'a fourrée dans une boîte. Quoi de plus logique que de l'aspirine ? Avec le paracétamol, c'est sans doute le médicament qui s'achète le plus. Quand il a vu Leroy-Smith entrer, il a songé que les choses viraient à l'aigre et a tendu la boîte stockée sous le comptoir.

— Pourquoi ne pas faire simple, se mettre à hurler en demandant à la cliente d'appeler les flics ? Leroy a filé direct dans la réserve, d'après Mme Longin. Il ne le menaçait pas encore, raisonna Thomas.

— Très juste. Je ne vois qu'une explication : la cupidité. L'argent est une drogue terrible. Il fait perdre le bon sens à beaucoup de gens. Gérard Fournier espérait-il un moyen de chantage grâce à ce stratagème ? A-t-il pensé qu'en cas de problème, il pourrait s'en tirer en menaçant Monsieur, son fils Arnaud ? Il lui révélait qu'il avait craché le morceau grâce à une boîte de médicament. Si on était gentil avec lui, il la récupérait. Dans l'éventualité où son chantage marchait, il pouvait alors fourguer un prétexte à Louise pour reprendre la boîte. Tu vois, le rappel d'un lot ou autre. Toutefois, pas folle la guêpe, Fournier papa, qui redoutait également les flics, s'est limité à un truc cryptique pour que le premier client venu ne file pas au commissariat ventre à terre après lecture de la notice.

— Ça se tient, approuva Verdier. Clair que si tu découvres une grosse mention au feutre rouge sur le mode « Help, un tueur est planqué dans mon arrière-boutique », tu appelles les flics.

— Cool ! Reprenons notre scénario : Arnaud découvre que papa fabrique des médocs amaigrissants avec pour base une amphét'. Il décide alors qu'il peut le convaincre de passer à l'étape suivante : la revente de came « récréative », amphét' ou ecstasy. Ils s'évitent ainsi la fourniture en extraits thyroïdiens de porc, pas fastoche d'après ce que j'ai vu, même si Fournier père continue son petit bizness de son côté. Ses deux hommes de main, le prétendu Éric Lemarchand et le véritable Jean Leroy, veillent au grain, ce qui lui permet de rester dans l'ombre.

Ils pianotèrent encore, chacun sur son ordinateur portable, sans grand succès. La trace de Fournier rejeton se perdait vite.

— Bon, la synthèse de MDMA, bref d'ecstasy, de la famille des amphétamines, est assez simple. Un chimiste très moyen peut la réaliser. Pourquoi pas Gérard ? Le gros de la production vient de Belgique, des Pays-Bas et d'Allemagne dans une moindre mesure, rappela Thomas. Ou alors, Fournier Gérard n'était qu'un revendeur et Monsieur s'occupait de la fabrication ?

— À 10, 12 € environ le comprimé, moins si tu en achètes un certain nombre, les vraies amphétamines de base rapportent plus. La synthèse n'est pas non plus complexe. Mais c'est moins à la mode, moins « éclate ».

— Ouais, beaucoup moins entactogène[1], comme on dit maintenant, ironisa le capitaine. Problème de la synthèse d'ecstasy : le safrole, extrait de l'huile de sassafras, de plus en plus difficile à se procurer. Ça explique d'ailleurs que certains comprimés de pseudo-ecstasy ne contiennent presque plus de MDMA, mais n'importe quoi, et parfois même de la lessive. Ou même qu'il s'agisse, en fait, de cathinones.

Hervé Ledru plongea vers son clavier et compléta :

— Sympa, Wikipédia : l'arbre est cultivé au Brésil, on en trouve en Amérique du Nord, en Indonésie, etc.

1. Qui favorise le contact.

Verdier se frotta les mains, un sourire carnassier aux lèvres :

— Bien, nous allons consulter nos petits camarades informaticiens. Ils mettront en concordance : société d'import-export, enregistrée en France, Belgique, Pays-Bas ou même Allemagne et commerçant avec le Brésil, l'Indonésie etc. Peu d'employés, voire aucun. On est discret dans ce genre de métier, on a juste à vérifier les containeurs et à menacer de temps en temps les fournisseurs. Chiffre d'affaires correct pour ne pas éveiller les soupçons. Nom du gérant, peut-être Arnaud Fournier.

— Tout bon ! se réjouit Hervé.

« Les dieux de la vengeance exercent en silence. »

Joli, cher Johann Paul Friedrich Richter[1],
dit Jean Paul. De fait, prévenir de sa vengeance,
c'est au fond souhaiter qu'elle ne s'exerce jamais.

Quelques jours plus tard...

Arnaud Fournier fut arrêté à la fin de la semaine alors qu'il sortait de son « havre » parisien, un studio propret, au rez-de-chaussée d'un immeuble du 18e arrondissement. Il refusa le secours d'un avocat alors que son compte en banque belge lui aurait garanti les services d'une ou plusieurs pointures. Sans même évoquer ses autres comptes, occultes.

Lorsqu'il s'installa dans la petite pièce réservée aux interrogatoires, les deux flics eurent une surprise. L'homme grand, baraqué, s'exprimait avec calme, et une évidente finesse de raisonnement. Ledru en vint à comprendre le portrait qu'en avait brossé Louise Longin :

1. Romancier allemand, avec souvent une plume très humoristique (1763-1825).

un être dépourvu de méchanceté foncière à l'origine, d'une intelligence certaine. Toutefois, une implacable vengeance l'avait rendu féroce, impitoyable. Le capitaine eut même le sentiment que Fournier fils était assez soulagé par son arrestation. La suite devait le lui démontrer, et cette confrontation rester dans la mémoire des deux flics. Un jet de pile ou face, avait désigné Hervé comme interlocuteur principal. Thomas assumait le rôle de la mouche du coche. Le capitaine attaqua :

— Vous avez refusé la présence d'un avocat.

— Exact.

— Vous savez, bien sûr, que vos déclarations pourront être utilisées contre vous ?

— J'aime beaucoup les polars. Je suis au courant.

— Qui est Sébastien Mercier ? La carte d'identité que vous utilisez est authentique. Quant à la photo, la ressemblance est assez vague, Mercier était blond moyen aussi. Cela étant, les photos d'identité sont en général si dégueulasses qu'on reconnaît avec peine les titulaires légitimes.

— Un loser, un routard à la petite semaine. Je l'ai rencontré en Belgique. Il devait ramener une livraison en France. Il a tenté de me doubler.

— Vous admettez son meurtre ?

Arnaud Fournier lui destina un sourire lumineux, celui du gars qui sait qu'on ne retrouvera jamais le cadavre de sa victime :

— Non. Il a disparu de la circulation. Sans doute a-t-il perçu mon vif mécontentement.

— Hum… Avez-vous tué votre père, le pharmacien Gérard Fournier ?

Le regard d'Arnaud Fournier changea, s'obscurcissant pour devenir inflexible. Il lâcha d'un ton sec, métallique, mauvais :

— Oui. Égorgé.

Et les deux flics sentirent que cette haine-là était à l'origine du reste, au point que Fournier avait besoin de revendiquer ce meurtre avec préméditation, alors qu'il n'admettrait jamais celui du véritable Sébastien Mercier, un épiphénomène à ses yeux. Ledru s'enquit d'un ton neutre :

— Aviez-vous des complices pour ce meurtre ?

— Non.

— Aviez-vous des complices, en général ?

Le regard d'Arnaud avait repris sa souplesse, son indifférence sans hargne. Il précisa :

— Pas des complices, des employés : Jean Leroy, que vous détenez, et Éric Joly, dit Lemarchand. Ils étaient chargés de surveiller Fournier et de lui faire peur, la pire ordure… du moins une des pires que ce monde ait jamais portées.

— Est-ce vous ou Leroy, ou les deux, qui avez retourné le magasin de Mmes Longin et Thierry à la recherche de la boîte d'aspirine que vous aviez aperçue sur les vidéos de surveillance de la pharmacie ?

— Moi. D'ailleurs, la suite le prouve : je n'ai pas peur des serpents. Je les trouve beaux, étonnants. Attirants, presque.

— Leroy était chargé de malmener, peut-être de tuer Mme Longin pour récupérer le message de votre père, n'est-ce pas ?

Un sourire très doux étira les lèvres de l'homme. Il hocha la tête en signe de dénégation avant d'expliquer d'un ton ferme :

— Faire du mal à Louise ? Je n'aurais jamais touché un cheveu de sa tête, et si un mec l'avait menacée, il était très mal. Croyez-moi. Non, les instructions de Jean étaient limpides et il sait que mieux vaut ne pas me désobéir. Il devait lui faire peur et récupérer la boîte d'aspirine. (Il pouffa, véritablement amusé, et poursuivit :) Bon, les choses ont un peu dérapé. Jamais je n'aurais pensé que cette brute épaisse de Leroy, qui tue comme il pisse, aurait peur de deux serpents, non venimeux. Erreur de ma part. Du coup, j'ai oublié de l'avertir de la présence d'un terrarium, d'autant qu'il n'avait pas à pénétrer dans la réserve climatisée. Sacrée Louise ! Certaines femmes sont surprenantes, vous ne trouvez pas ? (Redevenant dur, il exigea :) Tant que j'y pense, merci de ne pas désigner Fournier par la qualité de « père ».

Étonné par la véhémence de sa réaction, mais aussi par sa tendresse sous-jacente, Ledru creusa :

— Vous étiez amoureux de Mme Longin ?

— J'aurais pu, sans difficulté. Toutefois, Louise n'aime que son ex-mari. C'est très touchant, d'autant qu'elle ne s'en rend pas vraiment compte. C'est juste que… par certains côtés, pas du tout physiques, elle me rappelait un peu ma mère. Vous savez, ces êtres aimants, exquis, qui rendent la vie plus belle. Ils sont en général très vulnérables. Il faut les protéger. J'étais trop jeune et surtout trop con.

L'allusion à Laure Fournier, sa mère, ne faisait aucun doute. D'ailleurs, Arnaud embraya :

— Ma mère n'est pas morte d'un problème cardiaque, contrairement à ce que l'ordure a fait croire. Elle s'est suicidée. Veines tranchées dans la baignoire. Elle s'est vidée de son sang. C'est moi qui l'ai découverte en rentrant. Vous le vérifierez sans peine avec les archives de l'Institut médico-légal. Il y a eu une autopsie. Le pire, c'est que je suis coupable. J'avais décidé de me tirer, je n'en pouvais plus de ce type. Encore une fois, j'étais jeune, stupide. Égoïste aussi. Je n'avais pas compris qu'elle ne survivait qu'à cause de moi, pour me protéger de lui, de ses humiliations, de sa méchanceté, de la crasse conquérante de son âme.

— Il s'agissait donc d'une vengeance. Mais pourquoi avoir attendu si longtemps ?

— La haine. La haine qui étouffe mais ne permet pas d'agir. Connaissez-vous cette phrase si pertinente de George Bernard Shaw[1]: « La haine, c'est la vengeance du poltron » ? Il a fallu que je cesse d'être poltron, que je devienne Monsieur.

— Vous semblez éprouver une tendresse... respectueuse pour Mme Longin. En ce cas, pourquoi avoir déposé son pendentif sous le cadavre de votre... de M. Fournier, puis un autre en « C » sous celui d'Éric Joly ? De sorte à orienter nos soupçons vers elles ?

— Je sais qu'il y a des « cas » chez vous, mais quand même. La plupart des flics de la Criminelle possèdent un compte légitime de neurones, non ? Au contraire, c'était tellement gros – d'autant que Chloé n'a jamais possédé

1. Un des plus célèbres dramaturges, essayistes, scénaristes irlandais, auquel on doit, entre autres, *My Fair Lady* (1856-1950).

un tel pendentif. Ça devait écarter d'elles les soupçons, en plus du fait que j'avais nettoyé les empreintes sur la porte vitrée de la réserve climatisée, juste avant. J'aime beaucoup Chloé, elle me fait rire. Une grande gueule doublée d'une fausse dure. Je me suis dit que le meilleur moyen de détourner les soupçons d'elles consistait à charger la barque, à tout faire pour que vous compreniez que le vrai meurtrier, moi, tentait de les incriminer. Ça a marché, non ?

— Et Joly/Lemarchand, c'est vous ?

— Non. Leroy l'a exécuté. Éric Joly piquait dans la caisse. Il avait des goûts dispendieux. De plus, je déteste les sadiques. Pour couronner le tout, son « usage de substances illicites », comme on dit chez vous, le rendait de plus en plus imprévisible. Ainsi, il ne devait pas se rendre dans le cabinet de Chloé. Il ne devait pas l'approcher. Mes ordres étaient formels. Chloé n'était pas une cible, pas plus que Louise, même si on les surveillait parce que j'avais besoin d'un emploi dans ce magasin de fleurs. Éric était un vrai psychopathe. Ils sont… parfois très utiles quoique incontrôlables. Chloé est dentiste. C'était un peu comme de mettre un gros os juteux devant le nez d'un chien. Les dents d'une dentiste, quel fantasme, quel trophée, non ? Il était exclu qu'il la torture pour se faire un fix. J'y ai veillé.

— Le boulot de vendeur chez une fleuriste avait pour but de garder l'œil sur votre pè… sur Gérard Fournier ?

— Pas seulement. La boutique se révélait le lieu idéal. J'y ai donné des rendez-vous nocturnes parce que je ne voulais pas que Leroy ou Joly connaissent mon adresse, et qu'on ne donne certains ordres que de vive voix.

Jamais le magasin de Louise n'a servi de planque pour la came, du fric ou des armes. Il était exclu qu'elle ait des emmerdements par ma faute.

— C'est quand même là que vous avez égorgé Fournier père, rectifia Ledru.

— En effet, et je l'ai beaucoup déploré, même si je l'avais prévu dès le début. Mais bon, buter quelqu'un exige un peu de discrétion et de tranquillité, surtout lorsque l'on souhaite raviver sa mémoire, qu'il se mette à genoux et demande pardon à une femme. Qu'il ait la trouille de sa vie et qu'il demande vraiment pardon. Il devait demander pardon à ma mère.

Thomas, plus décontenancé qu'il ne souhaitait le laisser paraître, intervint :

— Et il s'y est plié ?

— Bien sûr, c'était un pétochard. Le problème, lieutenant, c'est que ce genre de mec peut jurer n'importe quoi. Ils n'ont ni cœur ni âme, ils ne ressentent rien.

— Selon vous, Gérard Fournier savait-il que son fils unique n'était autre que Monsieur ? reprit Hervé Ledru.

— Il l'a longtemps ignoré, jusqu'à ce que je sois fin prêt.

— Comment l'avez-vous incité à vous rejoindre ce soir-là dans la boutique ?

Arnaud Fournier s'esclaffa, très satisfait de lui.

— Le « retour du fils prodigue », bien sûr. Puisque nous réalisions tant d'affaires juteuses, autant nous réconcilier, n'est-ce pas ?

— Et il y a cru ? s'étonna Thomas Verdier.

— Oh non. La preuve, la boîte d'aspirine. Il m'a aussitôt fait chanter. Il a affirmé qu'il pouvait la récupérer si je me montrais… gentil.

— Qu'exigeait-il en échange ?
— Sa… disons tranquillité et la seule chose qu'il adulait : du fric. Bref : une augmentation de pourcentage. Étrange comme le fric assèche tout le reste. Remarquez, qui, dans ce cas, est l'œuf ou la poule ? Est-ce la cupidité sans vergogne qui assèche ou le fait que l'on est dépourvu de tout sentiment qui permet à la cupidité de s'installer comme unique passion, seul désir ? Vaste sujet, n'est-ce pas ? Quoi qu'il en soit, il m'a rejoint. Tout était prêt. (Il leva le regard vers le plafond et poussa un long soupir.) Ma mère a été plus malheureuse que les pierres. Il ne s'agit pas d'une vaine expression. Il était mauvais, jusqu'à la moelle. Elle n'a tenu que grâce à, ou à cause, de moi.
— Ouais, bien émouvant. Mais, la came, ce n'est pas une œuvre pieuse, non ? ironisa Verdier.
Arnaud Fournier le détailla, un sourire chaleureux aux lèvres, et rétorqua :
— Presque. Ce n'est pas à vous que j'apprendrai que l'ecstasy est devenue plus dangereuse que les amphet' de base, que des gamins décèdent. Il est vrai qu'il ne s'agit pas de la même clientèle. Les amphétamines de papa attirent une clientèle de professions libérales, de cadres sup', voire de routiers qui veulent travailler davantage, dormir le moins possible, sans perdre leur maîtrise. Le MDMA de l'ecstasy ramène une clientèle festive et plus jeune. Si vous saviez les merdes très nocives, voire quelquefois mortelles, qu'on trouve parfois dedans, à la place du principe actif : poudre d'alun ou lessive, en effet, pesticides, ratages d'extraction ou synthèse incontrôlée et autres. Certes, l'idéal serait que les jeunes n'y touchent pas. Assez illusoire pour pas mal d'entre eux… Là

comme ailleurs, on imite les copains « super cool ». C'est triste.

Ledru, qui reprenait pied, le coupa :

— Aaahhh, je l'attendais, celle-là ! Laissez-moi résumer : vous êtes un bienfaiteur de l'humanité qui produit une MDMA propre afin de sauver des vies ?

— Bien sûr, vous n'y croyez pas, soupira Arnaud Fournier.

— Pas le moins du monde. Vous savez pourquoi ? Parce qu'on en a vu pas mal passer, qu'on est futés et surtout…

Hervé se tourna vers son comparse, qui annonça en savourant chaque mot :

— Et surtout, parce que nous avons retrouvé tous vos avoirs, sous le nom de Julien – votre second prénom – Bourgeois, le nom de jeune fille de votre mère. Il s'agit maintenant du nom d'usage porté sur vos papiers d'identité, les vrais. Ben, mon vieux, c'est lucratif de devenir bienfaiteur de l'humanité ! Une très jolie maison en Bretagne, sur front de mer, une superbe baraque à Uccle, en Belgique, très chic. Ça vous rapproche du boulot : vos deux entrepôts en banlieue de Louvain, très jolie ville – le « a.l.o » sur lequel nous butions, pour « à Louvain ». Sauf que selon nos collègues de la police belge, ils sont vachement équipés en matériel de laboratoire, vos entrepôts. Enfin, des liquidités et avoirs divers et variés en France et à l'international qui se montent à pas loin de 15 millions d'euros. Moi, j'accepte de devenir dame patronnesse pour un quart de cette somme.

Arnaud Fournier baissa la tête et exigea :

— Je veux un avocat.

— Une demande prévisible, pouffa Ledru. Ce moment fatidique où le type qui pensait être plus malin que tout le monde se rend compte que... ben non. Toutefois, Fournier, je parie que le début de votre histoire est véridique. Vous détestiez votre père et vous en êtes voulu mortellement de ne pas avoir protégé votre mère. Manque de bol – et ainsi que vous l'avez souligné –, si on ne se montre pas très vigilant, la rapacité prend vite le pas sur le reste. Si on la laisse faire, elle bouffe tout le bon, la lumière en nous. Quant au reste, le tribunal tranchera.

Les deux flics se levèrent dans un crissement de pieds de chaises sur le dallage de la petite salle.

Arnaud Fournier redressa la tête et déclara d'une voix urgente :

— Est-ce que... enfin, pourriez-vous, je vous prie, dire à Louise que jamais je ne lui aurais fait de mal ? Ni à Chloé, ni à Le Minou. Jamais ! Je lui demande pardon. Pouvez-vous le lui transmettre ? S'il vous plaît ?

Hervé Ledru hocha la tête en signe d'assentiment.

« La vraie tristesse, ce sont les derniers mots pénibles mais doux à ceux que nous avons perdus ou à ceux que nous avons ratés. »

Merci, chère Andrea
(Japp : l'auteur n'ayant pas d'autres citations qui lui conviennent au sujet de la tristesse).

Quelques jours plus tard…

Louise fondit en larmes lorsque Hervé Ledru l'appela pour lui transmettre le message d'Arnaud Fournier, ex-Sébastien. Un chouia affolé par les sanglots de la fleuriste, le capitaine tenta l'option rationnelle :

— Bon, c'est quand même un assassin endurci : son père, le vrai Sébastien Mercier, sans compter ceux qu'il a fait buter ou le trafic de drogue.

Mauvaise pioche. Depuis les cavernes, il semble que les hommes, la plupart d'entre eux, n'aient pas compris un point crucial. Le gars qui le leur expliquerait rendrait un immense service à l'humanité. Lors des grands épisodes de stress, de tristesse, de panique, les femmes passent le plus généralement par une phase émotive, puis reviennent vite à la logique. S'attendre à l'inverse, qu'elles soient rationnelles puis émotionnelles, frôle l'incohérence. Un peu de bon sens en la matière ne nuirait pas, messieurs !

— Il n'avait pas un méchant fond, je le savais ! hoqueta-t-elle. D'ailleurs, Le Minou l'aimait beaucoup. Les orchidées aussi. Enfin, tout cela s'explique par ses remords vis-à-vis de sa mère. D'accord, c'est un criminel, il mérite d'être puni avec sévérité, mais il n'est pas pourri jusqu'à la moelle, contrairement à cet Éric, ce psychopathe. Ouhhh… je le déteste. Tiens, je ne regrette pas qu'il soit mort, celui-là ! Écoutez, je vous trouve très chouette, Hervé. Néanmoins, je pense que votre métier vous a fait un peu perdre la notion d'humain. C'est regrettable.

Sur quoi, elle lui raccrocha au nez. Bon, peut-être avait-il manqué de doigté ? À ceci près qu'il ne voyait pas comment édulcorer la vie d'un assassin, dealer, fabricant de drogue et mafieux. Il tenta le numéro de Chloé. Occupé. Louise était en train de lui raconter leur conversation. Il réessaya trois minutes plus tard. Lorsque Chloé décrocha, une sorte de timidité lui fit prononcer un « Allô » d'une mollesse affligeante. Un « Allô » sec lui répondit.

— Euh… Chloé, c'est Hervé, et je…

— Le docteur Thierry n'a plus de rendez-vous disponibles avant sept mois. Merci de rappeler ou mieux, de consulter un confrère ou une consœur.

— Non, mais attendez, là… c'est quoi cette…

La voix métallique, indiscutablement celle de Chloé, reprit :

— Le docteur Thierry n'a plus de rendez-vous disponibles avant sept mois. Merci de rappeler ou mieux, de consulter un confrère ou une consœur.

Un faux bip bipbip, très humain, s'ensuivit. Chloé raccrocha.

Bon, bon… Le capitaine passa les mains dans ses cheveux et exhala. Seule morale à tirer : les criminels étaient chiants et les rapports humains pas simples. Certes, il n'était guère avancé avec cette déduction d'une parfaite platitude, mais ça le soulageait quand même.

Thomas Verdier passa la tête par l'entrebâillement de la porte.

— Je me rentre. Mardi – mon matou – et moi, on se fait un chili con carne maison. Enfin, lui, il mange la carne sans haricots rouges ni piment, et moi le reste.

Perdu dans la quatrième dimension, Ledru commenta d'un ton lointain :

— Ah, j'adore.

Verdier hésita, puis :

— Je te propose de partager… j'ai de la bière mexicaine, aussi. Bon, mais en général, t'aimes pas trop sortir… Enfin « sortir », c'est un bien grand mot dans le cas de mon appart'.

Hervé se leva et annonça :

— Alors là, volontiers, j'ai besoin de me vider la tête…

— Ouais… les gonzesses, je te l'ai toujours dit ! D'accord, on peut pas s'en passer, mais bordel, quelle complication !

— Selon moi, elles disent la même chose de nous. T'as un bon western ?

— Je veux, mon pote !

« La vertu d'un homme ne doit pas se mesurer par ses efforts, mais par ce qu'il fait d'ordinaire. »

Nous sommes bien d'accord, cher Blaise (Pascal[1]). Cela étant, l'ordinaire implique parfois de gros efforts.

Quelques jours plus tard…

Louise, sous des dehors conciliants et raisonnables, pouvait se montrer entêtée lorsqu'elle était assurée d'avoir raison. Si elle avait compris pourquoi Chloé ne tenait pas à se retrouver dans un sac d'embrouilles avec le pré-divorcé Ledru, une autre priorité lui tenait à cœur. Aussi, à petites touches, avait-elle travaillé son amie au corps. Chloé appartenait à un profil féminin assez répandu. Braquez-les en ordonnant, exigeant, menaçant et vous vous retrouvez face à un mur, mur qui peut virer teigneux. Entourez-les de douceur, d'arguments suaves, de raisonnements amicaux (mais obstinés) et elles cèdent le plus souvent.

1. Mathématicien, philosophe, moraliste, théologien (1623-1662).

Aussi, madrée, avait-elle comploté toute seule devant son écran d'ordi. Certes, on nous rétorquera qu'en général et par définition, un complot implique plusieurs protagonistes. Cela étant, si on veut garder un plan secret, le mieux consiste à ne pas le partager, logique. Cet après-midi-là, elle se composa une tête d'enterrement, lugubre et douloureuse, dès que la silhouette de la dentiste s'encadra derrière la porte vitrée de la boutique. Le Minou frétillait déjà de son gros popotin pour accueillir l'amie.

— Couché ! ordonna la fleuriste, pour une fois d'un ton sans appel. Là, tu ne me ridiculises pas, parce que je préviens le chow-chow noir de ton éducateur Jean-Marie et je lui relate toutes tes bêtises, un paquet. Je peux t'assurer qu'il ne sera pas content, le chow-chow !

Un miracle de pré-Noël, sans doute : le chien la dévisagea et, un peu surpris, s'affala de tout son long sur le carrelage en poussant un long soupir d'incompréhension. Ah mince, si sa maîtresse chérie se mettait à avoir un chouia d'autorité, où allait-on ?

Chloé poussa la porte, saisie par le silence pesant qui régnait dans le magasin. Aussitôt, elle s'inquiéta :

— Quoi ? Encore un truc affreux ?

Le visage de Louise offrait une image de la désolation. Elle murmura :

— Oui… mais bon… Plus philosophique, humaniste qu'autre chose. Une sorte de réflexion sur la grande solitude de notre monde. On est archiconnectés, bombardés de communications, surstimulés et pourtant si isolés. Quelle tristesse !

Chloé avança, se pencha vers elle et la huma :

— Tu as bu, là ?

— Pas du tout !

— Tu as mangé un truc qui n'est pas passé hier soir ?

— Non, une salade au thon, contra Louise. Ce que je voulais dire, c'est que les grandes métropoles, de vraies fourmilières, laissent tant de gens sur le côté, esseulés. À mon avis, c'est encore plus dur lorsqu'on sait qu'autour de soi plein d'autres profitent de leurs proches, de leur famille, amis, amants, femmes/maris, enfants, animaux de compagnie, etc.

Elle tendit quelques sorties d'imprimantes à Chloé, qui les feuilleta. La plupart des articles s'attardaient sur ces expériences de « parrainage » d'une vieille personne, ou d'un jeune, par une famille.

La dentiste, ayant oublié d'être idiote, lâcha la mine fermée :

— Qui ?

— Plaît-il ? gazouilla Louise d'un ton innocent.

— Qui veux-tu que nous adoptions ? Je sens que ton tonnelet de rhum est rempli à ras bord. Remarque, Le Minou peut jouer les saint-bernard.

— Euh… non… je faisais une réflexion… rien d'autre.

L'odeur citronnée des bébés *grandis* embaumait. Louise avait réalisé des merveilles d'élégance et de sobriété. Les branches des petits sapins étaient enveloppées de ruban de satin blanc, et des plumes légères y étaient suspendues comme autant de gouttes duveteuses.

— Une vraie réussite, répéta pour la vingtième fois Chloé.

— Oh, ça me touche beaucoup. Et, ça plaît. Une petite centaine est en commande, rien que pour la semaine prochaine, se réjouit la fleuriste.

La dentiste sourit, en détaillant un des mini sapins. Elles avaient de la chance. Elles avaient eu de bons parents, hormis son père à elle. D'un autre côté, elle y pensait rarement. Elle avait Victor. Louise avait Raphaël et Hubert. Elles s'avaient. Elles gagnaient bien leur vie sans trop de galères. Elles étaient intelligentes, en pleine santé, entourées, plutôt jolies filles, sans problème d'argent ou autre. Pour couronner le tout, elles avaient eu une veine incroyable en échappant à trois tueurs et à deux serpents, au beau milieu de Paris, un record absolu en termes d'innovation. À cela près que si elles contactaient le *Guinness Book*, aucun membre du staff ne les croirait.

La chance, le bonheur doivent rendre généreux. C'est une grave erreur et un affront fait à la vie de ne pas retourner un peu de sa chance à ceux qui en ont moins. Radoucie, Chloé s'enquit, quoique ayant déjà une petite idée, rien qu'à la façon dont Louise marchait sur des œufs depuis plusieurs jours :

— Qui ? S'il s'agit du faux Sébastien faux Mercier, c'est non. Mais j'en doute, d'autant qu'il est en taule.

Louise la considéra, très sérieuse, puis se jeta à l'eau :

— Ça me colle le bourdon que Séverine soit si seule. D'accord, d'accord, elle a des défauts, mais que celui qui n'a jamais péché lui jette la première pierre, non ? C'est toujours d'actualité.

— Juste. Tu veux qu'on l'invite au restau ?

Louise tapa dans ses mains de bonheur :

— Oh, je croyais que tu allais hurler et me conseiller de consulter très vite, peut-être même une série d'électrochocs. Quel soulagement !

— Non… je suis revenue sur ma mauvaise impression. Au fond, nous avons des points communs, elle et moi. On ne mord qu'après provocation.

— Alors, voilà… j'ai pensé… grand. On invite tout le monde rue de Tocqueville. Un super dîner, genre famille élargie. Je sers de marmiton à Victor et j'assure le fleurissement de la table.

Un peu inquiète de la démesure de son amie, Chloé vérifia :

— « Tout le monde », c'est qui ?

Louise eut ce sourire que son amie aimait tant. Un sourire rare. Elle ne l'avait vu qu'à quelques reprises. Un sourire « en dedans », yeux fermés, tête un peu inclinée vers le bas, cheveux caressant ses joues. Lorsqu'elle avait reçu une lettre enflammée et un peu bébête de son premier flirt de lycée, lorsqu'elle avait épousé Raphaël. Lorsqu'elle s'était enfin crue enceinte, avant un chagrin blessant d'absence d'enfant. Et la dernière fois, lorsqu'elles s'étaient saoulées après le divorce. Louise avait bredouillé :

— Mais si jamais tu te maries, toi, je vais me retrouver complètement seule. Ooohh, ce que je suis égoïste. Une sale égoïste. En plus, je me fais honte !

Bourrée elle aussi, Chloé avait déclaré en butant sur les mots :

— Rien ne nous séparera, même si je trouve enfin un homme épousable. Pas gagné, soyons franches. Tant qu'on est amies, on est fortes.

Louise avait eu ce sourire « en dedans ». Ensuite, elles s'étaient écroulées sur le canapé pour se réveiller le lendemain, les tempes prises en étau par une bonne grosse migraine de pochtronnes.

— Je te dresse la liste des guests ? reprit la fleuriste.

— Mouais, si c'est dans mes moyens nerveux.

— On invite Séverine. Et, bien sûr, Hubert et Zhu… je souhaite vraiment qu'on aille vers une… formalisation de leur relation… tu vois. Ledru et son petit garçon, sans oublier Thomas Verdier ni Raphaël. Dis oui, dis oui, dis oui !

Chloé réprima le rire qu'elle sentait monter. Elle prétendit réfléchir et décida :

— Voyons… enchiladas avec gluten, pour couper court aux protocoles expérimentaux de Victor et éviter de manger à l'aide d'une paille, ou alors crevettes cajun… ou encore le bon vieux pâté maison suivi d'une sublime poule au pot farcie, riz sauce blanche. On termine par un crumble, je les réussis à merveille. Ouais, ça me plaît super !

Du même auteur

La Malédiction de Gabrielle

1. À l'ombre du diable, Flammarion, 2015 ; J'ai lu, 2016.

2. Le Fléau de Dieu, Flammarion, 2016 ; J'ai lu, 2017.

Les Enquêtes de M. de Mortagne, bourreau

1. Le Brasier de justice, Flammarion, 2010 ; J'ai lu, 2011.

2. En ce sang versé, Flammarion, 2012 ; J'ai lu, 2013.

3. Le Tour d'abandon, Flammarion, 2014 ; J'ai lu, 2014.

Les Mystères de Druon de Brévaux

1. Aesculapius, Flammarion, 2010 ; J'ai lu, 2011.

2. Lacrimae, Flammarion, 2010 ; J'ai lu, 2012.

3. Templa Mentis, Flammarion, 2011 ; J'ai lu, 2012.

4. In anima vili, Flammarion, 2013 ; J'ai lu, 2014.

La Dame sans terre

1. Les Chemins de la bête, Calmann-Lévy, 2006 ; Le Livre de poche, 2007.

2. Le Souffle de la rose, Calmann-Lévy, 2006 ; Le Livre de poche, 2007.

3. Le Sang de grâce, Calmann-Lévy, 2006 ; Le Livre de poche, 2007.

4. Le Combat des ombres, Calmann-Lévy, 2008 ; Le Livre de poche, 2009.

Barbarie 2.0, Flammarion, 2014 ; J'ai lu, 2015.

Un cadavre peut en cacher un autre, Marabout, 2013.

Les Cadavres n'ont pas froid aux yeux, Marabout, 2011.

Entre sourires et larmes, Kindle, 2012.

La Mort, simplement, Calmann-Lévy, 2010.

Cinq filles, trois cadavres mais plus de volant, Marabout, 2009.

Dans la tête, le venin, Calmann-Lévy, 2009.

Une ombre plus pâle, Calmann-Lévy, 2009 ; Le Livre de poche, 2011.

La Croix de perdition, Calmann-Lévy, 2008.
Monestarium, Calmann-Lévy, 2007 ; Le Livre de poche, 2010.
Un jour, je vous ai croisés, Calmann-Lévy, 2007.
Enfin un long voyage paisible, Flammarion, 2005.
Sang premier, Calmann-Lévy, 2005 ; Le Livre de poche, 2010.
Un violent désir de paix, Éditions Le Masque, 2003.
La Saison barbare, Flammarion, 2003 ; J'ai lu, 2011.
La Dormeuse en rouge, Librio, 2002.
Contes d'amour et de rage, Éditions Le Masque, 2002.
De l'autre le chasseur, Éditions Le Masque, 2002.
Le Ventre des lucioles, Flammarion, 2001.
Petits Meurtres entre femmes, J'ai lu, 2001.
Et le désert, Flammarion, 2000 ; J'ai lu, 2002.
Le Silence des survivants, Éditions Le Masque, 2000.
Entretiens avec une tueuse, Éditions Le Masque, 1999.
La Raison des femmes, Éditions Le Masque, 1999.
La Voyageuse, Flammarion, 1999.
Dans l'œil de l'ange, Éditions Le Masque, 1998.
Autopsie d'un petit singe, Éditions Le Masque, 1998 ; Le Livre de poche, 1999.
Le Septième Cercle, Flammarion, 1998 ; Librio, 1999.
Le Sacrifice du papillon, Éditions Le Masque, 1997.
La Parabole du tueur, Éditions Le Masque, 1996.
La Femelle de l'espèce, Éditions Le Masque, 1996.
Le Bois aux hyènes, DLM Car rien n'a d'importance, 1995.
C. S. meurtres, Librairie des Champs-Élysées, coll. « Le Masque », 1994.
Elle qui chante quand la mort vient, Librairie des Champs-Élysées, coll. « Le Masque », 1993.
La Petite Fille au chien jaune, Librairie des Champs-Élysées, coll. « Le Masque », 1993.
La Bostonienne (prix du festival de Cognac 1991), Librairie des Champs-Élysées, coll. « Le Masque », 1991.

Cet ouvrage a été mis en page par IGS-CP
à L'Isle-d'Espagnac (16)

N° d'édition : L.01EUCN000966.N001
Dépôt légal : avril 2021
Achevé d'imprimer en mars 2021
en Espagne par Liberdúplex